FIEBRE

Lauren DeStefano

Fiebre

Libro Dos
Trilogía del Jardín Químico

Traducción de Núria Martí

Argentina – Chile – Colombia – España
Estados Unidos – México – Perú – Uruguay – Venezuela

Título original: *Fever – The Chemical Garden Trilogy, Book Two*
Editor original: Simon & Schuster BFYR, New York
Traducción: Núria Martí Pérez

1.ª edición Octubre 2012

Copyright © 2012 by Lauren DeStefano
Published in agreement with the author, c/o BAROR INTERNATIONAL, INC., Armonk, New York, U.S.A
All Rights Reserved
© de la traducción 2012 by Núria Martí Pérez
© 2012 *by* Ediciones Urano, S. A.
  Aribau, 142, pral. – 08036 Barcelona
  www.mundopuck.com

ISBN: 978-84-96886-28-5
E-ISBN: 978-84-9944-312-6
Depósito legal: B-24337-2012

Fotocomposición: Montserrat Gómez Lao
Impreso por: Rodesa, S. A. – Polígono Industrial San Miguel
Parcelas E7-E8 31132 Villatuerta (Navarra)

Impreso en España – *Printed in Spain*

Para Amanda L-C,
que se pierde
osadamente
bajo la lluvia

Agradecimientos

De nuevo me descubro con la imposible tarea de utilizar esta parte del libro para dar las gracias a un grupo de personas demasiado asombrosas y geniales como para expresarlo en palabras. No obstante, como mis palabras son todo lo que tengo, ahí van…

Doy las gracias a los miembros de mi familia, que se fueron pasando esta novela unos a otros y me llamaron y mandaron mensajes de texto para comentarla conmigo. Y a mi padre, que no está aquí, pero cuya imagen se quedó grabada en todas las cosas buenas que me ocurrieron mientras la escribía.

Quiero dar las gracias a Harry Lam por no haberme dejado elegir el camino más fácil en cuanto al argumento de la novela. A Allison Shaw por escuchar este relato mientras conducía, comía en el restaurante y charlábamos por teléfono. A Amanda Ludwig-Chambers, a la que se le saltaron las lágrimas al leer las páginas. Y a Andrew O'Donnell, que conocía una o dos cosas sobre las cartas del tarot. Os doy las gracias al grupito de personas que soportasteis mis momentos de «Por favor, por favor lee esto y dime qué te parece» y que me ofrecisteis vuestras sinceras críticas. También quiero expresar mi agradecimiento a mis antiguos profesores del Albertus Magnus College, que siguen animándome incluso ahora.

Gracias por triplicado a mi editora, Alexandra Cooper, por entender mi enigmático lenguaje y por darle más fuerza a cada página de esta novela. Y a Lizzy Bromley, cuyas cubiertas para esta trilogía son como una lupa mágica que aumenta lo que contienen. También quiero agradecer al equipo de la editorial Simon & Schuster Books for Young Readers el que sean tan apasionados y crean en el relato de Rhine. Doy las gracias a mi agente Barbara Poelle, a la que le estaré eternamente agradecida por abrirme todas las puertas y despejar el camino para que yo pudiera entrar en este mundo y compartir mis relatos.

Una nubecilla ópalo de forma oval
refleja el arco iris de una tormenta
montada en un valle distante,
pues estamos muy artísticamente enjaulados.

Vladimir Nabokov

PÁLIDO FUEGO

1

Corremos, con los zapatos empapados y el olor a mar pegado a nuestra piel helada.

Me echo a reír y Gabriel me mira como si estuviera loca.

—¡Lo conseguimos! —exclamo a pesar de habernos quedado los dos sin aliento.

A lo lejos se oye el sonido de sirenas. Las gaviotas revolotean a nuestro alrededor sin inmutarse. El sol se está fundiendo en el llameante horizonte. Miro atrás una vez más, lo suficiente para ver a unos hombres arrastrando hacia la orilla la barca con la que huimos. Esperan hallar pasajeros, pero lo único que encontrarán en ella serán los envoltorios de los caramelos que nos comimos del patrón de la barca. Nos lanzamos al agua antes de llegar a la orilla. Buscándonos el uno al otro, aguantamos la respiración y luego nos alejamos del bullicio.

Al salir del mar nuestras huellas quedan marcadas en la arena, como si fuéramos fantasmas vagando por la playa. Me gusta esta idea. Somos los fantasmas de países hundidos. En otra vida, cuando el mundo estaba lleno de vida, fuimos exploradores, y ahora acabamos de regresar de la muerte.

En cuanto llegamos a las rocas que forman una barrera natural entre la playa y la ciudad, nos desplomamos bajo su sombra. Acurrucados en nuestro escondrijo oímos a los hombres dándose órdenes a gritos unos a otros.

—Un sensor debe de haber hecho sonar la alarma cuando nos acercábamos a la orilla —observo.

Robar una barca no ha sido tan fácil como creía. He puesto bastantes trampas en mi casa como para saber que la gente protege lo suyo.

—¿Qué pasará si nos cogen? —pregunta Gabriel.

—No les importamos lo más mínimo —respondo. Me apuesto lo que quieras a que alguien ha pagado un montón de dinero para recuperar la embarcación.

Mis padres solían contarme historias de personas uniformadas que se encargaban de mantener el mundo en orden. Apenas me las creía. ¡Cómo iba un puñado de personas con uniforme a mantener todo el mundo en orden! Ahora sólo hay los detectives privados que contratan los ricos para encontrar las propiedades que les han robado y los guardias de seguridad que evitan que las esposas secuestradas se escapen de las fiestas lujosas. Y los Recolectores, que patrullan por las calles en busca de chicas para venderlas.

Me desplomo sobre la arena, boca arriba.

—Estás sangrando —dice Gabriel tomando mi temblorosa mano entre las suyas.

—Mira, las estrellas ya están saliendo —comento contemplando el cielo.

Al alzar Gabriel la vista, la luz del atardecer se proyecta sobre su rostro, haciendo que los ojos le brillen más de lo que yo se los había visto nunca brillar, pero sigue preocupado. Como se ha criado en la mansión, se siente inseguro en el mundo exterior.

—No te preocupes —digo tirando de él—. Échate a mi lado y mira el cielo un rato.

—Estás sangrando —insiste con el labio inferior temblándole.

—Pero estoy viva.

Me sostiene la mano en alto entre las suyas. La sangre gotea por nuestras muñecas describiendo extraños riachuelos. Debí de hacerme un corte en la palma con una roca al salir gateando hasta la orilla. Me arremango para que la sangre no me estropee el bonito jersey blanco de lana que Deirdre tejió para mí. Está adornado con perlas y diamantes, lo único que me queda de mis riquezas de ama de casa.

Bueno, además de mi alianza.

Al notar la brisa que llega del mar, me doy cuenta de lo entumecida que estoy por el aire frío y la ropa empapada. Tenemos que encontrar algún lugar en el que refugiarnos, pero ¿dónde? Me incorporo y echo un vistazo a nuestro alrededor. Más alla de la arena y las rocas se ven las sombras de los edificios. Oigo el traqueteo de un camión circulando pesadamente por una lejana carretera y se me ocurre que pronto habrá oscurecido lo bastante como para que los Recolectores patrullen por el lugar con las luces de sus camionetas apagadas. Es el sitio perfecto para buscar a sus presas: no parece haber ninguna farola y los callejones de esos edificios podrían estar llenos de chicas del barrio de los prostíbulos.

Pero a Gabriel lo que más le preocupa es mi corte. Me envuelve la palma de la mano con un alga marina y la herida me escuece por la sal. Yo sólo necesito un minuto para asimilar la situación en la que estamos y luego ya me preocuparé por el corte. Ayer a esta misma hora aún era la mujer de Linden. Tenía hermanas esposas. Y cuando me hubiese muerto, habrían depositado mi cuerpo en una camilla para dejarlo en el sótano, junto a los de las otras esposas de Linden que murieron antes que yo, para que mi suegro hiciera con él quién sabe qué.

Pero ahora me llega el olor a sal y oigo el murmullo del mar. Un cangrejo ermitaño está subiendo por una duna de arena. Y también algo más. Y Rowan, mi hermano, se encuentra en la ciudad. Y nada me impedirá ir a mi hogar para reunirme con él.

Creí que la libertad me entusiasmaría, y así es, pero también me aterra. Una hilera de «y si...» avanzando implacablemente me hace dudar de mis deliciosas esperanzas.

¿Y si no está allí?

¿Y si algo sale mal?

¿Y si Vaughn nos encuentra?

¿Y si...?

—¿Qué son esas luces? —pregunta Gabriel.

Miro hacia donde señala con el dedo y yo también veo una gigantesca rueda iluminada girando indolentemente a lo lejos.

—Nunca he visto nada igual —respondo.

—Pues allí hay algo. Venga, vayamos a ver qué es.

Gabriel tira de mí cogiéndome de la mano que me sangra para que me ponga en pie.

—Es mejor que no nos acerquemos a esas luces, no sabemos qué podemos encontrar allí —digo.

—Entonces, ¿qué plan tienes?

¿Plan? Mi plan sólo era escapar. Y ahora que lo hemos

conseguido, pienso reunirme con mi hermano, una idea que idealicé durante los deprimentes meses de mi matrimonio. Rowen se convirtió casi en un producto de mi imaginación, en una fantasía, y al pensar que pronto me reuniré con él me siento loca de alegría.

Había creído que llegaríamos a la playa durante el día sin estar empapados. Pero nos quedamos sin gasolina. Y ahora está oscureciendo por momentos, y como este lugar tampoco es seguro, me digo que al menos se ven luces girando a lo lejos, por más espeluznantes que sean.

—Vale, vayamos a ver lo que son —respondo.

El improvisado vendaje con el alga ha hecho que la mano me deje de sangrar. Me sorprende lo bien que Gabriel me la ha envuelto y él me pregunta por qué estoy sonriendo mientras caminamos por la playa. Está calado hasta los huesos y cubierto de arena. Su pelo castaño, que siempre lleva tan bien peinado, está ahora enmarañado. Pero parece seguir buscando un orden, un plan lógico de acción.

—Todo va a salir bien —afirmo para tranquilizarle.

Me aprieta la mano sana.

El aire de enero sopla con furia, azotándome con la arena y aullando entre mi pelo empapado. Las calles están cubiertas de basura y algo se arrastra por una pila de escombros. Una solitaria farola parpadea en la oscuridad. Gabriel me rodea con el brazo y no sé a quién de los dos está intentando tranquilizar, pero se me encoge el estómago de miedo.

¿Y si una camioneta gris cargada de chicas secuestradas pasara por esta oscura calle?

La única casa que hay por los alrededores es un edificio de ladrillos con las ventanas rotas y tapiadas que hace medio siglo perteneció tal vez al cuerpo de bomberos. Y algunas otras construcciones medio desmoronadas que en la oscuridad no consigo ver qué son. Juraría que he visto algo moverse por estas callejuelas.

—¡Está todo muy abandonado! —dice Gabriel.

—Qué curioso, ¿verdad? Los científicos estaban decididos a hacernos inmunes a cualquier enfermedad, pero cuando todos empezamos a morir tan jóvenes, dejaron que nos pudriésemos junto con el mundo de nuestro alrededor, abandonándonos a nuestra suerte.

Gabriel hace una mueca que podría ser tanto de desdén como de lástima. Ha pasado la mayor parte de su vida en una mansión en la que, a pesar de haber sido un sirviente, al menos creció en un lugar razonablemente seguro donde todo estaba limpio y en buen estado. Este ruinoso mundo le ha debido de chocar.

El círculo iluminado que se ve a lo lejos está envuelto por una extraña música estridente que pretende parecer alegre.

—Tal vez será mejor que demos media vuelta —sugiere Gabriel al llegar a la valla de tela metálica que lo rodea.

—¿Para ir adónde? —le pregunto. Estoy temblando tanto que apenas puedo articular las palabras.

La réplica de Gabriel queda ahogada por el grito que doy de repente, porque alguien agarrándome del brazo, me está haciendo entrar a la fuerza en la propiedad.

Todo cuanto se me ocurre es: *¡Otra vez, no, no de este modo!,* y la herida de la mano me vuelve a sangrar y el puño me duele, porque le he dado un puñetazo a alguien. Sigo lanzando puñetazos mientras Gabriel tira de mí, e intentamos echar a correr, pero nos lo impiden. De las tiendas de campaña salen más figuras y nos agarran por los brazos, la cintura, las piernas e incluso por la garganta. Siento mis uñas arañando la piel de alguien y un cráneo chocando contra el mío, y entonces me siento mareada, aunque una fuerza inusitada en mí hace que me defienda como una fiera acorralada. Gabriel chilla mi nombre, me exhorta a luchar, pero es inútil. Nos arrastran hacia ese círculo iluminado que gira, donde una mujer entrada en años se ríe ruidosamente mientras la música sigue sonando.

2

Se escucha el siniestro sonido de nudillos golpeando la piel. Gabriel propina un perfecto derechazo y alguien cae de espaldas al suelo, pero otros tipos le agarran por los brazos y la emprenden a rodillazos con él.

—¿Para quién trabajáis? —nos pregunta la anciana sin alterar la voz. Salen volutas de humo de su boca y de un palito que sostiene entre los dedos—. ¿Quién os ha enviado para que me espiéis?

Es una mujer de la primera generación, baja y corpulenta, con el pelo canoso recogido en un moño adornado con chillones rubíes y esmeraldas de cristal. Rose, que a lo largo de los años estuvo recibiendo joyas y piedras preciosas de nuestro esposo Linden, se reiría de estas baratijas: de las descomunales perlas que cuelgan del cuello con papada de esta mujer, de los brazaletes plateados, oxidados y descascarillados que le llegan hasta el antebrazo y del anillo con un rubí engarzado del tamaño de un huevo.

Unos tipos sujetan a Gabriel por los brazos y mientras él forcejea para mantenerse en pie, otro le golpea. No es más que un chaval de la edad de Cecilia.

—¡Nadie nos ha enviado! —afirma Gabriel, y por la

expresión de sus ojos veo que está medio ido. Ha sido el que más golpes ha recibido y me preocupa que pueda tener una conmoción cerebral. Recibe otro puñetazo, esta vez en las costillas, y cae de rodillas al suelo. Se me hace un nudo en el estómago.

Un tipo me tiene agarrada por el cuello y otros dos de los brazos, y todos son más pequeños que yo. Me cuesta verlos como muchachos, pero eso es lo que son.

A Gabriel se le entrecierran los ojos y luego se le abren de par en par, lanza desconcertado unos gemidos agitados. El corazón me martillea en los oídos, quiero acercarme a él, pero lo único que le llega es mi frustrado quejido. Yo tengo la culpa de lo que ha sucedido. Este es mi mundo, se suponía que sería capaz de protegerlo. Debía de haber tenido un plan. Masculло algo indignada.

—¡Dice la verdad, no somos espías! —les suelto—. ¿Por qué íbamos a espiar en un lugar como éste?

Unas chicas mugrientas nos están mirando a hurtadillas por el resquicio de una tienda de rayas multicolor, parpadeando como bichos. En cuanto las veo sé que hemos ido a parar al barrio de los prostíbulos, un antro de vicio de chicas descartadas que los Recolectores no pudieron vender a los Amos de las mansiones o que simplemente no tenían adónde ir.

—¡Cierra la boca! —me suelta al oído uno de los chicos.

La vieja se ríe socarronamente, haciendo tintinear sus joyas falsas, parecen enormes insectos de cristal y furúnculos purulentos en sus dedos y muñecas.

—¡Llevadla a la luz! —ordena la anciana.

Me arrastran al interior de la tienda multicolor a rayas, del techo cuelgan farolillos balanceándose. Las chicas bichos se dispersan en el acto. La anciana, cogiéndome de la barbilla, me ladea la cabeza para verme mejor. Después me escupe en la mejilla para limpiarme la cara cubierta de sangre y arena.

—Vara de Oro —proclama, iluminándosele sus horribles ojos negros de alegría—. Sí, así es como te llamaré.

Los ojos me escuecen por el humo que le sale de la boca. Quiero responderle escupiéndole yo también a la cara.

Las chicas de la tienda protestan en voz baja.

—Madame —dice una levantando la cabeza—, se ha puesto el sol. Ya es hora. Tiene los ojos lánguidos y nublados.

—¡Soy yo la que debo decirlo y no tú! —le espeta la anciana con la misma impasibilidad de antes, dándole un revés al tiempo que se observa los dedos enjoyados.

La chica se acurruca junto a las otras, desapareciendo de la vista.

Gabriel escupe la sangre de su boca. Los chicos se lo llevan arrastrándolo por los pies.

—¡Metedla en la tienda roja! —ordena la anciana.

Aunque me eche al suelo y me niegue a andar, no me sirve de nada, dos chicos me llevan a rastras.

Esto es el fin, pienso. *Gabriel se morirá y esta vieja pretende que yo sea una de sus prostitutas.* Supongo que eso es lo que son las chicas de la tienda multicolor. Con lo mucho que nos ha costado escapar de la mansión, con todo lo que Jenna ha hecho para ayudarnos, y sólo nos ha servido para poder disfrutar de un día de libertad antes de vivir otro infierno.

La tienda roja está iluminada con farolillos que cuelgan de un techo bajo. Mi cabeza choca contra uno, y cuando los chicos me sueltan, me desplomo en el frío suelo de tierra.

—No te muevas de aquí —me suelta uno de los muchachos, que es un palmo y medio más bajo que yo, y se abre el abrigo apolillado para mostrarme el revólver enfundado que lleva en el cinto. El otro chico se echa a reír y se marchan. A través de la puerta cerrada con cremallera entreveo sus siluetas y oigo sus risas burlonas.

Inspecciono la tienda buscando otra salida por la que escabullirme, pero está rodeada de muebles. Son cómodas y baúles antiguos y pulidos con los cajones decorados con dragones siseando, flores de cerezo, glorietas y mujeres de pelo negro contemplando con tristeza el agua.

Son antigüedades procedentes de algún país oriental que hace mucho que no existe. A Rose le habrían encantado. Sabría por qué las mujeres de pelo negro están tan desconsoladas y trazaría un camino entre los cerezos en flor que la llevaría adonde quisiera ir. Por un momento creo ver lo que ella vería: un mundo infinito.

—Voy a examinarte —dice la anciana saliendo de la nada y tirando de mí para que me siente en una de las dos sillas que hay ante la mesa.

Volutas de humo se elevan del largo cigarrillo que sostiene entre sus arrugados dedos. Llevándoselo a los labios, le da una calada.

—Tú no eres de este lugar, porque te habría visto —prosigue expulsando el humo del cigarrillo por la boca y la nariz. Sus ojos, que hacen juego con las alhajas que lleva, se posan en los míos. Aparto la mirada—. ¡Qué ojos más singulares! ¿Tienes una deformación? —pregunta inclinándose hacia mí para observarme mejor.

—No —atajo intentando disimular mi enojo, porque fuera hay un chico con un revólver y Gabriel sigue estando a merced de esta mujer—. Y no somos espías, se lo he estado intentado decir. Sólo nos equivocamos de camino.

—Todo este lugar es un mal camino, Vara de Oro —observa ella—. Pero esta noche estás de suerte. Si buscas un barrio lujoso para hacer negocios —añade agitando de manera teatral los dedos haciendo volar las cenizas del cigarrillo por el aire—, no encontrarás otro igual que éste en muchos kilómetros a la redonda. Yo me ocuparé de ti.

El estómago se me revuelve. No digo una palabra, porque si abro la boca estoy segura de que vomitaré sobre esta preciosa mesa antigua.

—Soy Madame Soleski —puntualiza ella—. Pero puedes llamarme Madame. Déjame ver esa mano —añade cogiéndome de la muñeca y plantando la mano izquierda que me está sangrando sobre la mesa. El alga marina que la envuelve a modo de vendaje, empapada en sangre, se apelotona al cerrar yo la mano.

Me levanta la mano hacia el farolillo para verla mejor y da un grito ahogado al descubrir la alianza. Probablemente es la primera joya auténtica que ve. Deja el cigarrillo en el borde de la mesa y, cogiéndome la mano entre las suyas, examina las enredaderas grabadas en el anillo de boda, las flores que Linden solía dibujar en los diseños de sus edificios cuando pensaba en mí. Me dijo que no eran reales. En este mundo no existían esta clase de flores.

Vuelvo a cerrar la mano, preocupada por si intenta quitármela. Aunque aquel matrimonio fuera una farsa, esta pequeña alhaja me pertenece.

Madame Soleski la admira un poco más y luego me suelta la mano. Se pone a hurgar en uno de sus cajones y después vuelve con una gasa que parece usada y un frasco con un líquido translúcido. Cuando me saca el alga y vierte el líquido sobre la herida, esta me escuece. El líquido burbujea siseando furioso. La anciana observa mi reacción, pero yo me mantengo impasible. Me envuelve la mano con la gasa como si tuviera mucha práctica en ello.

—Has golpeado a uno de mis chicos, mañana tendrá un ojo morado —dice.

Pero no ha servido de nada, al final nos han atrapado.

Madame Soleski me baja la manga del jersey y yo me resisto, pero me clava los dedos en la herida vendada. No quiero que me toque. No quiero que me toque la alianza ni el suéter. Pienso en las hábiles manos de Deirdre tejiéndolo para mí, surcadas de venas azules, su tersa piel reflejaba su corta edad. Aquellas manos podían hacer que un baño fuera mágico o tejer un jersey ensartado de diamantes. Todas sus creaciones eran perfectas. Pienso en sus grandes ojos de color avellana, en su voz melodiosa y suave. Pienso en que nunca volveré a verla.

—No te quites el vendaje —me advierte cogiendo el cigarrillo y dándole unos golpecitos para que se desprenda la ceniza—. No querrás perder esa mano por culpa de una infección, con los dedos tan bonitos que tienes.

Ya no veo la silueta de los chicos haciendo guardia junto a la entrada, pero les oigo hablar. El arma en su poder es mucho más pequeña que la escopeta que mi hermano y yo guardábamos en el sótano. Si pudiera quitársela. Pero ¿seré lo bastante rápida? Los otros chicos seguramente también van armados. Y no puedo irme sin Gabriel. Está en este lugar por mi culpa.

—¿No hablas a no ser que te hagan una pregunta, eh, Vara de Oro? Esto me gusta. Aunque no estamos hablando de negocios exactamente.

—Yo no formo parte de sus negocios —le espeto.

—¿Ah, no? —pregunta la anciana arqueando las cejas dibujadas con lápiz—. Tienes pinta de haber huido de alguna otra clase de negocios. Yo te puedo ofrecer protección. Estás en mi territorio.

¿Protección? Me dan ganas de echarme a reír. Mis doloridas costillas y la cabeza martilleándome sugieren lo contrario.

—Nos desviamos un poco de nuestro camino, pero si nos deja salir de aquí sabremos volver a casa —replicó—. Nuestra familia nos está esperando en Carolina del Norte.

La anciana se echa a reír y da una lánguida calada al cigarrillo sin dejar de mirarme con sus ojos inyectados de sangre.

—Nadie que tenga una familia acaba en este lugar. Ven, deja que te muestre el plato fuerte —responde pronunciando estas últimas palabras con un estudiado acento. Tira la colilla del cigarrillo y la aplasta con el zapato de aguja de una talla más pequeña que la suya.

Salimos de la tienda y los chicos que hacen guardia en la entrada dejan de reírse al pasar la anciana. Uno de ellos intenta hacerme la zancadilla, pero yo la esquivo.

—Este es mi reino, Vara de Oro —afirma la Madame—. Mi feria del *amour*. Pero no creo que sepas qué significa *amour*.

—Quiere decir «amor» —respondo alegrándome al verla arquear las cejas sorprendida. Las lenguas extranjeras son una especie de arte que se ha extinguido, pero mi hermano y yo tuvimos la rara suerte de tener unos padres que valoraban mucho una buena educación. Aunque no pudiéramos usarla nunca, aunque nunca llegásemos a ser lingüistas o exploradores, nuestra cabeza estaba llena de conocimientos que animaban nuestras fantasías. A veces corríamos por la casa fingiendo estar haciendo paravelismo en las islas Aleutianas arrastrados por una lancha, y más tarde estar tomando en Kioto té verde al pie de los ciruelos en flor. Y por la noche mirábamos entornando los ojos el cielo nocturno, imaginando ver los planetas vecinos. Apiñados ante la ventana abierta, mi hermano me decía: «¿Ves Venus? Es un rostro de mujer con el pelo llameante». Y yo le respondía: «Sí, sí, ¡lo veo! Y Marte está cubierto de gusanos reptando».

La Madame me rodea los hombros con el brazo y me da un achuchón. Huele a moho y humo.

—Ah, el amor. En el mundo ya no queda. El que hay no es más que una ilusión. Por eso los hombres vienen a ver a mis chicas. Para encontrarlo.

—¿A cuál se refiere, al real o al falso?

La Madame se ríe entre dientes dándome otro achuchón. Me hace recordar el largo paseo que di con Vaughn por el campo de golf una fría tarde, su siniestra presencia, que hacía desaparecer todas las cosas bonitas del mundo, como una anaconda enroscándose alrededor de mi pecho. Y mientras tanto, la Madame me lleva al círculo iluminado que gira. ¿Por qué será que a los de la primera generación les gusta tanto coleccionar objetos maravillosos? Me detesto por preguntármelo llena de curiosidad.

—Sabes *français* —apunta la Madame pícaramente—. Pero seguro que no has oído nunca la palabra «feria» —añade expectante abriendo los ojos de par en par.

Sé lo que significa. Mi padre intentó explicárnoslo a mi hermano y a mí. Lo llamaba las celebraciones para cuando no hay nada que celebrar. Yo lo entendía, pero Rowan no, por eso el día siguiente al despertar descubrimos que nuestro dormitorio estaba decorado con lazos de colores y que sobre el tocador nos esperaba un pastel, tenedores, y agua con gas con sabor a arándanos, mi preferida, aunque casi nunca podía tomarla porque costaba mucho de encontrar. Y aquel día no fuimos al colegio. Mi padre tocó una extraña música en el piano y nos pasamos el día celebrando nada en especial, salvo quizá que seguíamos con vida.

—En una feria hay norias —observa la anciana.

Norias. Es lo único en este páramo de atracciones de feria abandonadas que no se está pudriendo u oxidando.

Ahora que estoy lo bastante cerca, veo los asientos de la noria y una pequeña escalera que lleva al punto más bajo. En la desconchada pintura pone: «ENTRE POR AQUÍ».

—Cuando la encontré por supuesto no funcionaba —prosigue la Madame—. Pero mi Jared es un gran electricista.

No digo nada, sólo ladeo la cabeza para contemplar los asientos girando contra el cielo estrellado. La noria chirría y cruje al girar y por un momento oigo risas en medio de esa misteriosa música festiva.

Mis padres habían contemplado las norias de los parques de atracciones. Formaban parte del mundo extinguido.

Uno de los chicos está apoyado en la reja que la rodea.

—¿Qué desea Madame? —dice mirándome con recelo.

—Detenla —ordena ella.

De súbito me envuelve una fría brisa, llena de antiguas melodías y del olor a herrumbre y a los extraños perfumes extranjeros de la Madame. Ante la escalera en la que estoy plantada se detiene un asiento vacío.

—Sube, sube —insiste la anciana empujándome por la espalda con la mano para que me suba a la noria, haciendo tintinear y repiquetear sus pulseras.

No me queda más remedio que obedecerla. Subo las escaleras y el metal tiembla bajo mis pies, siento sus vibraciones en las piernas. El asiento se balancea un poco al sentarme en él. La Madame se acomoda a mi lado y baja la barra de seguridad que hay sobre nuestras cabezas. La noria empieza a girar y mientras ascendemos hacia el cielo, me quedo sin aliento.

La tierra se va alejando más y más. Las tiendas parecen caramelos redondos iluminados. Veo las figuras oscuras de las chicas moviéndose a su alrededor.

No puedo evitar asomarme por el borde de la cabina, atónita. La noria es cinco, diez, quince veces más alta que el faro al que trepé durante el huracán. Más alta incluso que la valla que me obligaba a seguir siendo la mujer de Linden.

—Es el lugar más alto del mundo —observa la Madame—. Es más alto que las torres de vigilancia.

Yo no sé lo que son las torres de vigilancia, pero dudo que sean más altas que las fábricas y los rascacielos de Manhattan. Ni siquiera esta noria los supera. Aunque tal vez sí que sea el lugar más alto en el mundo de la Madame.

Y mientras nos acercamos tanto a las estrellas que parece como si casi pudiera tocarlas, me acuerdo de pronto de mi hermano gemelo y lo echo mucho de menos. Nunca fue un chico fantasioso. Desde la muerte de mis padres dejó el mundo de la fantasía para creer sólo en lo que podía ver y tocar, en cosas menos horribles que las siniestras callejuelas donde las chicas perdían el alma y los hombres pagaban por estar cinco minutos con sus cuerpos. Estaba obsesionado con la supervivencia, tanto en la suya como en la mía. Pero incluso a mi hermano se le habría cortado la respiración al estar a tanta altura, contemplando esas luces y la claridad del cielo nocturno.

Rowan. Incluso su nombre me parece aquí arriba lejano.

—Mira, mira —dice entusiasmada la Madame señalándome con el dedo a sus chicas. Están dando vueltas a nuestros pies luciendo su descolorida ropa exótica. Una de ellas al ponerse a girar hace revolotear su falda, y el eco de su risa resuena como si hipara. Un hombre la coge de su pálido brazo y ella sigue riendo, tropezando y resistiéndose, mientras él la arrastra al interior de una tienda.

—Seguro que nunca has visto unas chicas tan guapas como las mías —afirma la Madame.

Pero está muy equivocada. He conocido a la elegante Jenna, con sus ojos grises captando siempre la luz del sol. Ella habría girado y tarareado por las callejuelas, enfrascada todo el tiempo en novelas de amor. Los sirvientes enrojecían al verla y evitaban mirarla a los ojos, intimidados por su seguridad y su coqueta sonrisa. En un lugar como este habría sido una reina.

—Quieren una vida mejor. Huyen y vienen a mí para que las ayude. Yo traigo al mundo a sus bebés y les curo los resfriados. Les doy de comer, las mantengo limpias y aseadas, y les regalo cosas bonitas para el pelo. Llegan a este lugar preguntando por mí —me asegura sonriendo—. Tal vez tú también hayas oído hablar de mí y has venido para que te ayude.

Me coge la mano izquierda con tanta fuerza que la cabina se bambolea. Me pongo tensa, me da miedo volcar, pero no ocurre. Ahora ya hemos dejado de subir, estamos en la parte más alta de la noria. Me asomo por el borde de la cabina. No hay forma de bajar a tierra y el miedo empieza a invadirme. La Madame controla la noria. Antes yo no estaba a su merced del todo, pero ahora sí que lo estoy.

Hago todo lo posible por mantener la calma. No le daré el gusto de verme aterrada, esto sólo le daría más fuerza.

El corazón me martillea en los oídos.

—El chico con el que viniste no es el que te dio esta alianza tan bonita, ¿verdad? —pregunta, aunque más bien es una afirmación.

Intenta sacármela del dedo, pero aparto la mano bruscamente y la cierro con fuerza.

—Parecíais dos ratas ahogadas al llegar —observa soltando unas carcajadas que suenan como el herrumbrado engranaje de la cabina—. Pero bajo esa pinta se escondía una chica cubierta de diamantes y perlas. ¡De perlas *auténticas*! —exclama mirándome el jersey—. En cambio él tiene el aspecto de un humilde sirviente.

No puedo negarlo. Ha conseguido resumir a la perfección los últimos meses de mi vida.

—¿Acaso huiste con tu sirviente, Vara de Oro, sin que el hombre que te tomó por esposa se diera cuenta? ¿Te obligó tu marido a acostarte con él? ¿O a lo mejor no podía satisfacerte en la cama y te reunías con este joven a

31

escondidas, revolcándoos como un par de salvajes en el armario entre tus vestidos de seda?

Me arden las mejillas, pero no es por la vergüenza que sentía cuando mis hermanas esposas me tomaban el pelo por no querer intimar con Linden. Los comentarios de la Madame me parecen sucios e impertinentes. Fuera de lugar. Y además apesta tanto a tabaco que me cueste respirar. Al mirar hacia abajo, me mareo. Cierro los ojos.

—Se equivoca —replico mordiéndome la lengua.

—No tienes por qué avergonzarte —dice rodeándome con el brazo. Me contengo para no quejarme de sus asquerosas afirmaciones—. Después de todo eres una mujer. Las mujeres somos el sexo débil. Y con una tan bella como tú, seguro que tu marido debe de haberse convertido en una fiera. No es de extrañar que te hayas buscado un chico más dulce. Y éste lo es, ¿verdad? Lo veo en sus ojos.

—¿En sus ojos? —le suelto furiosa. Al abrir los míos me fijo en una de las chabacanas alhajas de su pelo para no mirarla a ella o hacia abajo—. ¿Antes de que sus hombres le dieran una paliza tan brutal que por poco lo matan?

—Y hay otra cosa —prosigue la Madame apartándome tiernamente el pelo de la cara. Me alejo bruscamente de ella, pero no parece importarle—. *Mis* hombres saben proteger a mis chicas. La vida es muy dura, Vara de Oro. Tú también necesitas protección.

Me coge la barbilla, hincándome los dedos con tanta fuerza que las mandíbulas me duelen.

—O a lo mejor —me suelta mirándome a los ojos— tu marido no quería que les pasaras tu defecto de nacimiento a sus hijos. Quizá te echó junto con la basura.

La Madame es una mujer a la que le encanta hablar. Y cuanto más habla, más se equivoca. Me doy cuenta de que no puede leerme la mente tan bien como creía. Sólo está sugiriendo varias opciones con la esperanza de sonsacarme la verdad. Si le mintiera, ni siquiera se daría cuenta.

—Yo no tengo ninguna malformación —afirmo animada de súbito por el pequeño poder que tengo sobre ella—. Es mi esposo el que la tiene.

La Madame arquea las cejas intrigada. Me suelta la cara.

—¿Ah, sí? —pregunta acercándose a mí.

—Aunque se transformara en una fiera, tanto me daba. Porque nueve de cada diez veces, era impotente. Y como usted ha dicho, las mujeres tenemos nuestras necesidades.

La Madame da un brinco excitada, haciendo balancear y crujir la cabina. Es evidente que le encanta la idea de la lujuria juvenil. Ni siquiera tengo que esforzarme en seguir mintiendo, ella solita se inventa el resto de la historia.

—Y te viste obligada a echarte a los brazos de tu sirviente.

—En mi armario, tal como usted ha dicho.

—¿Delante de las narices de tu esposo?

—En la habitación de al lado.

Le puedo contar la estúpida mentira que ella quiera. Pero la verdad, como mi alianza, es algo mío que no tendrá.

Las chicas, a cientos de palmos por debajo de nosotras, se ríen a coro. Todas bailan con los hombres antes de meterse en las tiendas. Y los secuaces de la Madame a veces echan una miradita por el resquicio de la puerta.

—¡Oh, Vara de Oro, eres una joya! —dice cogiéndome la cara entre sus manos y besándome las mejillas, mientras proclama entre un beso y otro—: Una joya, una joya, una auténtica joya. ¡Tú y yo nos lo pasaremos en grande!

¡Qué bien!

Al siguiente instante estamos girando hacia atrás. A medida que nos acercamos al suelo, la música se vuelve más alta y las chicas se ven más tristes.

3

Gabriel duerme acurrucado en el suelo, está tan pegado a la pared de la tienda que el color verde de la tela se proyecta sobre su piel. Está echado sobre una sucia manta y le han sacado la camisa.

La Madame me ha dicho que pasaré la noche en esta tienda mientras decida lo que hará conmigo. Hay un barreño con agua y varias toallas y jabones que parecen de fabricación artesanal.

Humedezco una toalla para refrescar la marca roja de su mejilla. Mañana no será más que otro moratón. Gabriel masculla algo y lanza un suspiro.

—¿Te he hecho daño? —pregunto.

Sacude la cabeza, sepultando el rostro en el suelo.

—¿Gabriel? —susurro—. ¡Despierta!

Esta vez no me responde, aunque lo ponga boca arriba y le salpique la cara con agua fría.

—¡Gabriel, mírame! —exclamo asustada con el corazón latiéndome con furia.

Me mira y sus pupilas son dos puntitos aterrados en medio de todo ese azul, y me está asustando.

—¿Qué te han hecho? ¿Qué ha pasado?

—La chica violeta —masculla pasándose la lengua por

los labios y cerrando los ojos—. Ella vino con... algo —mueve el brazo como si quisiera señalármelo. Y luego vuelve a hundirse en un plúmbeo sueño. Por más que lo zarandee, es inútil.

—Estará inconsciente varias horas —apunta una chica plantada en la entrada de la tienda. Sostiene una manta doblada—. Como parecía que los golpes le dolían mucho, le di algo para aliviarlo. Toma —añade ofreciéndome la manta—. Está recién lavada.

Intenta ayudarme a taparlo con la manta.

—Ya nos has ayudado bastante, gracias —le suelto para que se largue cuanto antes—. ¿No habéis sido vosotros los que le habéis dejado en este estado?

—Ni tú ni él sois de aquí, ¿verdad? —observa despreocupadamente, escurriendo una toalla en el barreño—. La Madame está obsesionada con los espías. Si no lo hubiera sedado, ella habría ordenado a los guardaespaldas que lo golpearan hasta dejarlo sin sentido. Le hice un favor.

En su forma de hablar no hay malicia alguna. Me ofrece la toalla humedecida y se queda educadamente a una cierta distancia.

—¿Qué espías? —pregunto limpiando con suavidad la arena y la sangre de la cara y los brazos de Gabriel. Sea lo que sea lo que le ha dado, no me gusta el efecto que le produce. Él es lo único que tengo en este horrible lugar y ahora está demasiado lejos.

—No existen —me aclara la chica—. La mayoría de las cosas que dice esa mujer son sandeces. El opio hace que esté obsesionada con ellos.

¿A qué lugar hemos ido a parar? Al menos esta chica, a diferencia del resto, no es una pesadilla. Bajo todo ese maquillaje veo comprensión en sus ojos, dos estrellitas negras en una nebulosa de delineador verde. Su tez es oscura. Lleva el pelo corto lleno de brillantes rizos. Y ella, como todos los de aquí, despide ese olor dulzón a moho que tiene todo lo que la Madame ha tocado.

—¿Por qué te ha llamado la chica violeta?

—Porque me llamo Lila —dice señalándome las flores moradas de su desteñido vestido; los tirantes se le están cayendo todo el rato del hombro—. Si necesitas alguna otra cosa, hazme llamar, ¿de acuerdo? Tengo que volver al trabajo.

Abre la portezuela de la tienda, dejando a la vista el cielo nocturno. La tienda se llena de aire frío, risas, gruñidos desesperados de hombres, risitas de chicas, y la constante música festiva.

—Es culpa mía —susurro resiguiendo con el dedo la línea entre los labios de Gabriel—. Te sacaré de aquí, te lo prometo.

Tengo el pelo lleno de sal y me siento tan mugrienta que me dan ganas de meterme en el barreño y lavarme toda entera. Pero siempre que los guardaespaldas oyen el sonido del agua al humedecer yo la toalla, echan una mirada por el resquicio de la puerta. Supongo que en este barrio de prostíbulos no se respeta ni la privacidad. Decido subirme un poco las mangas y las perneras de los tejanos para lavarme todo lo que pueda en estas circunstancias. Alguien ha dejado un vestido de seda para mí —es tan verde como esta tienda, con un dragón naranja a lo largo del costado—, pero no me lo pongo.

Me acurruco junto a Gabriel y le rodeo con el brazo. Los jabones han hecho que mi cuerpo despida ahora el extraño aroma de la Madame, pero el de él todavía huele a mar. Siento su piel moviéndose bajo mis dedos cuando respira, el acompasado movimiento de los músculos sobre sus costillas. Cierro los ojos e imagino que está dormido y que al decir su nombre volverá en sí.

El tiempo transcurre. Las chicas van y vienen. Yo finjo dormir e intento oír lo que susurran entre ellas. Dicen cosas que no entiendo. Sangre de ángel. La nueva Amarilla. Las Verdes muertas. Los hombres las llaman gritando a lo lejos y ellas salen de la tienda, con sus joyas tintineando como grilletes de plástico.

Siento que me estoy durmiendo e intento mantenerme despierta. Pero en un instante estoy aquí y al siguiente me estoy meciendo sobre el oleaje del centelleante mar. En un instante Gabriel está a mi lado y al siguiente es Linden el que está acurrucado junto a mí como hacía mientras dormía. Solloza a mi oído pronunciando el nombre de su mujer muerta, y yo abro los ojos. El duro suelo y la delgada manta son unos desagradables cambios comparados con el mullido edredón blanco con el que me había parecido estar cubierta, y por un momento Gabriel me parece extraño. Su brillante pelo castaño no se parece en absoluto a los rizos negros de Linden, su cuerpo es más corpulento y menos pálido. Intento despertarle de nuevo. No me responde.

Cierro los ojos y esta vez sueño con serpientes. Sus cabezas siseantes salen de repente de la tierra y se me enroscan alrededor de los tobillos. Están intentando sacarme los zapatos.

Me despierto asustada. Lila está arrodillada junto a mis pies, sacándome los calcetines.

—No quería asustarte —musita.

Parece que hayan pasado horas desde que la vi, pero

por el resquicio de la puerta veo que todavía es de noche.

—¿Qué estás haciendo? —pregunto con brusquedad.

En esta tienda hace tanto frío que incluso exhalo nubes de aliento blanco al hablar. No entiendo cómo estas chicas con esos vestidos tan finos no se han muerto congeladas.

—Están empapados. Si no conservas las extremidades calientes, cogerás una pulmonía.

Tiene razón, *estoy* helada. Me envuelve los pies con toallas. La observo mientras hurga en una pequeña maleta. Tiene los rizos alborotados y el vestido más arrugado. Cuando se arrodilla junto a Gabriel, veo que lleva algo envuelto en un pañuelo negro. Mezcla el polvo y el agua en una cuchara, y la calienta con un encendedor hasta que la mezcla empieza a burbujear. La succiona con una jeringuilla. Después le ata a Gabriel un trozo de tela en el brazo, por encima del codo —mis padres solían hacerlo antes de administrarles un sedante a los pacientes del laboratorio que se ponían histéricos— y entonces es cuando la aparto.

—¡No lo hagas!

—Le ayudará —me asegura—. Lo mantendrá tranquilo y así no tendréis ningún problema.

Pienso en el cálido veneno circulando por mi sangre después de lesionarme durante el huracán, en Vaughn amenazándome cuando ni siquiera tenía yo fuerzas para abrir los ojos. En lo indefensa, atontada y aterrorizada que estaba. Habría preferido sentir el dolor de las heridas, los huesos rotos, los esguinces y los arañazos antes que estar paralizada.

—¡Me da igual! ¡No le inyectarás nada! —le suelto.

—Entonces pasaréis una mala noche —observa frunciendo el ceño.

—Ya la estamos pasando —replico echándome a reír.

Lila abre la boca para decir algo, pero un ruido en la entrada de la tienda le hace girar la cabeza. Por un momento sus ojos parecen asustados, quizá creyó que sería un hombre, pero luego se relaja.

—Sabes que la Madame no quiere que nadie te vea. ¿Quieres que se cabree?

Se lo dice a una niña que acaba de entrar a gatas en la tienda, no por la entrada vigilada, sino por una pequeña abertura a ras de suelo. Su cara está cubierta de greñas negras. Acercándose a la luz, ladea la cabecita hacia mí, sus ojos como dos canicas de cristal, son tan claros que apenas se distingue el azul. Contrastan enormemente con su piel oscura.

Lila deja la cuchara en el suelo y empuja a la niña para que salga por donde ha entrado.

—Date prisa. Lárgate antes de meternos a las dos en un infierno.

La niña se va, aunque no sin antes devolverle el empujón y resoplar indignada por la nariz.

Gabriel se revuelve en el suelo y yo vuelvo a fijarme en él. Lila me ofrece la jeringuilla de nuevo, mordiéndose el labio. No le hago ni caso.

—¿Gabriel? —susurro intentando despertarle.

Al apartarle el pelo de la cara me doy cuenta de lo húmeda y sudorosa que tiene la frente. Su rostro está enrojecido por la fiebre. Parpadea con sus largas pestañas, es como si le pesaran tanto que no pudiera abrir los ojos.

Fuera de la tienda alguien grita en medio de la noche

de dolor o quizá de enojo. «¡Niña mugrienta e inútil!», oigo que chilla la Madame.

Lila se levanta de repente, pero veo que ha dejado la jeringuilla en el suelo por si cambio de parecer.

—Él la querrá —dice mientras se apresura a irse—. La necesitará.

—¿Rhine? —susurra Gabriel.

Es el único en este degradante lugar que conoce mi nombre. Lo gritó durante el vendaval cuando las piezas del mundo falso de Vaughn volaban por los aires a nuestro alrededor. Me lo susurraba al oído cuando estábamos rodeados por las paredes de la mansión. Me despertaba cuchicheándomelo al amanecer, cuando mi marido y mis hermanas esposas aún dormían. Siempre con la misma actitud, como si fuera algo muy importante, como si mi nombre —al igual que toda yo— fuera un secreto muy preciado.

—Sí, estoy aquí —respondo.

No me contesta y creo que ha vuelto a hundirse en ese extraño letargo. No sé qué hacer, me aterra que vuelva a ese lugar tan oscuro e inalcanzable. Pero de repente respira hondo y abre los ojos. Sus pupilas vuelven a ser normales, ya no son dos puntitos negros perdidos en todo ese azul.

Le castañetean los dientes.

—¿Qué es este lugar? —dice tartamudeando y arrastrando las palabras.

No me pregunta *dónde* estamos, sino *qué es* este lugar.

—No importa —respondo limpiándole el sudor de la cara con la manga—. Te voy a sacar de aquí.

Los dos estamos atrapados en este burdel, pero al menos uno de nosotros conoce mejor el mundo de fuera.

Estoy segura de que se me ocurrirá algún plan para escapar.

Se me queda mirando durante largo tiempo, tiritando de frío por los efectos de lo que había en la jeringuilla.

—Los guardias intentaron atraparte —dice de pronto.

—Y me atraparon. Nos atraparon a los dos.

Veo que lucha para mantenerse despierto. Le está saliendo un moratón en la mejilla, el labio partido le sangra y tiembla tanto que lo noto sin ni siquiera tocarlo.

Lo arropo con la manta, intentando imitar la técnica con la que Cecilia envolvió a su bebé una fría noche. Fue una de las pocas veces que parecía segura de lo que hacía.

—Descansa. Me quedaré a tu lado —susurro.

Se me queda mirando un buen rato, recorriéndome con los ojos el rostro de arriba abajo. Parece que fuera a decirme algo. Espero que lo haga, aunque sólo sea para decirme que yo tengo la culpa de todo, que él ya me advirtió que el mundo era peligroso. No me importa. Sólo quiero que esté conmigo. Oír su voz. Pero lo único que hace es cerrar los ojos y volver a hundirse en ese sopor.

Consigo dormirme a ratos junto a él, temblando, cubierta sólo con una toalla húmeda para que Gabriel tenga todas las mantas. Sueño con suaves sábanas de lino, con un burbujeante champán dorado que me calienta la garganta y el estómago mientras un huracán de clase tres sacude los alrededores, revelando los lados oscuros de un maravilloso mundo perfecto.

Me arranca de mi sueño un gorgoteo, un borboteo que al principio me hace creer que estoy junto al lecho de muerte de mi hermana esposa mayor. Pero al abrir los ojos veo a Gabriel doblado en dos en un alejado rincón de la tienda. El olor a vómito no es tan agobiante como el de la continua niebla de humo y perfume que envuelve este lugar.

Me apresuro a ir a su lado, preocupada, con el corazón latiéndome con furia. Y ahora que estoy cerca de él puedo oler y ver la sangre cobriza que mana de un tajo entre sus omoplatos, la piel se le va desgarrando al tensar los músculos. No recuerdo haber visto ningún cuchillo en la pelea, pero todo ocurrió demasiado rápido.

—¿Gabriel? —musito tocándole el hombro, pero me siento incapaz de mirar lo que está esputando. Cuando ha terminado, le ofrezco un trapo y él lo toma, enderezándose.

Como me parece ridículo preguntarle si se encuentra bien, intento examinarle los ojos. Tiene unas ojeras con distintos matices que van desde el morado oscuro al claro. El frío hace que exhale nubes de aliento blanco al respirar.

A la luz del farolillo oscilante, su sombra baila detrás de su figura inmóvil.

—¿Dónde estamos? —pregunta.

—En el barrio de prostíbulos de la costa. Te inyectaron algo, creo que se llama sangre de ángel.

—Es un sedante —afirma él arrastrando las palabras. Regresa pesadamente a la manta y se derrumba boca abajo sobre ella—. El Amo Vaughn tenía una provisión de este medicamento. Los hospitales solían usarlo, pero dejaron de hacerlo por los efectos secundarios.

No se resiste cuando lo pongo de lado y lo cubro con la manta. Está temblando.

—¿Efectos secundarios? —pregunto asombrada.

—Produce alucinaciones, pesadillas.

Pienso en el calorcillo que sentí por mis venas después

43

del huracán, en mi incapacidad para moverme. Vaughn sólo me mantuvo consciente el tiempo justo para amenazarme. Y aunque yo no me acuerde, Linden me aseguró que mientras dormía dije cosas horribles.

—¿Puedo hacer algo para ayudarte? —digo arropándolo bien con las mantas—. ¿Tienes sed?

Alarga el brazo y dejo que me atraiga a su lado.

—Soñé que te ahogabas —susurra con los labios agrietados y ensangrentados pegados a mi frente—. La barca estaba envuelta en llamas y no se divisaba la orilla.

—No es posible, soy una excelente nadadora —respondo.

—Era de noche —prosigue—. Lo único que podía ver era tu pelo hundiéndose en el agua. Me sumergí para buscarte y de pronto me di cuenta de que estaba persiguiendo una medusa. Habías desaparecido.

—Yo he estado aquí. Eres tú el que habías desaparecido. No podía despertarte.

Levanta la manta como si fuera un ala y me envuelve junto a él. Su cuerpo está más caliente de lo que me imaginaba y de repente veo lo mucho que lo he echado en falta mientras estaba en esas profundidades. Cierro los ojos y respiro hondo. Pero su piel ya no huele a mar. Ahora huele a sangre y al perfume de la Madame, que aún perdura en la capa blanca jabonosa que flota en todos los barreños.

—No vuelvas a dejarme —musito.

No me responde. Me acomodo en sus brazos y me aparto un poco para contemplarle la cara. Tiene los ojos cerrados.

—¿Gabriel?

—Estás muerta —mascula medio dormido—. Vi cómo

te morías —murmura lanzando un gemido—, vi cómo sufrías todas esas muertes tan horrendas.

—¡Despierta! —exclamo incorporándome, aparto las mantas esperando que se despierte con la repentina sensación de frío.

Abre los ojos, le brillan como cuando Jenna se estaba muriendo.

—Te estaban degollando —musita—. Intentabas gritar, pero no te salía la voz de la garganta.

—No es real —afirmo. Asustada, siento que el corazón me late con furia. Se me hiela la sangre—. Estás delirando. Mira, estoy aquí, a tu lado.

Le acaricio el cuello con la yema de los dedos, está enrojecido y caliente. Me acuerdo de cuando nos besamos con el atlas de Linden entre nosotros, de su cálido aliento en mi lengua, en mi barbilla, en mi cuello, de la repentina ráfaga que sentí cuando se apartó de mí. En ese momento perdí el mundo de vista, nunca me había sentido tan segura.

Ahora me preocupa que no volvamos a sentirnos a salvo nunca más. Si es que lo estuvimos alguna vez.

El resto de la noche es horrible. Gabriel se hunde en un sueño del que no lo puedo sacar y yo lucho por seguir despierta para estar alerta ante los peligros que nos acechan fuera de la tienda verde.

Mientras duermo sueño con humo. Con senderos de humo serpenteantes, tortuosos y ondulantes que no llevan a ninguna parte.

—¡Levántate! —me ordena alguien—. ¡Ya es hora, torto-lita! *Réveille-toi!*

Siento un brazo rodeándome con fuerza. Abro los ojos desconcertada. La Madame me está hablando con aquel fingido acento, retorciendo las consonantes como el humo que sale de sus labios.

La luz del sol es una cegadora fuerza a sus espaldas, e ilumina sus pañuelos de seda como crestas irisadas de la-gartos, transformando su rostro en una sombra. La tienda se inunda de matices verdes proyectándose sobre mi piel.

En algún momento de la noche Gabriel ha vuelto a llevarme junto a él y su brazo está ahora rodeándome las costillas. Tiene la cara sepultada en mi pelo y puedo sen-tir su frente húmeda y sudorosa. Al incorporarme, él ni siquiera se despierta. No vuelve en sí.

La jeringuilla. La jeringuilla ya no está donde Lila la dejó.

Cogiéndome de las manos, la Madame tira de mí para que me levante.

—Por la mañana aún eres más guapa, Vara de Oro —dice sonriendo y rodeándome la cara con sus aperga-minadas manos.

Yo no soy su Vara de Oro. Ni ninguna otra cosa. Pero parece reclamarme como una de sus propiedades, de sus antigüedades, de sus joyas de plástico.

No quiero que Gabriel vuelva a mascullar mi nombre. No quiero que ella lo pronuncie haciéndolo rodar por su lengua como cuando acarició las flores de mi alianza.

—¿No te quieres poner el bonito vestido que te dejé? —pregunta haciendo un mohín.

Ahora cuelga de su brazo como un cuerpo vacío, como el cuerpo desangrado de la última chica que lo llevó.

—¿Cómo puedes llevar este jersey tan sucio, con lo bonito que es? —observa con tristeza. Sé que todo su interés por mí no es más que teatro—. Una de mis niñas te lo lavará.

Su acento se ha metamorfoseado. Ahora pronuncia todas las eses como zetas y las uves como bes. *Una de miz niñaz te lo labará.*

Me tiende bruscamente el vestido, se saca la estola de piel de los hombros y me la pone alrededor del cuello.

—¡Cámbiate! Te espero fuera. Hace un día precioso.

Te ezpero fuera.

Espero a que se vaya para cambiarme rápidamente, supongo que es la única forma de salir de esta tienda. Admito que la seda me produce una sensación muy agradable en la piel y que la enmohecida estola, a pesar de hacerme estornudar, es tan caliente que me dan ganas de desaparecer en ella. Sé que la Madame sólo me dejará salir de la tienda si me pongo esta ropa. Pero ¿qué será de Gabriel, que aún sigue perdido en las profundidades? Me arrodillo junto a él y le toco la frente. Esperaba encontrarla ardiendo, pero la tiene fría.

—Te sacaré de aquí —repito.

No importa si no puede oírme, estas palabras no son sólo para él.

La Madame levanta la portezuela de la tienda y, chasqueando la lengua para meterme prisa, me coge por la cintura tirando de mí con tanta fuerza que me viene a la cabeza el día en que mi hermano tuvo que colocarme el brazo dislocado en su lugar.

—No te preocupes por él —dice.

Al ver mis pies desnudos arrastrándose por el suelo,

me doy cuenta de que la Madame me está sacando prácticamente a la fuerza.

Mientras salimos de la tienda, dos niñas entran en ella para recoger mi arrugada ropa. Van con la cabeza agachada, sin abrir la boca. Sólo consigo verlas fugazmente, pero creo que son gemelas. Afuera hace frío, y el cielo es de color azul celeste acaramelado, como si lo estuviera viendo a través de una lámina de hielo. La Madame me toquetea el pelo, que huele a agua salada y a barrio de prostíbulos. Lo siento apelmazado y enredado, ella tiene una expresión distante, quizá de desaprobación, y estoy segura de que se meterá conmigo.

—No te preocupes por el chico —repite.

Me sonríe con sarcasmo y es como si en su boca yo leyera esta frase: «Despertará cuando entre en razón y aprenda a compartirte».

A plena luz del día, sin la confusión de las luces de la noria, descubro lo deprimente que es este lugar. Veo una explanada sin asfaltar y la pieza oxidada de una máquina saliendo de la tierra como si creciera de una semilla. A lo lejos hay otra atracción, al principio parece otra noria más pequeña vista de lado, pero a medida que nos acercamos, veo los caballos de metal empalados en barras, con las patas levantadas como si hubieran intentado escapar antes de que los inmovilizaran. La Madame me descubre mirándolos y me dice que es un tiovivo.

Los ojos negros de los caballos me llenan de tristeza. Quiero romper el hechizo que les han echado, animar los músculos de sus patas para que puedan correr en libertad.

La Madame me lleva a una tienda multicolor, la más grande y alta de todas. Cuatro de sus chicos la vigilan con un fusil cruzado en el pecho. Ni siquiera se molestan en mirarme cuando la anciana me conduce a la tienda, haciéndole revolotear el pelo a uno de ellos al pasar por su lado.

Al abrir la portezuela se cuela una ráfaga de aire frío. Al vernos , las chicas del interior se agitan inquietas como campanillas de viento. Las oigo murmurar y revolverse en el suelo. La mayoría están dormidas, apiladas unas contra otras.

Todas tienen el mismo aspecto, como si las viera en una casa de los espejos. Están dobladas unas contra otras, con sus extremidades largas y huesudas, y las bocas pintarrajeadas llenas de dientes cariados. Y las de algunas no están pintadas, sino ensangrentadas. Sobre sus cabezas cuelgan varios farolillos apagados. La luz del sol que entra en la tienda las cubre de tonos naranja, verdes y rojos.

Y más abajo está la entrada de otra tienda cubierta con pañuelos de seda que huelen a un desagradable perfume dulzón y a algo más. A moho y sudor. Cuando Rose se estaba muriendo, ocultaba su demacrado aspecto con polvos y colorete, pero Jenna no lo hizo y yo, que fui la que la cuidé en sus últimos días, vi cómo la piel de su maciento rostro se empezaba a llagar, y después las llagas se volvían purulentas hasta llegar a los huesos. El hedor que despedían era tan horrendo que incluso soñaba con él. Mi hermana esposa se estaba pudriendo por dentro.

—Lo llamo mi invernadero —comenta la Madame—. Las chicas duermen todo el día en él para estar por la noche frescas como una rosa. ¡Qué vagas son!

Algunas de las muchachas se toman la molestia de mirarme con curiosidad, parpadeando perezosamente y luego se vuelven a dormir.

Me cuenta que les ha puesto a todas nombres de colores para acordarse de ellas. Lila es la única chica que también tiene nombre de flor, porque Jared, uno de los mejores guardaespaldas de la Madame, se la encontró tumbada inconsciente entre las lilas que crecen alrededor de los huertos.

—Con la barriga a punto de reventar —precisa la Madame riendo como una loca.

Lila dio a luz en la carpa de circo, bajo un oscilante farolillo, rodeada de Rojas y Azules llenas de curiosidad. Y de Verdes, Jade y Verdeceladonas, que ya hace tiempo que se murieron por el virus.

—¡Qué niña más fea e inútil! —dice Madame Soleski señalando con el dedo a la niña de ojos extraños que se metió en mi tienda la noche anterior y que ahora ha salido sigilosamente de las sombras—. Al ver su pierna raquítica supe desde que nació que de moza nunca me darían un buen dinero por ella. ¡Si ni siquiera sirve para trabajar! Asusta a los clientes. ¡Les muerde!

Lila, pegada a las otras chicas en el suelo, rodea a su hija con los brazos sin abrir los ojos.

—Se llama Loquilla —mascula arrastrando las palabras.

—Sí, tienes razón, el nombre le sienta —le suelta Madame Soleski dándole un puntapié a la niña. Loquilla, ladeando la cabeza, le echa una mirada asesina y le muestra sus dientecitos, feroz y desafiante—. Y además no habla —prosigue la Madame—. Es una tarada. Una niña horrible, horrible. Deberían sacrificarla. ¿Sabías que en el siglo pasado cuando un animal no servía para nada lo sacrificaban poniéndole una inyección?

El olor de tantas chicas metidas en un espacio tan reducido me da náuseas, al igual que las palabras de la Madame. Una de las chicas juguetea con su pelo, enroscándoselo en los dedos.

En la entrada hay un guardia vigilando. Cuando nadie le ve, se saca una fresa del bolsillo y se la da a Loquilla. La niña se la mete en la boca con el rabito, un delicioso secreto que devora todo entero.

En la tienda escucho un ruido apagado. Parece alguien tosiendo o gimiendo. Pero no quiero averiguar lo que es. La Madame, rodeándome con el brazo, sin inmutarse, me sujeta con más fuerza aún los hombros. Hago todo lo posible por mantener la calma, pero quiero ponerme a gritar. Estoy furiosa, quizá tan furiosa como cuando salí de la camioneta de los Recolectores. Permanecí sin moverme en una hilera de chicas. No dije nada al oír los primeros disparos mientras asesinaban a las muchachas descartadas una por una. Había muchas. Un montón. El mundo o nos quiere por nuestros úteros y nuestros cuerpos, o no nos quiere. Nos raptan, nos destruyen, nos amontonan como ganado moribundo en carpas de circo y nos dejan en medio de la suciedad y el perfume hasta que alguien vuelva a querernos.

Me escapé de la mansión porque quería ser libre. Pero la libertad no existe. Sólo existen otras formas más horribles de estar esclavizada.

Y siento algo que nunca había sentido. Rabia hacia mis padres por habernos traído a mi hermano y a mí a este mundo. Por haber dejado que nos las arreglásemos solos.

Loquilla me mira con sus ojos vidriosos y extraños. Es la primera vez que me fijo en ella. Es evidente que sufre una malformación. Además de sus ojos azules casi incoloros y de su pierna raquítica, su brazo izquierdo es más corto y mucho más delgado que el derecho, y apenas tiene dedos en los pies, como si algo les hubiera impedido crecer. Pero sus facciones son angulosas y duras, y su cara revela una expresión valiente y airada. La de una niña que ha visto el mundo y al comprender que éste le odia le responde con la misma moneda.

A lo mejor es por eso que no habla. ¡Por qué iba a hacerlo si no hay nada que decir! Al observarme, sus ojos se vuelven distantes, inaccesibles, como si estuviera buceando en unas aguas demasiado profundas como para que yo pudiera seguirla.

La Madame, murmurando algo cruel, le da un puntapié en el hombro y luego me conduce afuera.

El lugar está lleno de otras niñas con el cuerpo más fuerte y las facciones normales. Trabajan puliendo las joyas falsas de la anciana, haciendo la colada en barreños de metal y tendiendo la ropa entre las ruinosas vallas.

—Mis chicas crían como conejos —afirma pronunciando la última palabra con malicia—. Y cuando se mueren, soy yo la que tengo que ocuparme del desastre que dejan detrás. ¡Pero qué le vamos a hacer! Al menos esas niñas trabajan de sol a sol.

Ezaz niñaz.

El presidente Guiltree prohibió hace mucho los métodos anticonceptivos. Está a favor de la ciencia y cree que los genetistas resolverán el problema en nuestro ADN. Mientras tanto, cree que es nuestro deber evitar que la raza humana se extinga. Hay médicos que practican abortos, pero cobran más de lo que la mayoría de nosotras podemos pagar.

Me pregunto si mis padres practicaron alguno. Como pasaron un montón de tiempo controlando embarazos, estoy segura de que sabían interrumpirlos.

Se supone que los abortos están prohibidos, pero nunca oí que el presidente castigara a nadie por desobedecer una de sus leyes. Ni siquiera estoy segura de lo que hace exactamente. Mi hermano dice que en el pasado el mandato presidencial servía para algo, pero que ahora no es más que una tradición inútil, una pura formalidad para que sigamos creyendo que un día todo volverá a ser como antes.

Odio al presidente Guiltree, ya gobernaba el país incluso antes de que yo naciera. Con sus nueve esposas y quince hijos —todos varones—, no cree que el fin de la humanidad esté cerca. No hace nada por evitar que los Recolectores sigan raptando a chicas y anima a locos como Vaughn a traer hijos al mundo para experimentar con ellos. A veces sale por la tele promocionando edificios nuevos o asistiendo a fiestas, sonriendo cuando lo enfocan, brindando con champán ante los televidentes como si esperara que todos lo celebrásemos con él. O tal vez se esté burlando de nosotros.

«Es un tipo atractivo», dijo Cecilia en una ocasión, cuando vimos su cara en un anuncio mientras mirábamos la tele. Jenna dijo que tenía pinta de pederasta. Todas nos echamos a reír, pero ahora que estoy en un barrio de prostíbulos, en el hogar donde Jenna creció, pienso que lo decía en serio. Al vivir en un lugar como éste debió de haber aprendido a ver todos los monstruos que se ocultan en una persona.

La Madame me enseña las huertas, que son en su mayoría parcelas llenas de hierbajos y brotes rodeadas de vallas bajas de alambre. Pero las fresas están protegidas con una lona impermeabilizada.

—No te imaginas lo bonitas que son las huertas en primavera cuando el sol las ilumina —me explica entusiasmada—. Crecen unas fresas, unos tomates y unos arándanos tan gordos que al morderlos son de lo más jugosos.

Me pregunto de dónde sacará las semillas. En la ciudad apenas hay frutas y verduras de tan buena calidad, la mayoría tienen un matiz agrisado.

Me muestra las otras tiendas, llenas de muebles antiguos y de cojines de seda apilados en el suelo polvoriento.

—Estos objetos tan exquisitos son para mis clientes —dice la Madame.

En todas las tiendas el aire está impregnado de sudor. En la última tienda, de color rosa, la Madame girándose hacia mí, me coge el pelo de los lados con ambas manos, levantándomelo para observar cómo cae de sus dedos. Se le queda enganchado un cabello en uno de sus anillos, pero cuando me lo arranca no me inmuto en lo más mínimo.

—Una chica tan *atractiba* como tú es un desperdicio como esposa —declara cambiando la uve por una be con su falso acento—. Una chica como tú debería tener docenas de amantes.

Ahora está con la mirada perdida. Es como si tuviera la cabeza en otra parte, pero dondequiera que se encuentre, tiene una expresión más humana. Es la primera vez que puedo ver sus ojos ocultos bajo un montón de maquillaje, ver que son marrones y tristes. Y lo más extraño es que me resultan familiares, aunque estoy segura de no haber visto en mi vida a nadie que se le parezca. Ni siquiera me atreví nunca a echar un vistazo en el oscuro barrio de prostíbulos de las callejuelas de detrás de mi casa.

No sentí nunca la menor curiosidad por verlos.

La Madame esboza una sonrisa afable. El carmín se le agrieta, revelando unos apagados labios rosados.

Nos encontramos junto a una máquina hecha con piezas de metal oxidado que runrunea mecánicamente y emite un pálido resplandor amarillento. Supongo que es uno de los proyectos de Jared. La Madame dice maravillas de sus inventos. Los llama sus «cacharros».

—Este de aquí calienta la tierra. Mi Jared cree que con esta máquina produciremos cosechas en invierno con más facilidad —me aclara dándole unas palmaditas a una de las piezas oxidadas—. ¿Qué te parece mi parque de atracciones, *chérie*? Es el mejor de Carolina del Sur.

Me sorprende que la Madame pueda hablar con el cigarrillo en la comisura de sus labios sin que se le caiga. Quizás he estado inhalando demasiado el humo que expulsa, pero ella me asombra. Las cosas se llenan de color cuando pasa por su lado. Sus huertos crecen. Ha creado un extraño mundo de ensueño con tan sólo los fantasmas de una sociedad muerta y algunas máquinas destartaladas.

Además parece no dormir nunca. Sus chicas duermen durante el día y sus guardaespaldas hacen turnos, pero ella siempre está moviéndose por entre las tiendas, cultivando la tierra, acicalándose, dando órdenes a gritos. Hasta los sueños que tuve la noche anterior olían como ella.

—Nunca he visto un lugar como este —admito, y es verdad.

Si Manhattan es real y la mansión una lujosa ilusión, este lugar es la ruinosa y fina línea que los separa.

—Tú estás hecha para vivir aquí —me asegura—. Y no para tener un marido. Ni para estar con un sirviente —añade rodeándome con el brazo y conduciéndome por una parcela llena de flores silvestres níveas y marchitas—. Los amantes son armas, pero el amor es una herida. Ese chico con el que estás —afirma hablando esta vez sin acento— es una herida.

—Yo nunca dije que lo amara —replico.

La Madame sonríe con picardía, con la cara cubriéndosele de arrugas. Me choca ver lo deprisa que los de las primeras generaciones están envejeciendo. Pronto todos habrán muerto. Y no quedará nadie para mostrarnos lo que es la vejez. Lo que hay más allá de los veintiséis años será todo un misterio.

—Yo he tenido muchos amantes, pero sólo un amor —me confiesa—. Tuvimos una hija. Un bebé precioso con un pelo rubio de todas las tonalidades. Igualito al tuyo.

—¿Qué ha sido de ellos? —pregunto sintiéndome llena de valor. La Madame me ha estado sondeando y analizando desde mi llegada, y ahora al menos me está mostrando su lado débil.

—Están muertos —responde recuperando su peculiar acento. La expresión humana se esfuma de sus ojos, ahora están llenos de reproches y frialdad—. Los asesinaron.

De pronto se detiene, me pone el pelo detrás de las orejas y, cogiéndome de la barbilla, me ladea la cara para inspeccionarla.

—Y yo soy la culpable de mi sufrimiento. No debería haber querido tanto a mi hija. No en este mundo donde todo dura tan poco. Vosotras, nena, sois como moscas. Como rosas. Os multiplicáis y luego os morís.

No tengo palabras para replicarle. Lo que acaba de contarme es verdad, por más horrible que sea.

Y me pregunto si mi hermano también piensa igual que ella. Vinimos a este mundo juntos, uno detrás del otro, como las pulsaciones de los latidos del corazón. Pero yo seré la primera en abandonarlo. Esto es lo que me prometieron. De niño, ¿se atrevió él a imaginar alguna vez que aquella niña que estaba a su lado soltando risitas y lanzando pompas de jabón entre los dedos desaparecería un día?

Cuando me muera, ¿se arrepentirá de haberme querido, de que hayamos sido hermanos gemelos?

Tal vez ya lo ha hecho.

La punta del cigarrillo de la Madame se ilumina al darle ella una calada. Lila dice que el humo hace alucinar a la anciana, pero me pregunto hasta qué punto es cierto lo que ésta dice. «Sólo podemos gozar de pequeños momentos de amor. Una ilusión, eso es lo que les proporciono a mis clientes —afirma—. Tu chico es un codicioso.»

Gabriel. Cuando lo dejé, sus labios secos murmuraban algo en silencio. Advertí que la barba le estaba creciendo, le habían vuelto a poner la camisa de sirviente que los guardaespaldas le rasgaron al forcejear con él. Me preocupaba la piel amoratada del contorno de sus ojos, su respiración ronca.

—Te quiere demasiado —me asegura la Madame—. Incluso te ama cuando duerme.

Damos una vuelta por el campo de fresas, ella habla como una cotorra sobre el increíble Jared y la máquina subterránea que mantiene la tierra caliente, simulando la primavera para que las huertas crezcan.

—El aspecto más mágico de este artilugio es que mantiene el suelo caliente para las chicas y mis clientes —explica.

Mientras sigue dándole a la lengua, pienso en lo que me ha dicho sobre Gabriel, en que me quiere demasiado, pero sobre todo en que él es una herida. Vaughn pensaba lo mismo de Jenna, su nuera no le servía para nada, no le daba nietos ni le demostraba a su hijo un verdadero amor, y esto le costó la vida.

En este mundo es importante ser útil. Las primeras generaciones parecen coincidir en ello.

—Es un buen trabajador —sugiero interrumpiéndola cuando, yéndose por las ramas, se pone a hablar de mosquitos estivales—. Puede levantar objetos pesados, cocinar y hacer prácticamente cualquier otra cosa.

—Pero no puedo confiar en él —replica la Madame—. ¡No le conozco de nada! Me cayó a los pies como llegado del cielo.

—Pero usted *está* confiando en mí. Me está contando todas estas cosas —respondo.

Me aprieta los hombros, soltando unas risitas como una niña extraña y maníaca.

—Yo no confío en nadie —ataja—. Y no estoy confiando en ti, simplemente te estoy preparando.

—¿Preparándome?

Mientras caminamos apoya la cabeza en mi hombro y su cálido aliento hace que se me ericen los pelitos de la nuca. El humo de su cigarrillo me provoca ganas de toser, pero me contengo.

—Intento cuidar de mis chicas lo mejor posible, pero se desgastan. Se ajan. Tú en cambio eres perfecta. He estado pensando en ti y he decidido no entregarte a mis clientes para que tu valor no disminuya.

«Para que tu valor no disminuya.» Se me hace un nudo en el estómago.

—He pensado —prosigue la Madame— que si te conservas joven y fresca me darán más dinero por ti. Tendré que buscarte algún trabajo. Quizá como bailarina.

Sé que está sonriendo, aunque no pueda verle la cara.

—Para que te caten. Para que los hipnotices.

No puedo seguirla en el tenebroso sendero que han tomado sus pensamientos.

—Si voy a trabajar para usted… —le suelto reacia a terminar la frase—, ¿qué será del chico que me acompaña? Necesito saber que no le pasará nada. Que hay un lugar para él en este sitio.

—¡De acuerdo! —dice la Madame harta de pronto de la conversación—. Lo que me pides no es desmesurado. Pero si descubro que es un espía, ordenaré que lo maten. No te olvides de decírselo.

Por la noche la Madame me manda de vuelta a la tienda verde. Me da la impresión de que perteneció a Jade y a Verdeceladón antes de que se murieran a causa del virus. Me dice que una de sus chicas irá a verme pronto.

Gabriel todavía sigue inconsciente, y al entrar en la tienda descubro que su cabeza está recostada en el regazo de una niña. Es una de las gemelas rubias con las que me crucé.

—No te enfades conmigo, ya sé que no debería estar aquí —se disculpa la niña sin alzar la cabeza—. Pero hacía unos ruidos tan horribles que no quise dejarle solo.

—¿Qué clase de ruidos? —pregunto en voz baja.

Me arrodillo junto a él, está más pálido que antes. En las mejillas y la garganta tiene una marca roja y la piel de alrededor ha adquirido un vivo color naranja.

—Ruidos como de estar enfermo —susurra la niña.

Su pelo es muy rubio. Y sus pestañas, del mismo color, se agitan como rayitos de luz. Le pasa a Gabriel los dedos por el pelo a modo de peine y le acaricia la cara.

—¿Fue él quien te dio este anillo? —pregunta señalándomelo con el mentón.

No le respondo. Sumerjo una toalla en el barreño, la escurro, y le humedezco con ella la cara a Gabriel. Esta horrible sensación, la de ver sufrir a alguien que quiero sin tener más que agua para ayudarle, me resulta familiar.

—Algún día yo también llevaré un anillo de oro —afirma la niña—. Algún día seré la primera esposa de alguien, lo sé. Mis caderas son perfectas para tener hijos.

En otras circunstancias menos espantosas me habría echado a reír.

—Conocí a una chica que de pequeña también quería lo mismo que tú —digo.

Me mira con sus grandes e intensos ojos verdes. Y por un segundo pienso que a lo mejor tiene razón. Se convertirá en una joven apasionada y llena de vida, destacará en la hilera de deprimentes chicas raptadas por los Recolectores, un hombre la elegirá, y él se meterá en su cama lleno de deseo.

—¿Lo consiguió? Me refiero a si se casó con alguien.

—Era mi hermana esposa —respondo—. Y sí, su marido también le regaló una alianza de oro.

Cuando sonríe veo que le falta un diente de delante. Tiene pecas en la nariz y las mejillas, como si fueran colorete.

—Seguro que era muy guapa —asiente ella.

—Lo era. Bueno, lo es —corrijo.

Cecilia ya no forma parte de mi vida, pero aún vive. No puedo creer que casi me haya olvidado de ella. Parece que hayan pasado siglos desde que la dejé en aquel montículo de nieve gritando mi nombre. Eché a correr, sin mirar atrás, odiándola como nunca he odiado a nadie en toda mi vida.

Al recordar a Cecilia en este embotador lugar lleno de humo me parece como si fuera otra vida. Ni siquiera me siento enojada. Ya no siento apenas nada.

—¿Cómo se encuentra el paciente? —pregunta Lila desde la entrada.

La niña al verla pone cara de avergonzada. La han pillado con las manos en la masa. Aparta la cabeza de Gabriel de su regazo y se apresura a salir de la tienda, mascullando disculpas y llamándose a sí misma estúpida.

—Siempre tiene que ocuparse de los chicos enfermos —comenta Lila—. No se puede resistir a un Príncipe Azul en apuros.

A plena luz del día, sin maquillar, Lila sigue siendo una joven muy guapa. Tiene unos ojos sensuales y tristes, y una lánguida sonrisa. Lleva la melena alborotada y desgreñada echada a un lado. Su tez, tan oscura como sus ojos, está envuelta en pañuelos azules de gasa. La nieve cae tras ella.

—No te preocupes —continúa—. Tu príncipe se pondrá bien. Sólo está un poco sedado.

—¿Qué le has dado? —pregunto sin ocultarle mi enfado.

—Le he inyectado un poco de sangre de ángel. Lo

mismo que nosotras usamos para que nos ayude a dormir.

—¿Dormir? —grito—. ¡Si está en coma!

—La Madame recela de los chicos nuevos —alega Lila con compasión.

Se arrodilla junto a mí y le pone los dedos en el cuello para tomarle el pulso.

—Cree que son espías que vienen para robarle a sus chicas —añade.

—Sin embargo deja que cualquier tipo con dinero entre y haga lo que quiera con ellas —replico.

—Bajo una estricta vigilancia —apunta Lila—. Si alguien intenta hacer algo malo con las chicas, y a veces lo hacen… —añade imitando con los dedos una pistola y fingiendo apuntar y dispararme—, detrás de la noria hay una gran incineradora donde queman los cuerpos. Jared la fabricó con piezas de máquinas viejas.

No me sorprende. La cremación es la forma más popular de deshacerse de los cuerpos. Estamos cayendo como moscas y no queda espacio para enterrarnos a todos, y además circula el rumor de que el virus contamina la tierra. Y al igual que existen los Recolectores que raptan a chicas, también hay equipos de limpieza que recogen los cuerpos arrojados en la cuneta y los llevan a las incineradoras de la ciudad.

De sólo pensarlo me da náuseas. Me imagino a Rowan, incluso puedo por un momento sentirlo, buscando mi cuerpo preocupado por si ya se ha convertido en cenizas. Cuando al pasar por delante de una planta incineradora huela el fuerte olor a cenizas, ¿temerá estar oliéndome a mí? ¿Estar oliendo mi cerebro, o mis ojos, que son idénticos a los suyos?

—Estás un poco pálida —observa Lila.

¿Cómo lo puede ver? Todo lo que hay en esta tienda está coloreado de verde.

—No te preocupes, esta noche no haremos nada extenuante.

Lo único que deseo es quedarme sentada junto a Gabriel para protegerle de la debilitante inyección. Pero sé que si quiero escapar de este lugar tendré que acatar las normas del mundo de la Madame. Me digo que ya soy toda una experta en ello y que puedo volver a hacerlo. Ganarme la confianza de la anciana es mi mejor arma.

Lila me sonríe. Es una sonrisa cansada y bonita.

—Creo que empezaremos con tu pelo. Lo tendremos que lavar. Y luego probaré el maquillaje que te queda mejor. Tu cara es un bello lienzo. ¿Te lo habían dicho alguna vez? No te imaginas los rostros que he tenido que maquillar. Las narices de algunas de esas chicas.

Pienso en Deirdre, mi pequeña sirvienta, que también decía que mi cara era como un lienzo. Hacía maravillas con los colores, a veces cuando yo estaba aburrida la llamaba para que me maquillara. Me ponía delicados tonos terracota para las cenas con mi marido; naturales rosas, rojos y blancos cuando se abrían las rosas del jardín; azules, verdes y plateados escarchados cuando tenía el pelo empapado de agua de la piscina y me sentaba cubierta con el albornoz, apestando a cloro.

—¿Qué colores me quedarán mejor? —pregunto, aunque el estómago se me esté encogiendo de miedo.

—Aún no lo sé —responde Lila—. Haremos varias pruebas de maquillaje y se las enseñaremos a su Alteza —añade pronunciando las dos últimas palabras sin afecto—. Y te preparé poniéndote el maquillaje que más le guste.

—¿Me prepararás?

Lila endereza la espalda y, sacando el pecho, hace como si se arreglara el pelo, que se desliza entre sus dedos como chocolate líquido.

—En el arte de la seducción, querida. *En el arte de la zeducción* —añade imitando el falso acento de la anciana.

La Madame quiere convertirme en una de sus chicas. Sigue empeñada en venderme a sus clientes, aunque no sea de la forma habitual.

Miro a Gabriel. Tiene los labios apretados. ¿Puede oír lo que está sucediendo? *¡Despierta!* Quiero que me rescate como lo hizo durante el huracán. Quiero que nos saque de aquí. Pero sé que no puede. Yo he sido la que lo he metido en este brete y ahora tendré que apañármelas sola.

4

La tienda en la que estoy es roja, como los flecos adornados con abalorios que cuelgan de su techo tan bajo que
casi lo tocamos con la cabeza mientras estamos de pie
ante el espejo. El ambiente está cargado de humo, hace
tanto que lo respiro que ya no me irrita la garganta. Lila
me recoge el pelo con docenas de trencitas y las empapa
de agua «para hacerme rizos».

Afuera ha empezado a sonar la música festiva. Loquilla está sentada en la entrada, contemplando la noche. Al
seguir su mirada, vislumbro el suave color blanco de un
ceñido vestido. Se escuchan unos gruñidos y jadeos tan
desesperados que dan escalofríos. Lila suelta unas risitas
mientras me pinta los labios.

—Es una de las Rojas —señala—, seguramente Escarlata. Quiere que todo el mundo se entere de que es una
puta.

Enderezando la espalda, grita «¡Puta!» sacando la cabeza al exterior, y la palabra le llega a Loquilla, que, llenándose la boca de fresas medio podridas, está contemplando en medio de la noche la escena.

La niña se parte de risa.

Quiero preguntarle a Lila por qué deja que su hija

contemple estas cosas, pero de pronto recuerdo las bromas que me hacían mis hermanas esposas. Se desnudaban mientras yo estaba en su habitación, y salían al pasillo en braguitas para pedirles a las otras que les prestaran alguna prenda. Cuando Cecilia estaba en un avanzado estado de gestación, ni siquiera se preocupaba de abrocharse el camisón e iba a todas partes enseñando su barriga. Supongo que al convivir con tantas otras chicas pierdes la timidez.

Y aquí también tendré que acostumbrarme a perderla. Si la Madame se entera de que me he inventado mis tórridas aventuras amorosas, no creerá nada más de lo que le cuente. Por eso finjo no sorprenderme cuando Lila me explica el funcionamiento de los colores que la Madame asigna a sus chicas.

Las Rojas son las favoritas de la patrona: Escarlata y Coral viven con ella desde que eran bebés y la Madame incluso les presta sus joyas. También les deja tomar baños con agua caliente y les da las fresas más maduras de otros huertos que crecen detrás de la tienda, porque los brillantes ojos y las largas melenas de las chicas son los más cotizados entre sus clientes.

Las Azules son las misteriosas: Azul Lirio, Añil, Zafiro y Celeste. Duermen pegadas unas a otras y sueltan risitas al contarse chismes susurrando. Pero les faltan muchos dientes y los que les quedan están ennegrecidos, y sólo las escogen los hombres que no quieren pagar por las mejores chicas, los que no se quedan en la habitación demasiado tiempo. Los clientes las poseen apresuradamente, a veces incluso de pie contra un árbol, o en la tienda delante de todo el mundo.

Hay más chicas. Más colores que se combinan en una

sucia mezcla mientras Lila habla de ellos, y después hace una pausa para pedirle a Loquilla que le vaya a buscar el agua oxigenada. La chica, con los dedos y la boca manchados de jugo de fresas, se dirige a gatas (apenas anda) hacia la colección de tarros, frascos y ampollas. Encuentra el que está marcado con la etiqueta «agua oxigenada» y se lo da.

—¿Cómo ha sabido reconocer el frasco? —pregunto sorprendida.

—Ha leído la etiqueta —observa Lila vertiendo un poco de agua oxigenada en un trapo para limpiarme el colorete de las mejillas—. Es una niña muy lista, pero su Alteza —añade volviendo a decir estas dos palabras con malicia—, a quien le gusta tenerla encerrada para que no la vean, cree que no es más que un engendro inútil.

«Engendro» es una palabra muy cruel para definir a una niña que ha nacido con una malformación genética. A veces en el laboratorio donde trabajaban mis padres alguna mujer tenía un hijo deforme: nacía ciego, mudo o con una malformación de alguna índole. Pero los más comunes eran los bebés con ojos extraños, que nunca hablaban o se desarrollaban con normalidad, y cuya conducta nunca coincidía con ninguna investigación genética. Mi madre una vez me contó que había un niño deforme que se pasaba la noche gritando aterrado porque creía ver fantasmas. Y antes de que mi hermano y yo naciéramos, mi madre dio a luz a gemelos con una malformación, tenían los mismos ojos heterocromáticos —marrón y azul— que los míos, pero nacieron ciegos y nunca aprendieron a hablar, y pese a que mis padres se desvivían por ellos, se murieron a los cinco años.

En los orfanatos sacrifican a los niños deformes porque los ven como sanguijuelas que ni siquiera son capaces de cuidar de sí mismos. Eso si no se mueren antes. Pero en los laboratorios son los candidatos perfectos para las pruebas genéticas, porque nadie sabe por qué han nacido así.

—La Madame me ha dicho que tu hija muerde a los clientes.

Lila, que sostiene un delineador de ojos cerca de mi cara, se ríe echando la cabeza atrás. Su risa se mezcla con los gruñidos, la música y los gritos de la Madame dando órdenes a uno de sus chicos.

—¡Me parece muy bien que los muerda! —exclama.

A lo lejos la anciana se pone a llamar a gritos a Lila.

—¡Está borracha! —masculla poniendo los ojos en blanco. Se lame el pulgar para difuminar el delineador que me ha aplicado en los párpados—. Vuelvo enseguida. No te vayas a ninguna parte.

¡Como si pudiera hacerlo! Sé que hay un guardia apostado en la entrada.

—¡Lila! —grita la Madame arrastrando las palabras con su falso acento—. ¿Dónde te has metido, pedazo de estúpida?

La joven se apresura a ir a su encuentro mascullando obscenidades. Loquilla la sigue llevándose el cubito lleno de fresas medio podridas.

Me tumbo sobre la sábana de color rosa chicle que cubre el suelo y apoyo la cabeza en uno de los muchos cojines de la tienda. Tiene los bordes adornados con cuentas naranja. Creo que mi cansancio se debe al humo que flota en el ambiente. ¡Qué cansada me siento! Los brazos y las piernas me pesan. Los colores se vuelven el doble de intensos. La música suena el doble de fuerte.

Oigo las risitas, los gemidos y los jadeos de las chicas como música de fondo. Y pienso que hay algo mágico en todo lo de aquí. Algo que atrae a los clientes de la Madame como si fueran pescadores atraídos por la luz de un faro. Pero también hay algo aterrador. Es aterrador ser una chica en este lugar. Ser una chica en este mundo.

Se me cierran los ojos. Rodeo el cojín con los brazos. Sólo llevo una combinación dorada de satén (la Madame me ha adjudicado el color dorado al llamarme Vara de Oro), pero pese al viento que sopla fuera, en la tienda hace calor. Supongo que es por el humo, el sistema de calefacción subterránea de Jared y las velas de los farolillos. La Madame ha pensado en todo. Si las chicas estuvieran cubiertas hasta las orejas con ropa de invierno, a duras penas atraerían a los clientes.

El calor que hace en la tienda es agradable e inquietante a la vez. Me entran ganas de echar una siesta.

No te olvides de cómo llegaste aquí. Oigo que me dice Jenna. *No te olvides.*

Estamos tumbadas una al lado de la otra, rodeadas por el dosel de la cama. Jenna no está muerta. Al menos no lo está mientras se encuentra arropada y a salvo en mis sueños.

No te olvides.

Aprieto los párpados con fuerza para no despertar. No quiero pensar en la horrible muerte de mi hermana esposa mayor. Con la piel llagada y podrida. Los ojos vidriosos. Quiero fingir un rato más que está bien.

Pero no puedo evitar sentir que Jenna me está intentando decir que no baje la guardia en este peligroso lugar. Puedo percibir el olor a medicamentos y descomposición que despide su lecho de muerte. Cuanto más fuerte se vuelve, más me adormezco.

Alguien aparta la cortina, haciendo tintinear las cuentas que enmarcan la portezuela de la tienda. Abro los ojos desconcertada.

Es Gabriel, ya no tiene la mirada vidriosa y se mantiene en pie por sí solo, lleva un grueso suéter negro de cuello alto, tejanos y calcetines de lana. La clase de ropa que usan los guardias de la Madame.

Nos miramos durante un largo momento como si hiciera siglos que no nos viéramos y quizá sea así. Desde que llegó no me he podido comunicar con él a causa de la sangre de ángel, y cada momento que la Madame tenía libre me separaba de Gabriel.

—¿Cómo te encuentras? —pregunto.

—¡Qué guapa…! —me dice él al mismo tiempo.

Me siento en el mar de cojines y él se acomoda junto a mí, los farolillos me muestran las profundas ojeras de Gabriel. Cuando le dejé esta mañana, la Madame le dio a Lila las estrictas instrucciones de que no le administrara más sangre de ángel, pero él mientras dormía articulaba palabras que no pude entender. Ahora al menos le ha vuelto el color a las mejillas. De hecho, las tiene coloradas. En esta tienda hace bastante calor, debe de ser por las barritas de incienso que Lila ha encendido y el aroma dulce y meloso que despiden las velas de los farolillos.

—¿Cómo te encuentras? —vuelvo a preguntar.

—Muy bien —responde—. Durante unos minutos estuve viendo cosas extrañas, pero ahora ya me ha pasado.

Las manos le tiemblan un poco y yo se las cubro con las mías. Tiene la piel algo húmeda y sudorosa, pero su aspecto es mejor que el que tenía cuando estaba en estado de coma temblando a mi lado. Al recordarlo, le abrazo aliviada de que ahora ya esté bien.

—Lo siento —susurro—. Todavía no se me ha ocurrido ningún plan para fugarnos de aquí, pero he ganado un poco de tiempo. Creo que la Madame quiere que actúe para ella.

—¿Que actúes? —pregunta Gabriel sorprendido.

—No sé qué tendré que hacer exactamente, quizá me haga bailar. Podría haber sido peor.

No hace ningún comentario. Ambos sabemos la clase de actuación que realizan las otras chicas.

—Tiene que haber una forma de cruzar la puerta para fugarnos —susurra Gabriel—. O...

—Shh. Creo que he oído algo fuera.

Aguzamos el oído, pero el frufrú que me pareció oír no se repite. Podría haber sido el viento o cualquiera de las chicas de la Madame pasando por el lado de la tienda.

Por si acaso, decidimos hablar de algo más seguro.

—¿Cómo supiste que estaba aquí?

—Cuando me desperté había una niña a mi lado. Me dio esta ropa y me dijo que fuera a la tienda roja.

Sin poder evitarlo lo rodeo con los brazos pegándome a su cuerpo.

—¡No sabes lo preocupada que me tenías!

Me responde dándome un dulce beso en el hueco del cuello, apartándome el pelo que me cae sobre los hombros. Ha sido muy duro para mí estar tendida a su lado cada noche sintiéndome tan vacía como una muñeca de trapo, soñar de manera fragmentada con caramelos June Bean en bandejas de plata, pasillos serpenteantes de la mansión y laberintos verdes que en lugar de conducirme a Gabriel me alejaban de él.

71

Ahora siento todo el peso de su cuerpo. Y deseando notarlo más aún, ladeo la cabeza para que los besos que me da en el cuello me lleguen a los labios, y tiro de él mientras me apoyo en los cojines con las cuentas tintineando. Siento uno de sus botones hecho con piedras semipreciosas pegándose a mi espalda.

El humo del incienso está vivo. Sigue el contorno de nuestros cuerpos. El intenso aroma que despide hace que los ojos se me nublen y me siento rara. Pesada y acalorada.

—Espera —susurro cuando Gabriel me desliza por el hombro el tirante de la combinación—. ¿No te sientes raro?

—¿Raro? —responde besándome.

Juraría que en la tienda hay el doble de humo que antes.

Afuera se oye un frufrú junto a la entrada y me incorporo al instante, asustada. Gabriel, con un brazo pegado alrededor del mío, parpadea, de su pelo húmedo le caen gotas de sudor. Algo ha ocurrido. Alguna clase de hechizo. Alguna clase de fuerza sobrenatural. Es la única explicación posible. Siento como si estuviera volviendo de un lugar muy lejano.

De repente oigo las inconfundibles carcajadas de la Madame. Irrumpe en la tienda, aplaudiendo, veo sus blancos dientes por entre el humo. Mientras se dirige pisando fuerte hacia las barritas de incienso para apagarlas, chapurrea algo en francés.

—*Merveilleux!* —exclama—. ¿Cuántos había, Lila?

La chica entra en la tienda contando un fajo de dólares.

—Diez, Madame —responde—. El resto se quejaron de no poder ver nada por el resquicio.

Horrorizada, oigo al otro lado de la tienda voces de hombres refunfuñando decepcionados. Entre la cortina de cuentas descubro que hay una raja hecha aposta en la tienda. Dando un grito ahogado, me cubro el pecho abrazando un cojín rosa de seda.

Gabriel aprieta las mandíbulas y yo le pongo la mano en la rodilla para que no haga una locura. Debemos seguirle el juego a la Madame, sea lo que sea lo que haya planeado.

—Los afrodisíacos son muy potentes, ¿no os parece? —dice ella acercándose a un farolillo y apagando la llama de la vela con el pulgar y el índice—. ¡Sí, habéis dado un buen espectáculo! Los hombres pagarán una fortuna para ver lo que no pueden tocar —añade mirándome a mí.

5

Nos llama «los tortolitos». La Madame ha ordenado pintar LES TOURTEREAUX con letras cursivas rojas en una tabla de una vieja valla de madera. Está construyendo una jaula con trozos de alambre oxidado y perchas. Le ha pedido a Gabriel que doble los trozos de alambre y los pinte con una mezcla que me ha tomado toda la mañana hacer, compuesta de sombra de ojos dorada, agua y cola. A las chicas no les ha hecho ninguna gracia desprenderse de la sombra de ojos dorada. Al pasar junto a mí me dan empujones, traspasándome con sus ojos apagados, y mascullan palabras que no puedo oír escupiendo en el suelo.

—Están celosas —afirma Lila sosteniendo un alfiler entre los labios mientras le cose volantes a una camisa blanca—. Ha llegado sangre nueva al lugar.

Estamos apiñadas en la tienda roja y yo sumerjo plumas grises en un cubo galvanizado lleno de tinte azul y luego las cuelgo con pinzas en un tendedero improvisado para que se sequen. Me pregunto qué clase de pájaro ha tenido que morir por esta causa. Supongo que ha sido una paloma o una gaviota.

Tengo los dedos manchados de azul y varias gruesas gotas de tinte caen sobre el desgastado vestido camisero que llevo de una talla superior a la mía. A la Madame no le gustará verlo manchado de tinte.

Entra de sopetón en la tienda y haciendo estremecer las paredes me grita:

—¡No, no, no! ¡Así no se tiñen las plumas, niña!

—Ya le dije que no tenía ni idea —mascullo disculpándome.

—No importa —responde la Madame agarrándome del brazo y tirando de mí para que me levante—. Quería hablar contigo de todos modos. Lila se ocupará de terminar tu vestido.

La chica masculla algo entre dientes que no puedo oír y Madame dando una patada en el suelo le arroja una nube de polvo, haciéndola toser sobre la camisa de volantes.

—En la tienda verde encontrarás un barreño con agua y un vestido. Arréglate un poco y reúnete conmigo junto a la noria.

Después de frotármelos de lo lindo, consigo sacarme casi todo el tinte de los dedos. Pero en las cutículas aún me queda un poco, enmarcándome las uñas de azul y haciendo que mis manos parezcan unos esbozos de sí mismas.

Cuando me reúno con la Madame, la noria está girando lentamente.

—El engranaje necesita calentarse un poco con este frío —señala la mujer cubriéndome los hombros con un chal de lana—. Pero tenemos cosas de las que hablar —prosigue—. Y aquí abajo podrían oírnos.

Jared presiona una palanca y ante nosotros se detiene una cabina vacía de la noria.

La Madame me hace subir primero y luego se sienta a mi lado. La cabina se mece y cruje mientras ascendemos.

—Tienes unos omoplatos preciosos —observa ella; hoy no sabría decir con qué clase de acento intenta hablar—, y la columna se te marca en la espalda en la justa medida. No es demasiado nudosa. Es delicada.

—Usted ya conoce bien mi cuerpo, me estaba mirando mientras yo me cambiaba —replico.

Ella no se preocupa en negarlo.

—Tengo que saber lo que estoy vendiendo.

—¿Qué es lo que *está* vendiendo? —pregunto atreviéndome a apartar la mirada de mi puño apretado para mirar su rostro envuelto en humo. Las ascuas del cigarrillo revolotean con el viento y siento sus minúsculas punzadas en mis rodillas desnudas. A estas alturas, lejos del artilugio que Jared usa para calentar la tierra, hace un frío que pela. La nariz me empieza a gotear. Me ciño el chal alrededor de los hombros para conservar el calor.

—Ya te lo he dicho —responde—. Una ilusión.

Me sonríe con sus ojos oscuros y lejanos mientras resigue con su dedo la pendiente de mi mejilla. Su voz es baja y dulce.

—Pronto te arrugarás. La carne se te desprenderá de los huesos. Chillarás y llorarás de dolor hasta que todo se haya terminado. No te quedan más que un puñado de años.

Ignoro la escena. A veces es más fácil no querer ver la verdad.

—¿Cobrará también por ver mi muerte? —pregunto.

—No —responde lanzando un suspiro y arrojando la colilla por el borde de la cabina. Sin el cigarrillo se ve pequeña e incompleta—. Lo que intento es que mis clientes se olviden de esta horrible realidad. Cuando te miren, no estarán pensando en los pocos años que te quedan.

No verán más que juventud extendiéndose como un profundo valle.

No puedo evitarlo. Miro hacia abajo. La mayoría de las chicas duermen durante el día, pero algunas pocas ya se han levantado y se han puesto en movimiento, mangoneando a sus hijos, limpiando los huertos cubiertos de hierbajos, exhibiéndose ante los guardaespaldas para recibir un poco de atención. Hacen cualquier cosa para sentirse vivas. Y todas ellas me odian por estar tan por encima de sus cabezas.

—¿Harás una buena escena para mí, verdad? —dice la Madame—. Sólo hay una norma. Tú y tu chico debéis comportaros como si estuvierais solos. Mis clientes no quieren ser vistos. No estarán detrás de las paredes de la tienda, sino que serán las mismas paredes.

La idea de hacer una escenita para «las paredes» no me alivia para nada. Pero no me queda más remedio que seguirle la corriente hasta encontrar el modo de escapar, y hay cosas peores que estar encerrada en una jaula improvisada con Gabriel fingiendo estar solos, ¿verdad? Tengo la garganta seca e inflamada.

La Madame se mete la mano por debajo de la pila de vistosos pañuelos que le cubren el pecho y saca una cajita de plata. Al abrirla, aparece una píldora rosa.

Me la miro con recelo.

—Es para que no te quedes embarazada —explica—. Desde que prohibieron los métodos anticonceptivos circulan un montón de píldoras falsas, pero mi proveedor es de confianza. Las elabora él mismo.

Como si se burlara de nosotras, una niña se pone a chillar al pasar junto a la noria mientras una de las Rojas la lleva a rastras tirándole del pelo.

—No las puedo malgastar con todas las chicas —puntualiza la Madame—, sólo se las doy a las más rentables. Me estremezco al pensar qué engendro saldría del vientre de Lila si dejara que se quedara embarazada nuevamente.

Lila. Es cínica, guapa e inteligente. Una buena madre, me digo. Tan buena como alguien puede llegar a serlo en un lugar como este y con una niña tan especial como Loquilla. Pero ella oculta este hecho cuando los clientes vienen a verla por la noche. Es una de las chicas más solicitadas y a menudo es ofrecida a los hombres que más pagan, los de las primeras generaciones que se dedican sobre todo a los trabajos mejor remunerados. Y sin embargo Lila no ha vuelto a tener ningún otro hijo. Supongo que ha sido gracias a la píldora.

Pero aun así no quiero tomármela. ¿Acaso puedo confiar en algo en este lugar? Incluso los aromas que flotan en él pueden hacerme comportar de manera extraña.

La Madame me la mete en la boca a la fuerza.

—¡Trágatela! —ordena empujándola hasta el gaznate con una de sus afiladas uñas pintadas. Forcejeo y echo la cabeza atrás, pero la píldora se desliza por mi garganta antes de darme cuenta. Me duele habérmela tragado.

La anciana se ríe socarronamente de mi avinagrada expresión.

—Más tarde me lo agradecerás —afirma rodeándome con el brazo—. Mira —sus susurros me hacen cosquillas en el oído—, mira cómo las nubes se han trenzado como el pelo de una niña.

El frío, el humo y la píldora hacen que se me empañen los ojos y cuando por fin parpadeo, las nubes han empezado a adquirir otra forma totalmente distinta.

Pero la expresión de nostalgia de la Madame no ha cambiado: *Se han trenzado como el pelo de una niña*. Creo que echa de menos a su hija muerta más de lo que quiere reconocer. Este pensamiento me hace sentir mejor, por extraño que parezca. Su dolor demuestra que pese a todo es humana.

Noto la calidez de la tierra blanda y esponjosa bajo mis pies descalzos, animada por la vida que le insufla la máquina de Jared. Me revienta admitir lo agradable que es, por más que quiera evitarlo me muero de ganas de echar una siesta tumbada en el suelo.

Gabriel y yo estamos intentando clavar en el suelo los barrotes de nuestra gigantesca jaula. A unos pocos metros de distancia Jared y varios guardaespaldas están clavando piquetas para montar una carpa alrededor para el espectáculo de esta noche.

En todo el día, esta es la primera oportunidad que hemos tenido de estar solos; aun así los guardias están lo bastante cerca como para oír lo que decimos. Pero percibo las miradas que Gabriel me lanza, sus agrietados labios apretados como si tuviera algo que decirme.

—Gabriel —susurro pegándome a su espalda y rodeándole con los brazos para ayudarle a clavar un barrote en el suelo—. ¿Qué es lo que quieres decirme?

—¿De verdad quieres hacer esto? —musita—. ¿Este espectáculo?

Me acerco al siguiente barrote para clavarlo.

—No creo que tengamos otra elección.

—Creía que podíamos intentar fugarnos, pero hay una valla de tela metálica —dice él.

—¿Y te has fijado además en el ruido? ¿En ese zumbido?

—Creía que el ruido venía de la incineradora —responde—. Podríamos intentar averiguar qué es.

Sacudo la cabeza.

—Si alguien nos viera, sería nuestro fin.

—Entonces tendremos que asegurarnos de que nadie nos vea.

—Siempre hay alguien vigilando.

Le echo una ojeada a Jared, que me ha estado observando, pero ahora está mirando hacia otra parte.

—Creo que ya hemos terminado —afirmo sacudiéndome el brillante residuo dorado de las palmas de las manos—. Esta jaula ya está bien clavada en el suelo.

«LES TOURTEREAUX.» El cartel, elegante dentro de su ordinariez, lo han colocado a la entrada de la nueva tienda de color melocotón.

Estamos de pie junto a nuestra jaula mientras varias chicas encienden a regañadientes las barritas de incienso y los farolillos a nuestro alrededor, haciendo que nuestras sombras bailen. La Madame quería al principio que la tienda fuera amarilla, pero al final decidió que una de color melocotón le sentaría mejor a nuestra piel. Afirma que estoy tan pálida como un muerto. Gabriel me acaba de susurrar algo en medio de la humareda y el corazón me martillea en los oídos. No he entendido lo que me ha dicho. Lleva la camisa con volantes que Lila estuvo cosiendo toda la tarde y yo voy prácticamente cubierta de plumas, las llevo en el pelo y también en la espalda como dos alas gigantescas de ángel. El tinte todavía no se ha secado del todo y los brazos se me manchan de chorretes azules.

—Aún estamos a tiempo de echar a correr —susurra Gabriel rodeándome la cara con las manos.

Los brazos me tiemblan. Sacudo la cabeza. En este momento echar a correr es lo que más deseo del mundo, pero nos atraparían. La Madame, en su país de las hadas del opio, acusaría a Gabriel de espía y lo haría ejecutar. Y quién sabe lo que haría conmigo. El parecido que guardo con su hijita muerta juega a mi favor. Hace que le guste de un modo que es injusto para las otras chicas. Siento que se está empezando a establecer una confianza entre nosotras. Si logro que confíe en mí del todo, quizá me dará más libertad. Esta táctica me funcionó con Linden, pero igual aquí no tengo tanta suerte. Lila es la chica en la que la Madame más confía. Ella se ocupa del dinero, de preparar a las otras chicas y de supervisar los vestidos y las actuaciones. Sin embargo, no he visto que goce de más libertad que el resto.

Pero ganarme a la anciana me favorecería.

—Bésame —susurro abriendo el pasador de nuestra jaula y metiéndome en ella.

6

Al regresar a la tienda verde me meto exhausta bajo las mantas. Aquí el aire no está tan cargado de humo, aunque ya me he acostumbrado a la constante nube de opio que envuelve a la Madame y a los perfumes de las chicas.

Gabriel se sienta a mi lado y me saca las plumas teñidas, sujetas con horquillas alrededor de mi cabeza como una corona. Las va apilando cuidadosamente en el suelo y se las queda mirando.

—¿Qué te pasa? —pregunto.

Es tarde. Cuando salimos de la jaula el cielo ya se estaba coloreando con la luz del alba.

—Los hombres no dejaban de mirarte —observa molesto.

Intento no pensar en ello. No quise ver lo que había fuera de la jaula. En lugar de concentrarme en los frufrús y los murmullos, lo hice en la música festiva sonando a lo lejos. Después todo se volvió borroso. Sólo me acuerdo de los pañuelos colgando de las barras, rozándonos la piel. Gabriel me besó y yo separé los labios, cerré los ojos. Me dio la sensación de ser un sueño corto y turbio. Varias veces me susurró que despertara y al abrir los ojos vi su cara de preocupación por el espectáculo. Recuerdo haberle dicho: *No pasa nada.*

—No pasa nada —repito ahora dejando que estas palabras salgan de mi boca. Como un mantra.

—Rhine —susurra—, odio todo esto.

—Shhh —musito.

Los párpados me pesan demasiado.

—Échate a mi lado un rato —le pido.

Pero Gabriel no lo hace. Siento una ligera presión en la espalda y me doy cuenta de que me está sacando las plumas del vestido, una por una.

Los días van discurriendo, en lilas, verdes, y partículas de oro, derramándose de las barras doradas como imperios desmoronándose. Y yo estoy rodeada de oscuridad. Me encuentro en una especie de túnel, viviendo como una sonámbula el espacio entre el sueño y las actuaciones.

Desde la lejanía oigo la inquieta voz de Gabriel diciéndome que ya va siendo hora de irnos, que esto debe acabar. Pero al siguiente instante me está besando, rodeándome con sus brazos, y yo me dejo caer sobre él.

La noria sigue girando, proyectando regueros de luz en el cielo. Las chicas se ríen estrepitosamente y vomitan. Los niños corretean como cucarachas. Los guardias dejan sus revólveres a la vista como advertencia.

Siento el impacto del agua fría contra mi cara, blanca y ruidosa. Resoplo.

—¿Me estás escuchando? —susurra Gabriel.

Tosiendo, me froto los ojos con la muñeca.

—¿Qué? —respondo.

Estamos en la tienda verde, rodeados de plumas.

—Tenemos que irnos. Ahora mismo —afirma. Intento enfocar su cara—. Te estás convirtiendo en una más.

Parpadeo varias veces, tratando de despertar. Las mantas están empapadas.

—¿En una más de qué?

—En una de esas horribles chicas —afirma—. ¿Es que no lo ves? Venga, levántate.

Intenta hacerme ponerme en pie, pero yo me resisto.

—No podemos hacerlo —replico—. Ella nos cogerá. Nos matará.

—Tiene razón, ¿sabes? —ataja Lila.

Está plantada en la entrada con los brazos cruzados. La luz de la aurora brilla tras ella, transformando su figura en un elegante lazo negro.

—Es mejor que no hagáis esta estupidez. Ella tiene ojos hasta en el cogote.

Gabriel la mira sin decir nada. Cuando se va, me da un trapo para que me seque la cara.

—Tenemos que hacerlo pronto —insiste.

—Vale —respondo—. Pronto.

Me esfuerzo en mantenerme despierta a pesar de la pesantez que siento. Gabriel y yo barajamos susurrando las opciones que tenemos, que son deprimentemente escasas. Todas nuestras ideas tienen que ver con la valla de tela metálica. Con cómo trepar por ella. Con cómo cavar un túnel por debajo. Me cuenta que él y varios guardaespaldas van a estar repasando la pintura del tiovivo y que desde allí intentará hacerse una mejor idea de cómo podemos cruzar la valla.

Acabamos durmiéndonos cuando el sol ya está en lo alto y nuestra tienda reluce como el corazón de una esmeralda. Justo antes de quedarme dormida siento que me besa en los labios. Es un beso apasionado, sincero, y yo le doy otro igual. Siento un calorcillo en el pecho y quiero recibir más besos, pero lucho contra este sentimiento. No puedo sacarme de la cabeza la sensación de que me están mirando.

Sueño con la píldora rosa que la Madame me obligó a tragar. Me deslizo por mi lengua y ésta me conduce a una oscura gruta. Aterrizo con un fuerte chapoteo, me asustó.

Lila me está tirando del pelo, me despierto asustada por el dolor.

—¿Echando una cabezadita mientras trabajas? —dice.

Abro los ojos. Vuelvo a oler el aire de siempre cargado de humo y los muchos perfumes de la Madame. Lila me ha estado haciendo bucles. Debo de haberme quedado dormida.

Tirándome de las muñecas, hace que me ponga en pie. Al incorporarme mis rizos se bambolean.

—La Madame quiere verte —dice.

—¿Ahora?

—No, mañana, cuando esté resacosa y los clientes se hayan ido —comenta con ironía—. Ponte esto.

Me entrega una pieza de tela rectangular de color amarillo chillón, supongo que es un vestido. No se molesta en girarse para que me lo ponga.

El vestido es tan largo que lo arrastro por el suelo y Lila me enseña a ponérmelo, rodeándome el hombro con él.

—Se llama sari —me explica—. Al principio te sentirás un poco rara con esta ropa, pero créeme, la Madame sólo nos la deja poner cuando quiere exhibirnos.

—¿Exhibirnos a quién exactamente?

Lila se limita a sonreír, arreglando la tela que me cuelga del hombro, y luego me coge de la mano para hacerme salir de la tienda.

Me arrastra en medio de la noche y el aire es tan frío que me sienta como un bofetón. La nieve cae revoloteando sin llegar nunca a amontonarse en el suelo. Se me ocurre que todo lo de este lugar, al igual que la nieve, nunca se llega a asentar. Las chicas siempre están en movimiento, todo es como las piezas de un engranaje, como las ruedas dentadas de un reloj de pulsera gigantesco.

La Madame se dirige corriendo hacia mí, con los brazos abiertos y los pañuelos y las mangas de color naranja, lila y verde seda ondeando.

—Ahora sí que pareces una auténtica dama.

Jared está plantado a sus espaldas, con los brazos cruzados, una cuerda naranja colgada al cuello y un farolillo en la mano. Lleva una camiseta sin mangas y sus brazos musculosos están embadurnados de grasa. Hace un rato lo vi tumbado debajo de una máquina enorme con lucecitas que vibraba, hecha con un montón de piezas de automóvil. A pesar del frío se deslizan por su rostro relucientes gotas de sudor. Me mira fijamente con sus inexpresivos ojos negros.

La Madame me pellizca las mejillas, retorciéndomelas entre sus nudillos. Me encojo de dolor, pero no me aparto de ella.

—Necesitas más color —dice, y luego se echa a reír burlonamente—. Ven, ven —añade tirándome de la muñeca, y Jared nos sigue a una cierta distancia. Puedo sentir sus ojos clavados en mi nuca.

Mientras camino descalza, las piedrecitas se me clavan

en los pies. Es otra cosa extraña en este lugar, nadie lleva zapatos.

Dejamos atrás la noria, que está girando con los asientos vacíos. Pasamos por delante de tiendas iluminadas con luces parpadeantes en las que se oyen susurros y risas. El viento frío masculla palabras que yo no entiendo. Las ascuas del cigarrillo de la Madame vuelan ante mis ojos. En el campo de girasoles marchitos algo se mueve, siguiéndonos. Al principio creo que se trata de alguna clase de animal, pero luego veo revolotear el vestido blanco de Loquilla. ¡Qué niña más rara! Incluso Lila piensa lo mismo. La tacha de loca, genial y maravillosa. Dice que está hecha para vivir en un mundo mejor.

Llegamos a la puerta de la valla metálica por la que nos metieron a la fuerza a Gabriel y a mí. De refilón veo a Loquilla separando la maleza con las manos. En la oscuridad sus ojos son como chispas. Está trazando con el índice letras en el aire, pero no entiendo lo que escribe.

Jared abre la puerta de la valla sin quitarme los ojos de encima, como si me estuviera provocando. Como si me estuviera diciendo: *Adelante, echa a correr si te atreves.*

Pero al igual que la primera vez que Linden me sacó de la mansión para llevarme a una exposición, ahora tampoco echo a correr. Algo en mí me dice que no lo haga. Loquilla está escribiendo furiosamente letras en las sombras.

Oigo las olas murmurando en la oscuridad, huelo el agua de mar. El estómago se me encoge de añoranza y terror. Ahí fuera también oigo algo más. Algo se está acercando.

—Vas a conocer a alguien especial —me susurra la Madame al oído, y siento su cálido aliento. El humo que sale de su boca se me enrolla en la garganta como una serpiente siseando.

De pronto, me quedo sin respiración, porque la figura del hombre que emerge de la oscuridad, mucho más grande que la mía, es toda ella gris.

Nadie sabe con seguridad por qué los Recolectores han elegido este color para sus americanas y camionetas. A veces las camionetas que conducen están mal repintadas, con las ventanillas cubiertas de chorretes grises y las ruedas salpicadas de este color. Pero lo que sí sé es que las americanas que llevan no son todas iguales. Están teñidas a mano, y además son de distintos cortes y estilos. Los Recolectores son un grupo clandestino, y aunque hay quien dice que trabajan para el Gobierno, lo que sí es cierto es que viajan en grupo. Se encuentran unos a otros, se alojan juntos en alguna parte y esperan las oportunidades. A lo mejor se reparten el dinero que ganan con nosotras y lo usan para repostar sus camionetas, comprar municiones para sus revólveres, beber como cosacos y hacer cualquier otra cosa que les venga en gana.

Creo que percibo antes el tufo del tipo que el color de su abrigo. Huele a moho, licor y sudor. Les debe dar mucho trabajo raptar a tantas chicas. Les debe de hacer sudar a mares. Sobre todo cuando se topan con las que luchamos, arañamos y nos defendemos como podemos.

Su boca sonriente llena de dientes cariados es lo siguiente que veo, me recuerda las sonrisas vacías de las chicas de la Madame.

Doy medio paso atrás instintivamente, pero la mujer me sujeta los brazos, clavándome las uñas y las chabacanas alhajas con tanta fuerza que siento que la piel me debe de estar sangrando.

El tipo me rodea la cara con las palmas de las manos y la Madame le hace un gesto a Jared para que sostenga el farolillo por encima de mi cabeza. Y de pronto me doy cuenta de lo que está ocurriendo. Este hombre, este Recolector, me está mirando a los ojos de la misma manera que mi hermano y yo miraríamos las manzanas de un mercado para elegir la mejor. Los ojos se le iluminan de alegría. Por más que lo intento, no acabo de comprender lo que está pasando. Hasta que la Madame dice un precio.

Y por fin, por fin, descifro la palabra que Loquilla estaba escribiendo en el aire.

Corre.

Todavía la sigue trazando, a gritos.

Correcorrecorrecorrecorre.

El Recolector intenta regatear el precio diciendo que puede conseguir chicas mucho más baratas en la calle. Está tan furioso que podría hasta escupir.

—No vas a conseguir ninguna como ésta —le suelta la Madame riendo estrepitosamente, echando una bocanada de humo por la boca al hablar.

Corre.

¡No puedo! Gabriel sigue prisionero en este lugar. La Madame ordenará que lo maten, estoy segura. Lo hará matar cuando descubra que no puede convertirlo en uno de sus guardaespaldas. Él nunca retendría a una chica contra su voluntad, ni iría armado con un revólver y mucho menos dispararía a nadie.

Y aunque yo echara a correr, no llegaría demasiado lejos. Jared está a mi lado, iluminándome con el farolillo, preparado para abalanzarse sobre mí en cuanto advierta que intento escapar. Me cuesta respirar. Mi cabeza es un caos.

Correcorrecorre.

¿Corre adónde? ¿Corre cómo?

El Recolector está indignado. Pero no se irá. La Madame lo sabe, de un modo u otro, ella me acabará vendiendo. Está convencida. Y debí de habérmelo imaginado. ¿De qué le serviría otra chica más? Todas las chicas de este lugar están ajadas, marchitas, usadas. Hay una tienda repleta con las que están en las distintas fases del virus que han adquirido y ella se las ofrece a sus clientes por un precio más bajo. Los hombres salen de la tienda limpiándose sus regordetas bocas manchadas de sangre por los besos de las chicas moribundas. Todo tiene un precio. ¿Cuánto tiempo hace que no tiene una chica saludable, fuerte y en su sano juicio y que no le falten los dientes?

Me dijo que le recordaba a su hija.

La hija a la que quería demasiado. La hija cuya muerte le dejó una cicatriz indeleble en el alma. Ella nunca volverá a querer a nadie, nunca.

No debería haber querido tanto a mi hija. No en este mundo donde todo dura tan poco.

El Recolector intenta regatear el precio.

Vosotras, nena, sois como moscas.

La Madame lo dobla.

Como rosas.

—¡Es un auténtico robo! —le espeta el tipo.

Os multiplicáis y luego os morís.

La Madame lo triplica.

—Esta es una vara de oro —grita la anciana, como si esto significara algo para él—. Es una joya. Ganarás una fortuna con ella.

—Los ojos no son más que ojos —replica el Recolector—. Hay otras chicas que también los tienen muy bonitos.

—No. Como. Estos —opone la Madame roja de rabia, rodeándome con los brazos como si me estuviera protegiendo—. ¡Sólo su anillo ya vale lo que te pido por ella! Si tú no me la compras, otro lo hará.

Por un peligroso momento me permito sentir un rayito de esperanza. Espero que el tipo no me compre y que la Madame me mande de vuelta a la tienda para ir a buscar a Gabriel y huir de aquí.

Pero el Recolector se pone la mano en la cadera y al siguiente instante lo único que sé es que estoy mirando pasmada el cañón de un revólver. Y el farolillo ilumina sus ojos llenos de rabia, que muestran incluso más rabia que los de la Madame, y grita que ha cambiado de parecer, que me quiere gratis, o que si no se asegurará de que nadie más pueda comprarme. Y Jared lo está apuntando también con un revólver y el Recolector lo apunta con el suyo.

Oigo el viento soplando entre la hierba alta como si el mundo entero diera un grito ahogado. Pero es Loquilla que pegando un salto ha salido de la maleza. Dando un grito de esos tan horribles, se le pega como una sanguijuela al tipo y le muerde la pierna cogiéndole por sorpresa. Él intenta sacársela de encima, pero la niña está agarrada a su pierna mordiéndole, arañándole y chillando.

El Recolector blasfema y escupe, y no creo que sea su intención disparar. Veo su cara de sorpresa al oír el disparo, pero ¡cómo iba a concentrarse con todo este jaleo! Le da a Jared en el brazo. Que empieza a sangrar.

Se oye otro disparo, esta vez del revólver de Jared.

Por segunda vez en mi vida, veo a un Recolector doblarse y caer muerto frente a mí. Loquilla lloriquea y se enrosca en la pierna de Jared como un gato. Él se agacha para consolarla, acariciándole el pelo con una mano y apuntando aún con la otra el cuerpo sin vida del Recolector.

—¡Cabrón! —exclama la Madame escupiéndole sobre el abrigo gris. El Recolector está con los ojos abiertos de par en par, mirando los pies desnudos de la Madame mientras ella aplasta el cigarrillo.

—Era uno de mis mejores clientes. Le daba mis mejores chicas —protesta la anciana. *Uno de miz mejorez clientez*—. ¿Y así es cómo me lo paga? —añade volviendo a escupirle.

Jared le susurra cosas dulces a Loquilla para tranquilizarla. Muchas de las chicas y de los guardaespaldas le han cogido cariño a la niña, la tratan como una especie de mascota. Pero Jared es su favorito y ver que lo apuntaban con un revólver la ha trastocado.

—¡Y tú mira el estropicio que has hecho! —grita la Madame desfogándose con Jared.

Se dirige hacia él furiosa, tirando de mí con tanta fuerza que la sigo tambaleándome.

—¿Y ahora cómo les voy a explicar su muerte a sus compinches? Él no habría disparado a la chica. No era más que un farol.

Jared sigue ahí plantado cuan alto es, a mí me saca una cabeza y la Madame a su lado parece una pigmea, pero ante la ira de la anciana se ve muy pequeño.

—Yo… —empieza a decir con los puños apretados. La Madame le golpea, primero en la cara y luego en el brazo, donde está sangrando por la bala que le ha desgarrado la piel.

—¡Me has fastidiado un buen negocio! ¡Me has hecho perder la venta de toda una vida!

Está tan furiosa que hasta su acento se ha esfumado. Se pone a despotricar sobre que la están espiando, sobre que si se enteran los Recolectores nunca más podrá volver a hacer ningún negocio con ellos. Golpea una y otra vez a Jared igual como creo que Vaughn golpeó a Gabriel el día que me dejó salir de la habitación, dejándolo cojo y magullado. Pero Jared es mucho más grande que Gabriel, y además mucho más fuerte. Podría partirla por la mitad, pero no lo hace. No lo hace porque ella es el único hogar que tiene, el único refugio. Él es su genio tecnológico, su favorito, y la Madame está tan destrozada por haber perdido a su hija que incluso odia al hombre al que debería amar. Le odia brutalmente.

Jared aguanta estoicamente los golpes, sin cubrirse, sin rechistar. Es Loquilla la que está echando chispas. Cuando ya no puede soportarlo más, se pone a chillar como una loca y se lanza sobre la Madame con tanta fuerza que las dos caen al suelo. Los rubíes y las esmeraldas falsas se desparraman a su alrededor.

La anciana se saca de encima a la niña y, levantándose, la patea. Y las chicas se apiñan a nuestro alrededor riendo o chillando —y es imposible saber quién está haciendo el qué—. Lila viene corriendo hacia nosotros, con la falda hinchada como si se estuviera moviendo a cámara lenta, y Jared tiene agarrada a la Madame de los brazos intentando retenerla. Él es fuerte, pero ella es una mujer poseída.

—¡Vas a matarla! —grita él.

—¡Lo sé! —replica ella chillando.

Loquilla está en el suelo hecha un ovillo, con las rodillas pegadas al pecho y la cara escondida tras su desgreñado pelo negro. No sé si aún sigue lloriqueando, porque las exclamaciones de las chicas y las maldiciones y las palabrotas farfulladas por la Madame es lo que predomina.

Jared aparta a la anciana cogiéndola de los brazos, pero ella sigue lanzando patadas en el aire. Lila y yo nos arrodillamos junto a Loquilla, por un instante temo verla muerta por lo quieta que está.

—¡Lleváosla de aquí! —grita Jared por encima de los chillidos de la Madame—. ¡Largaos! Yo intentaré retenerla lo máximo que pueda.

Lila, temblando de miedo o de rabia, recoge el diminuto cuerpecito de su hija. Yo cojo el farolillo del suelo, donde Jared lo dejó, y la sigo corriendo para no perderla de vista. Me dirijo a la tienda verde.

—¡No vayas allí! —grita Lila—. La Madame la encontrará.

Nos lleva corriendo más allá de la incineradora, cuyos zumbidos son tan altos que me zarandean los huesos. La Madame está muy orgullosa de este grotesco cacharro, hecho con letreros de metal fundidos de nombres de calles, y de precios de palomitas y de algodón de azúcar. Emite pequeños estallidos como si hubiera algo vivo ahí dentro, arrojándose contra las paredes metálicas.

Me ayuda a dezembarazarme de los eztropicioz, me dijo la Madame acariciándome el pelo y revelando al sonreír unos dientes demasiado blancos como para ser naturales. *Lo reduce todo a cenizas.*

¿Qué le estaba pasando por la cabeza a esa loca cuando me dijo estas palabras? ¿Estaba pensando que le gustaría arrojar a Loquilla en la enorme boca de esta máquina, escuchando los gritos de la niña quedando reducidos a estallidos y zumbidos mecánicos?

Tal vez su veneno sea incluso peor que el de Vaughn. Mi suegro es un desalmado. Asesinó a mi hermana esposa. Es siniestro y maquinador, una aleta de tiburón en aguas turbias que no adviertes hasta que el agua enrojece a tu alrededor. Pero en su mirada nunca vi una rabia tan violenta como la de los ojos de la Madame cuando aporreaba y pateaba a esa pobre niña. Se lo estaba pasando en grande. La quería ver muerta.

Jadeo, tropiezo con el sari ridículamente largo que llevo, pero no quiero dejar de correr. Me da miedo que Loquilla esté muerta y que en cuanto nos detengamos descubra que ya no respira. La niña parece más pequeña de lo que es, sus extremidades cuelgan de los brazos de Lila como hierbajos oscuros y mustios.

Pasamos por delante de los huertos de la Madame. La rebelde maleza nos llega hasta la cintura. Lila deteniéndose, se desploma de rodillas en el suelo.

—Acerca la luz —dice, jadeando. Yo también me arrodillo y sostengo el farolillo en alto.

A Loquilla el pecho le sube y baja. Y ahora que estoy lo bastante cerca de la niña, puedo oír sus débiles quejidos y gimoteos.

—Shh —susurra Lila dejándola sobre la hierba—. No pasa nada, cariño. No te preocupes.

Le desabrocha la parte delantera del desgastado vestido y yo me pregunto por qué en este lugar nadie lleva nunca abrigo. Supongo que el humo y la máquina de Jared tienen algo que ver, porque ahora que estoy lejos del humo de la Madame y de las luces del ruinoso parque de atracciones, me doy cuenta del frío que hace.

Lila le palpa las costillas y los brazos, encogiéndose cuando su hija grita de dolor. Masculla furiosa improperios contra la Madame y veo que sus ojos negros están nublados de lágrimas.

Loquilla me mira, con los iris del color de la luz de la luna sobre la nieve. Sus pupilas azules son tan claras que apenas se distinguen del blanco de los ojos. Quiero mirar a otra parte —su mirada siempre me enerva—, pero no puedo. La verdad es que los niños con malformaciones me asustan. En el laboratorio donde mis padres trabajaban siempre intentaba evitar a esos niños. En sus rostros hay algo lejano, como si vivieran en un mundo que el resto de nosotros no podemos ver. Incluso circula la teoría de que pueden ver fantasmas.

Aunque ahora los ojos de Loquilla se encuentran en este mundo. Ella me mira y yo la miro a ella. Veo que le duele el cuerpo, que está asustada.

—En realidad nos parecemos —le susurro—. ¿No crees?

Cierra los ojos y luego vuelve a mirar a su madre. Lila le abrocha con cuidado el vestido.

—Estoy tan furiosa que podría matar a esa mujer —manifiesta.

—¿Ha hecho alguna vez algo parecido? —pregunto.

—No —responde Lila—. No hasta este punto.

—Hace frío. Deja que al menos vaya a buscar unas mantas —sugiero.

Lila sacude la cabeza.

—Jared vendrá dentro de poco —responde.

Y tiene razón. A los pocos minutos vemos una figura en la oscuridad avanzando pesadamente hacia nosotras por la maleza. Lleva la herida de la parte superior del brazo torpemente vendada. Trae mantas, gasas, y frascos llenos de líquidos como los que había en el sótano de Vaughn.

—He cogido apresuradamente lo que he podido —le dice a Lila—. ¿Cómo está la niña? ¿Tiene algo roto?

Los dos hablan susurrando, con Loquilla en medio iluminada por la luz del farolillo. Está apoyada sobre su tembloroso codo y Jared le abre los párpados para observarle las pupilas.

Apartada de la luz, contemplo la escena, preocupada por Gabriel, al que he dejado solo en esa lejana esfera de humo, luces potentes y música. Tengo que ir a buscarlo. Tenemos que largarnos de aquí ahora que he visto lo peligrosa que es la Madame.

Antes de darme cuenta, ya estoy levantada y andando.

—¿Adónde vas? —pregunta Jared.

—Regresa, ¿te has vuelto loca? —me espeta Lila.

Pero sus voces son demasiado débiles y lejanas como para detenerme. Albergaba la esperanza, de forma estúpida, de que seguir las normas de la Madame me permitiría escapar. Tal como ocurrió al seguir las de Vaughn cuando intentaba escapar de mi matrimonio con Linden. Pero nunca podría haber imaginado la maldad que arde en esas dos almas. Los cuerpos que Vaughn colecciona. El maníaco placer en los ojos de la Madame mientras se acercaba a Loquilla para asestarle el golpe mortal.

Pero ahora lo veo.

No hay normas. Es la ley del más fuerte.

Echo a correr y oigo a alguien corriendo a mis espaldas por la maleza.

—Para —me susurra enrojecido y furioso—. Para. ¡Para!

Siento un brazo que me agarra por la cintura, levantándome del suelo.

—No puedo dejarle en este lugar —grito—. ¡Tú no puedes entenderlo!

Forcejeo para que me suelte. Su brazo es pesado como una barra de hierro. Levantando el codo consigo darle un golpe en la herida producida por la bala. Me suelta, blasfemando, y cuando aterriza en el suelo echo a correr. Pero Jared logra agarrarme de la punta del sari y no puedo zafarme.

—Escucha —gruñe—. ¿Quieres ayudar a ese chico? Si la Madame te coge ahora no podrás ayudarle. Ella nunca te soltará.

Hecha una furia, le arranco la punta del sari de las manos, indignada, pero sé que tiene razón.

—¿Lo sabías? —bramo—. ¿Sabías que planeaba venderme?

—Yo no me fijo en los negocios que hace. Pero lo que sí sé es que si te ve no volverá a dejar que te vayas. Hay algo en ti que le hace creer que ganará un montón de dinero contigo.

—¡Me importa un rábano lo que piense! Tengo que sacarle de allí —le suelto—. ¡Que intente impedírmelo, si se atreve!

Estoy tan furibunda que siento que me hierve la sangre. Sé que no estoy siendo racional. Que mi rabia no me transformará en una mujer más fuerte y valiente de lo que soy. Sé que estoy metida en un buen lío y que Gabriel también lo está por mi culpa. Pero en este punto lo único que puedo hacer es intentarlo.

A lo lejos, a mis espaldas, Lila está llamando a Jared a gritos diciéndole que hay algo que va mal, que Loquilla está expectorando sangre. Aterrada, le grita que vuelva para ayudarla, que deje de preocuparse por mí. Y tiene razón. Él lo sabe.

—No seas estúpida —replica. Pero la única estupidez sería quedarme aquí sin intentar solucionar nada.

Jared va a ocuparse de sus asuntos y yo de los míos.

Gabriel está medio despierto en la tienda verde, con sus ojos azules aterrados. Cuando me ve, intenta despejarse.

—Me inyectaron algo —susurra arrastrando las palabras—. «Es hora de morir», me dijeron. Y entonces empecé a ver borroso.

La Madame debe de haberlo estado planeando todo. Dejar fuera de combate a Gabriel para que no me pudiera salvar. Venderme al mayor postor.

Estoy arrodillada en la entrada. El viento aúlla a mis espaldas, como si la propia Madame lo hubiera hecho aparecer. Estoy segura de que pronto llegará ella corriendo a la tienda y entonces todo se habrá terminado.

—Tenemos que largarnos de aquí —digo tendiéndole la mano.

Gabriel intenta ponerse en pie.

—¡Démonos prisa! ¡No nos queda tiempo! —exclama.

El viento está chillando.

No. No es el viento.

Son las chicas. Las chicas de la Madame están chillando.

7

Oí a alguien corriendo hacia mí. Es lo único que recuerdo. Al girarme, vi a la Madame, con el pelo blanco despeinado hecha una furia. A la luz de los farolillos tenía algunas mechas rubias. Tenía la mano levantada. *Blande un cuchillo,* pensé. Va a clavármelo en el corazón. Será el fin.

Pero lo que relucía en su mano era demasiado pequeño para ser un cuchillo. Era fino y plateado. No descubrí de qué se trataba hasta que me lo clavó en el hombro.

Una jeringuilla. La palabra apareció ante mis ojos antes de que la oscuridad me envolviera como olas.

Ahora vuelvo a percibir algo. Un latido. El sonido de una respiración. Murmullos.

Algo me roza la mano y poco a poco siento mi cuerpo materializándose. Pero no consigo abrir los ojos.

—Ya está hecho —dice una voz siniestra de barítono. Es la de Jared—. Está muerta.

¿Están hablando de mí? A lo mejor estoy muerta. Tal vez aquella jeringuilla estaba llena de veneno y ahora mi espíritu está atrapado de algún modo en mi cadáver. ¿Sentiré que me están quemando en la incineradora?

—Déjame ver el cuerpo —comenta la Madame—. Quizá pueda aprovechar el vestido.

—Ya la he metido con el vestido en la incineradora, Madame. Lila se estaba trastornando al verla.

—¡Bah! —exclama la Madame—. Ella se lo ha buscado. *Ze lo ha buzcado*. Tenía que haber ahogado a esa niña que no servía para nada cuando nació.

No, no están hablando de mí. Todavía oigo latir mi corazón y se me encoge cuando comprendo lo que ha pasado. La Madame y Jared están hablando de Loquilla. La niña está muerta. Incinerada.

Pero la anciana no tarda en cambiar de tema. Está más interesada en la herida de Jared, le preocupa que se infecte y ella no puede darse el lujo de pagar la medicación.

—¿Dónde está esa estúpida? —pregunta—. Es buena curando heridas.

—Dele un tiempo para llorar a su hija —responde Jared.

—Bobadas…

Sus voces se apagan. Siento que vuelvo a perder el sentido.

Cuando me despierto ya soy capaz de cerrar la mano. En mis sueños sostenía algo importante en ella, pero no recuerdo qué era. Sólo noto el vacío de no estar agarrando nada.

Consigo abrir los ojos y todo es de color amarillo. Son ranúnculos, pienso. Un año brotaron en el jardín de mi madre, dándonos una sorpresa. Ella había estado experimentando con semillas y abonos. «Mira», me dijo agachándose. Yo en aquella época era muy pequeña, lo bastante para fingir perderme en aquel jardín, que ya no me siguió pareciendo tan grande tras la muerte de mi madre. Recuerdo la luz del sol quemando mis hombros desnudos. Meter los dedos en la fría tierra buscando lombrices. Me gustaba ver sus cuerpecitos rosa beige contraerse y expandirse entre mis dedos.

«Ranúnculos», dijo mi madre. De la tierra estaban brotando florecitas mantecosas y gomosas.

Mi hermano estaba cerca blandiendo un palo en el aire, fingiendo atacar con una espada a un contrincante imaginario y esquivando sus estocadas.

«No son más que hierbajos», comentó.

Oigo el viento. El color amarillo ondea sobre mí y a mi alrededor y me doy cuenta aterrada de que estoy en una de las tiendas de la Madame.

No tengo fuerzas para levantar la cabeza, lo veo todo borroso, pero sé que a mi lado hay alguien respirando. Siento una mano rozando la mía. Una voz susurra mi nombre. Suena exhausta y aterrada.

Es Gabriel. Intento responderle, pero mis labios no se mueven.

—Cierra los ojos —susurra—. Viene alguien.

Los cierro, pero sigo viendo ese color amarillo. Alguien abre la portezuela de la tienda, dejando entrar una ráfaga de aire frío, pero mi cuerpo no se pone a temblar. Siento el frío como si no me afectara.

—No puede seguir manteniéndolos en ese estado —dice Lila—. Míralos. Se van a morir.

—Quiere librarse del chico esta noche. —La voz de Jared es incluso más amenazadora y siniestra ahora que habla en voz baja—. Tiene a otro comprador que va a venir a ver a la chica.

Intento concentrarme en lo que han dicho. Sé que es

importante. Pero mi cerebro no coopera. En un instante consigo salir de la oscuridad que me envuelve y al siguiente vuelvo a hundirme en ella.

De algún modo logro mover los dedos y rozo los de Gabriel. Él controla mejor su cuerpo que yo. Me coge de la mano y me la aprieta.

Nos va a pasar algo horrible a los dos. Pero ¿cómo puedo evitarlo si ni siquiera puedo asir su mano?

Esta vez me despierto de manera violenta. Alguien sujetándome de las muñecas tira de mí para que me ponga en pie. Abro los ojos asustada y la cabeza se me va hacia atrás con tanta fuerza que siento como si el cuello se me fuera a partir.

—¡Levántate, levántate, levántate! —ordena la voz.

Me tambaleo. Me he puesto en pie, pero no puedo mantenerme derecha. Me caigo hacia delante y alguien me endereza.

—¿Qué pasa? —balbuceo, pero no creo que de mi boca haya salido nada inteligible.

Me empuja para que salga fuera. Todo está oscuro. No se ven las luces del parque de atracciones. Ni la noria. Ni tampoco se oye música.

Siento unas manos empujándome.

—¡Lárgate! —me dice alguien.

Pero no puedo. Las piernas no me responden. El estómago se me revuelve y vomito incluso antes de volver a respirar.

Oigo a alguien blasfemar y refunfuñar. Todavía estoy tosiendo cuando el desconocido, cargando mi cuerpo sobre su hombro, echa a correr. Sé que no es Gabriel.

A mi alrededor oigo cuchicheos desesperados, pisadas de pies desnudos mientras todo el mundo corre hacia todos lados. Cierro los ojos con fuerza e intento no vomitar. Es lo único que puedo hacer. La fiesta ha terminado. Las lánguidas chicas de la Madame están corriendo aterradas. Loquilla está muerta, su cuerpecito calcinado ya no es más que cenizas. El mundo se ha vuelto loco.

De pronto, el que me lleva a cuestas se para en seco. Me baja de su hombro. Me sostiene por las axilas para que no me derrumbe.

En la oscuridad apenas veo nada, pero reconozco el perfil de esos anchos hombros. Veo la gasa alrededor del brazo. Es Jared.

—¿Qué es lo que has hecho? —pregunta con una voz grave, atronadora—. ¿Qué es lo que nos has traído a este lugar?

—Yo no… —empiezo a decir presionándome la frente con el pulpejo de la mano. Me siento desconcertada—. No sé de qué estás hablando.

—Hay unos tipos que te andan buscando —responde—. La Madame ha ordenado un apagón. Cree que unos espías están intentando irrumpir en la propiedad y matarnos a todos para dar contigo.

—La Madame es una lunática —replico. Parpadeo varias veces intentando despejarme. Las estrellas en lo alto están brillando con mucha más intensidad de lo normal, y de pronto vuelven a hacerlo como siempre. La tierra desaparece bajo mis pies.

—¡No te desmayes ahora! —exclama Jared clavándome los dedos en la piel al sostenerme—. En la entrada hay un tipo preguntando por ti.

¡Despierta!, me digo. Sea lo que sea lo que me hayan

inyectado en las venas para adormecerme hace que la mente no me responda.

—¿Quién? —pregunto. De pronto siento un horrible sabor a metal en la boca.

—El Amo de una mansión —contesta Jared—. Dice que le perteneces.

Repito estas palabras en mi cabeza varias veces antes de entender lo que significan. Y entonces se me hiela la sangre. Es imposible. ¿Cómo puede el Amo Vaughn haberme seguido hasta aquí? Es cierto que mi suegro desempeñaba el papel de un científico loco, pero sus dominios acababan en las puertas de la mansión.

Consigo despejarme lo bastante como para que Jared me suelte. Siento el estómago y la cabeza flotando. Los insectos zumban y chirrían a mi alrededor. La hierba seca me roza las piernas desnudas.

—¿Dónde está él? —pregunto.

No sé dónde nos encontramos, pero al oír la incineradora sé que no debemos de estar demasiado lejos de la noria y las tiendas. Oigo susurros y frufrús a mi alrededor. O estoy alucinando o todo el mundo está escondido.

Jared me mira en la oscuridad y yo sólo veo el blanco de sus ojos.

Sin luces y a lo lejos, la feria bajo la luz de la luna se parece a los dibujos inacabados de Linden. No se ven más que líneas, haces de luz y ángulos. Me siento como si hubiera tropezado y caído en el mundo irreal de su cuaderno de bocetos.

—La Madame me ha dicho que te esconda hasta que ofrezcan una buena recompensa por ti.

Ella tal vez sea una lunática, pero los negocios son lo primero.

Los susurros a mi alrededor se vuelven más fuertes. De pronto la hierba me tapa la cabeza, doblándose sobre mí, enroscándoseme alrededor de los brazos, las piernas y la garganta. Parpadeo y la imagen se esfuma.

—Está mintiendo —afirmo—. Sea lo que sea lo que te dijera, miente. No conozco a ningún Amo de ninguna mansión ni soy propiedad de nadie.

—¿Ah, no? —responde Jared. Cruza los brazos y su sombra se dobla de tamaño y luego vuelve a ser normal—. Él parecía saber un montón de cosas sobre ti, Rhine.

Mi nombre. Sabe mi nombre. Y todas las voces susurrando a mi alrededor lo están repitiendo ahora a coro en voz baja.

Y de repente oigo a alguien gritando en el abandonado parque de atracciones. Es la Madame. Me giro rápidamente hacia la dirección de donde viene la voz, pero Jared no muestra reacción alguna. Oigo pasos corriendo hacia mí, pero ninguna figura sale de la oscuridad.

Estás alucinando. Me digo. Es por lo que me han inyectado en las venas. Es por el humo que el frío viento arrastra hasta aquí.

Jared sostiene una red gigantesca con la que atraparme. Pero en cuanto me envuelve los hombros con ella, descubro que es su abrigo.

—¿Rhine es tu verdadero nombre? —pregunta una voz más suave.

Lila sale de la hierba alta. ¿Ha estado todo este tiempo escondida en esta susurrante explanada?

No le respondo.

Me coge la mano. Sus dedos son suaves, pequeños y fríos.

—¿Tan malo era tu matrimonio? ¿Era peor que este lugar? —dice resiguiendo con el pulgar mi alianza.

Es una buena pregunta.

—No, no era peor que esto —afirmo. Es lo único que sinceramente puedo responderle porque tengo la cabeza embotada.

Tenía una buena cama. Un marido que me adoraba. Hermanas esposas para disipar mi soledad… o la mayoría de días para compartirla conmigo. Tal vez debería darme por vencida. Encaminarme a este ruinoso parque de atracciones una vez más para entregarme a Vaughn y sentar cabeza en el largo viaje de vuelta a casa.

A casa. Los susurros en la hierba me devuelven el eco de la palabra. Casa.

La mansión no es mi casa. Bajo las comodidades de la planta en la que viví con mis hermanas esposas acecha algo mucho más siniestro. Pienso en la mano exánime de Rose colgando por debajo de la sábana, en Jenna muriendo ante mí, en la historia del bebé muerto de Rose y Linden. El culpable de toda esa agonía y devastación es un solo hombre, el mismo que de algún modo me ha seguido hasta aquí.

—No puedo volver allí. Siento que estoy recobrando los sentidos—. Tú no conoces a ese hombre tan bien como yo. Si no me mata, hará algo peor. En realidad, ya lo *ha* hecho. —Mi voz se quiebra—. ¿Dónde está Gabriel? Tenemos que irnos.

No quería decir su nombre en voz alta en presencia de otras personas, pero ahora ¡qué más da! Todo es una locura.

Lila y Jared se miran vacilantes.

—No lo hagas —le dice él en una voz tan baja que es casi como si no hubiera dicho nada.

—¿A quién estás protegiendo? —le espeto a Lila mirándola—. ¿A la Madame? ¿Por qué? Ella es un monstruo. ¡Mató a tu hija!

—Shh —susurra Lila cogiéndome del brazo.

Me empieza a alejar del lugar.

—¡No nos ha traído más que problemas! —le grita Jared—. Es mejor que la entreguemos y nos olvidemos del asunto.

—Sabes que no puedo hacerlo —responde Lila—. ¡Vamos! —me dice tirándome del brazo.

No estoy segura de si es la voz de Jared o la de mi hermano susurrando enojado a nuestras espaldas:

Tu problema es que eres demasiado emotiva.

8

La llanura cubierta de hierba parece ser infinita. Me toma mucho tiempo descubrir que no nos alejamos del parque de atracciones de la Madame, sino que lo estamos rodeando. Lila es la que me guía cogiéndome de la muñeca. La hierba murmura secretos en lenguas perdidas y se aferra a mis talones.

—¿Qué me ha dado la Madame? —pregunto.

Intento hablar en voz baja, pero mi voz resuena haciendo vibrar el suelo. Lila no parece notarlo.

—¿Por qué me siento así? —insisto.

El mundo me parece una burbuja gigantesca a punto de estallar, derramando abejas y palabras. Ando de puntillas para que no explote, pero sé que mi percepción está alterada.

En lo alto las nubes giran y dan vueltas en el cielo oscuro, ocultando las estrellas. Un trueno brama mi nombre, es una advertencia.

—Es por la sangre de ángel mezclada con un sedante para mantenerte dormida. Tú también luchaste como una fiera contra ella. ¡Por poco le arrancas un ojo!

—¿Ah, sí? —No me acuerdo de nada. Pero tampoco recuerdo las pesadillas que Linden asegura que tuve después del huracán. La pérdida de memoria es la única cosa maravillosa de esta droga.

—Su Alteza te habría matado allí mismo si no fuera por el dinero que cree que sacará de ti —afirma Lila echándose a reír.

—Me dijo que mi pelo era como el de su hija —observo.

Cuando hablo, las voces en la hierba no parecen ser tan estridentes. Empiezo a sentirme más despierta, debo seguir hablando, seguir caminando para acabar de despejarme. Ni siquiera me importa adónde vamos.

—¿Conociste a la hija de la Madame?

—No. Murió antes de que yo llegara aquí —responde Lila—. Pero Jared la conoció. Él creció en este lugar.

—La Madame me contó que los asesinaron.

—Su amante —pronuncia la palabra con asco— era una especie de médico respetado o algo parecido. Él y su hija fueron asesinados en una manifestación a favor del naturalismo. Jared dice que esto la trastornó.

No le comento que mis padres también murieron del mismo modo. Los pronaturalistas se oponen a las investigaciones científicas que intentan curar el virus con el que están infectados todos los recién nacidos.

—Me imagino cómo debió de sentirse —señala Lila con voz grave.

¿Sólo se lo imagina? Seguro que lo sabe a la perfección. Loquilla ahora está muerta. Jared me lo dijo. Quemaron su cuerpo.

Por eso sé que estoy alucinando cuando, al detenernos, la hierba se parte y veo los ojos de Loquilla escrutándome.

Lila arrodillándose junto a su hija, la tranquiliza para

110

que se vuelva a echar sobre la hierba y le susurra cosas bonitas.

La niña no es real. La sangre de ángel me está haciendo alucinar.

En la oscuridad entreveo un cuerpo moviéndose al lado de Loquilla. Mi mente, en la que ahora no puedo confiar, no registra quién es hasta que se levanta ante mí.

Siento sus dedos entrelazándose con los míos, apretando mi mano.

—Gabriel —susurro.

La palabra es tan vital para mí como mi siguiente respiración. La pronuncio una y otra vez, hasta que Gabriel tirando de mí me atrae hacia él y me fallan las rodillas.

—Lo siento. —Puedo percibir el calor de su piel mientras le susurro estas palabras pegada a su cuello—. Lo siento.

—Debía de haber sido capaz de protegerte —responde él con voz ronca, y caigo en la cuenta de que mientras yo he vivido un infierno, él también ha vivido otro.

—No —protesto sacudiendo la cabeza y agarrándole fuertemente de la camisa.

No reconozco la desgastada camisa que lleva. A lo mejor Lila le dio lo primero que encontró mientras lo escondía aquí, lejos de la Madame.

¡Dios mío! Lo abrazo con fuerza.

—Apenas podía moverme —afirma—. Te oí gritar mientras dormías. Te oí luchando contra esa mujer. Pero no pude detenerla.

—¡Qué escena más romántica! —susurra Lila de repente—, pero como no te agaches nos atraparán a todos.

Loquilla gimotea lastimosamente.

—Lo sé, cariño —comenta Lila besándole el rostro.

Hay alguien más arrodillado en la hierba. Creo que es la chica rubia que estuvo cuidando de Gabriel. Está diciéndole a Lila: «Tiene el brazo roto. He hecho todo lo que he podido para inmovilizarlo, pero la fiebre no se le va. Este aire no hace más que empeorarla». También dice otras palabras, como «pulmonía» e «infección», y Lila no pierde la calma, al igual que yo no la perdí cuando veía a Jenna sufrir sabiendo que no podía hacer nada para ayudarla.

—Creí que Loquilla había muerto —le susurro a Gabriel al oído.

—La tenían escondida —me explica él—. Todos están escondidos. La Madame ha hecho que todo el mundo tema por su propia vida.

—Es por culpa de Vaughn —replico—. Ha venido hasta aquí preguntando por mí.

No llego a oír la respuesta de Gabriel, porque de repente las luces del parque de atracciones se encienden y Jared le grita a Lila que ya puede salir, que Madame no le hará ningún daño. Ella no quiere lastimar a nadie. Salid, chicas, salid.

Lila se echa en la hierba y nos hace gestos para que la imitemos. Las luces no llegan hasta aquí, pero me doy cuenta, desesperada, de que no nos hemos alejado varios kilómetros como creía, seguimos estando cerca de la feria. Y la valla de tela metálica nos retiene en este lugar.

Otras chicas se dejan ver, con aprensión.

—¡Ha sido una falsa alarma! —grita la Madame—. ¡No hay ningún espía! Sólo es un hombre que desea hacer un negocio conmigo. Pero no podréis volver a vuestro trabajo hasta que haya zanjado el trato. Id y arreglaos para estar bien guapas. *Vite, vite!*

Da unas palmadas.

—*Vite, vite!* —ordena ahora bramando.

Gabriel está medio cubriéndome. Oigo su temblorosa respiración, siento el contacto de su rasposo mentón contra mi piel. Me abraza con más fuerza.

Tengo las manos apoyadas debajo de mi cuerpo, con los puños cerrados. Aguanto la respiración. Vaughn está aquí. Lo siento. Percibo sus pasos dirigiéndose hacia mí, resonando como cuando lo oía por los pasillos del sótano.

No puedo dejar que me atrape. Cuando era la esposa de Linden al menos yo servía para algo. Hacía que mi marido estuviese ocupado y se sintiera vivo, en lugar de estar llorando a Rose, su primera esposa. Pero si ahora vuelvo, Linden ya no querrá saber nada de mí. Vaughn podrá hacer lo que se le antoje conmigo. Sedarme, matarme, abrirme en canal, rasparme el azul y el marrón de los ojos y estudiarlos bajo el microscopio.

Yo también gimoteo sin querer.

Estamos lo bastante lejos como para escondernos en las sombras. Pero hay suficiente luz como para ver que Lila me está mirando. Jared la está llamando. Y a mí también por mi nombre falso, Vara de Oro. Nos dice que volvamos. Lila me indica que no lo haga con la cabeza.

Jared vuelve a hablar, pero esta vez lo hace más bajo y tengo que esforzarme para oírlo. Creo que está hablando con la Madame.

—No sé dónde se han metido. No pueden estar lejos. La propiedad está vallada.

—Es una experta en fugarse —dice la anciana esta vez sin ningún acento.

Su auténtica voz es áspera y seca. Suena de lo más fea. Pero no puedo dejar de pensar que de joven era guapa y tal vez incluso buena.

¡Y qué más da!, me digo.

La siguiente voz que oigo es amable, con un dejo de sarcasmo.

—¿Cariño? No tengas miedo. Sal de tu escondite.

Es Vaughn. De pronto se me agolpan tantos pensamientos en la cabeza que me pierdo algunas palabras, y lo siguiente que oigo es:

—Linden está preocupado por ti. Y también tienes a Cecilia muy inquieta.

Cierro los ojos fuertemente, deseando estar delirando como unos minutos antes, cuando las palabras no significaban nada para mí. Pero Linden y Cecilia no se desvanecerán. Mi melancólico marido, mi hermana esposa pequeña ajándose e intentando hacer callar a su hijo llorando siempre en sus brazos.

Es una trampa. Aunque llegara sana y salva a la mansión, nunca me reuniría con ellos. Vaughn se ocuparía de que nadie volviera a saber de mí nunca más.

Estoy paralizada. Creo que ni siquiera respiro. Nunca me he sentido tan aterrada. Nunca. Ni siquiera en aquella furgoneta. Ni siquiera al oír los disparos.

—Cariño, sal de tu escondite —dice Vaughn, y añade—: Rhine, sé realista. No tienes ningún otro sitio adonde ir. Somos tu familia.

No. No son mi familia. Yo, a diferencia de mis hermanas esposas, de las chicas de este lugar y de las miles de otras como ellas que hay en las calles, sé lo que es una familia.

—¿Son ellos? —pregunta Jared.

Oigo pasos corriendo por la hierba dirigiéndose hacia mí. Me estremezco, pero la figura oscura y corpulenta de Jared pasa de largo, saltando ágilmente por encima de Loquilla y Lila. Pero no sin antes soltar algo, lo oigo impactar contra el suelo con un golpe sordo, y Lila lo coge y se lo mete en la bolsa.

Los está llevando hacia otro lado para despistarlos. Lila, sin darme apenas tiempo de asimilarlo, se acerca gateando y nos empuja a Gabriel y a mí para que vayamos hacia otra dirección. Sólo veo su boca articulando la palabra «¡Corred!»

Gabriel y yo echamos a correr con la mayor rapidez y sigilo posible, tropezando el uno contra el otro mientras avanzamos agachados. El viento es tan violento que agita la hierba alta tanto como a nosotros.

Lila nos sigue con Loquilla sujeta a su espalda.

Vaughn, la Madame y Jared me están llamando a gritos, oigo mi nombre sonando por todas partes como la lluvia. Vaughn también prueba otra táctica diciéndome que el hijo de Cecilia está enfermo, quizás incluso agonizando. Y que Linden, encerrado en su habitación, se está consumiendo de pena.

—¡No es verdad! —susurro mientras corro—. ¡No es verdad, no es verdad!

—Shh —ordena Lila.

La electricidad vuelve a irse al tiempo que se oye un fuerte crujido. La Madame está furiosa y se pone a insultar a Jared.

—El viento debe de haber derribado un generador —alega él.

No se oye la música del parque, ni se ven luces, ni se oyen chicas riendo, y sin todas estas cosas la pesadilla de este lugar se vuelve el doble de horrenda y se transforma.

De súbito, mi cuerpo choca contra algo metálico. Alargo la mano para tocarlo y mis dedos se deslizan por la tela

115

metálica. Una valla. Gabriel también la está palpando, tal vez intentando averiguar si se puede trepar por ella.

—Está electrificada —susurra Lila jadeando—. Normalmente se oyen los zumbidos que emite. Pero ahora no hay electricidad.

—¿Cuánto tiempo tenemos? —pregunta Gabriel.

—Muy poco —responde Lila. Si Jared no resuelve pronto el apagón, su Apestosa Alteza se dará cuenta de que ha sido una falsa avería.

Trepo por la valla mirando hacia atrás para ver si Gabriel necesita ayuda. Pero él no tiene ningún problema, incluso llega al borde de la valla antes que yo.

Lila nos sigue a la zaga, aunque más despacio pues carga a Loquilla sujeta a su espalda.

La valla no es demasiado alta. Gabriel me ayuda a pasar al otro lado. Y luego ayudamos a Lila a hacerlo.

—Espera, irás más rápida sin la niña —sugiere él cogiendo en brazos a Loquilla, que gime y lloriquea.

Lila intenta tranquilizarla, pero los gemidos se convierten en sollozos y al final se transforman en berridos. Gabriel salta al suelo, yo aún estoy encaramada a la valla a pocos palmos del suelo. Está sosteniendo a la niña acurrucada en sus brazos y puedo oler la sal de sus lágrimas, aunque esté demasiado oscuro para verlas.

Pero justo cuando Lila se dispone a saltar al suelo, su hija empieza a berrear y ella se queda como petrificada.

9

Los berridos de la pequeña son como una sirena de alarma. Oigo gritos llevados por el viento: «¡Por allí!» y «Allí».

Le tapo la boca a Loquilla. Me muerde, chillando contra mi piel, pero tanto me da. Estoy fan furiosa que ni siquiera siento sus dientes clavándose en mi mano ni me importa si la estoy asustando.

La cojo de los brazos de Gabriel y sigo tapándole la boca mientras nos alejamos corriendo como locos antes de que la electricidad vuelva. Se oye el zumbido de la valla activándose. Nos agachamos en medio de la hierba alta, que es interminable. Maravillosa y deliciosamente interminable. Veo la silueta de Lila recortada en la valla, estremeciéndose por la descarga eléctrica. Y justo cuando creo que la veré morir electrocutada, se lanza de la valla impactando contra el suelo del exterior con un ruido sordo que se escucha a pesar del viento. Hasta Loquilla se queda callada al verla.

Lila intenta levantarse, pero apenas tiene fuerzas. Gasta la última gota de energía lanzando la bolsa que llevaba en bandolera. Va a parar contra el tobillo de Gabriel y él la agarra sin detenerse.

Los farolillos se apresuran a dirigirse hacia ella como

luciérnagas. Jared está gritando su nombre, pero no con crueldad, sino preocupado. Lila, apoyándose en un codo, se incorpora y me mira a los ojos, pese a la hierba y la distancia que nos separa.

Después se gira hacia Jared que plantado al otro lado de la valla le pregunta si se ha roto algo.

—Se han fugado —la oigo decir.

La Madame al llegar a la valla se para justo delante del mortífero zumbido.

—¡Pedazo de estúpida! —le espeta a Lila.

Vaughn también llega, desde lejos se ve alto y sereno, una versión más añosa de su elegante hijo. Pero a diferencia de la Madame, no creo que haya sido bueno nunca.

De momento lo que les preocupa es hacer volver a Lila al interior de la valla. Ella ha dejado de mirarnos.

Loquilla se ha callado, pero le sigo tapando la boca por si se pone a berrear otra vez. Y si lo hiciera, no podría culparla por ello. Le pongo la otra mano en la frente, para apartarle el pelo de la cara y tranquilizarla de alguna manera, pero lo único que noto es que tiene fiebre y lo frío que es el aire de enero. Si no la llevamos pronto a algún lugar caliente, se pondrá peor muy deprisa.

Gabriel por lo visto piensa lo mismo que yo, porque se ha acercado a mí para darle calor a Loquilla, que está tiritando entre su cuerpo y el mío.

—¡Aguanta un poquito, cariño! —le susurro.

Parece como si todo durara una eternidad. Jared vuelve a cortar la electricidad y trepa a la valla para recuperar a Lila y llevársela a la Madame, que está riendo como una rana croando. Todos están hablando, pero no lo bastante fuerte como para que pueda oírlos.

Al final Lila, Jared, la Madame y Vaughn regresan al parque, las luces vuelven a aparecer y la música suena de nuevo. Visto desde tan lejos casi parece un lugar atrayente.

—Si no encontramos un sitio caliente —declara Gabriel—, ella se morirá, y nosotros también.

Apenas siento el frío. Mi mente aún no está tan despierta como quisiera, todavía noto los efectos de esa extraña droga circulando por mi cuerpo. En voz baja le digo alegremente a Loquilla que voy a destaparle la boca y que tiene que ser valiente y estar calladita. Le prometo que más tarde podrá gritar tanto como quiera.

Ella lo entiende. O quizás está demasiado débil para protestar. De cualquier modo, cuando le saco la mano de la boca no emite ningún sonido. Gabriel la coge en brazos y empezamos a huir por la hierba alta sin saber dónde iremos a parar.

Mientras huimos intento ahuyentar de nuevo la sensación que me asalta con demasiada facilidad.

En el cartel pone: «ADIVINA TU FUTURO POR UN DÓLAR O UN TRUEQUE».

Prácticamente todas las palabras están burdamente escritas.

La noche llega poco a poco a su fin, el cielo se vuelve primero gris y luego cobra unos matices marrones y rosados, las estrellas cambian de lugar. Mi cuerpo se mueve, separado de mi mente, a medida que el mundo se manifiesta al hacerse de día. Me imagino que las estrellas son las perlas y los diamantes del jersey que Deirdre tejió para mí, desesperada por sentir la calidez de la lana contra mi piel. Pero nunca más volveré a verlo, ahora no me queda más remedio que llevar este horrendo sari amarillo que me hace tropezar al andar. Gabriel me ayuda a rasgar el fajín para ponérselo a Loquilla por encima del abrigo a modo de manta.

En la bolsa que Lila nos arrojó antes de que la atraparan no había demasiadas cosas. Las botas y los abrigos que Jared nos llevó cuando, engañando a la Madame, fingía buscarnos. Pero como el abrigo es demasiado grande para la niña, la cubro con él como si fuera una manta y los dientes le dejan de castañetear. También había un libro infantil antiguo. Fresas aplastadas envueltas en un trapo empapado del jugo. Pan seco. Una cantimplora oxidada con agua. Y una jeringuilla y una ampolla de cristal con sangre de ángel, el siniestro líquido beige translúcido. El agua nos ayuda un poco, pero Gabriel y yo nos encontramos demasiado mal como para comer y Loquilla también se niega obstinadamente a hacerlo.

La nieve revolotea por el suelo como polvo encantado. Hace horas que dejamos atrás la llanura cubierta de hierba, y ahora se ha transformado en almacenes vacíos y en edificios destartalados despojados del material aislante y de los objetos que contenían. Sugiero que debe de haber alguien cerca, porque parece que hubieran robado todo lo que había en este lugar. Gabriel masculla que no cree que haya ni un alma por los alrededores. Loquilla ha estado durmiendo todo el rato, respirando entrecortadamente.

Pero al final resulta que yo tengo razón, porque ahora estamos plantados ante una casita con una chimenea humeante. Aunque llamarla casita es una exageración, porque apenas es más alta que Gabriel y está hecha con planchas de metal y tablas de madera abandonadas. Sólo tiene una pared de ladrillos —la de la chimenea—, y sobresale por encima del tejado. Es la única pared en pie que queda de la casa. No tiene ventanas, ni siquiera marcos.

Gabriel cambia a Loquilla de lado para sostenerla con el otro brazo. La ha estado llevando toda la noche sin rechistar, pero ahora debe de estar reventado. La luz del alba revela bolsas oscuras bajo sus ojos. Sus iris azules no le brillan tanto como de costumbre. Tuvimos que detenernos en varias ocasiones porque estuvimos el uno o el otro vomitando por culpa de la sangre de ángel o del cansancio. Él parece que vaya a desplomarse en cualquier momento y yo seguro que también.

Me acerco a la puerta. Es una puerta de verdad, con las bisagras soldadas de algún modo a la plancha de metal. Alargo la mano para llamar.

—¿Estás loca? —susurra Gabriel con dureza—. ¿Y si quieren asesinarnos?

—Sería tener muy mala suerte —replicó sonando más exasperada de lo que pretendía.

Me toca el brazo para que retroceda, pero no lo hago.

—No tenemos otra opción —añado girando sobre mis talones para quedarme de cara a él—. Estamos agotados y enfermos y no veo ningún hotel lujoso cerca. ¿Acaso lo ves tú?

Loquilla, con la mejilla pegada al hombro de Gabriel, abre los ojos. Se le ven las pupilas más pequeñas que de costumbre y su normalmente distante mirada es extraña, pero de una forma totalmente nueva. Por primera vez veo en su cara marcas de haber llorado. ¿Ha estado llorando toda la noche mientras dormía?

Si Gabriel y yo estamos tan asustados, ella lo debe de estar diez veces más.

—No tenemos otra alternativa —insisto.

Gabriel abre la boca para decir algo, pero yo me giro y llamo a la puerta antes de que hable.

Acabo de descubrir por qué Loquilla me enerva tanto. Me recuerda demasiado a los niños nacidos en el laboratorio. Los niños pequeños y deformes que se aferran a la vida durante horas o días, o incluso semanas, pero que acaban muriendo. Los ojos lánguidos de la pequeña ahora me lo confirman. Siempre que pasaba por delante de las habitaciones de esas vidas tristes y desahuciadas, apartaba la mirada tarareando frenéticamente una melodía en mi cabeza hasta dejarlas atrás.

La puerta se entreabre con un horrendo chirrido. El calor metálico que sale de la casa hace que se me abran las fosas nasales. Gabriel me rodea el brazo con el suyo, siento la basta arpillera de su camisa contra mi piel.

La mujer plantada al otro lado de la puerta es pequeña y encorvada. Lleva unas gafas tan mugrientas que apenas se le ven los ojos. Tiene la boca abierta y una expresión despreocupada, como si los tres fuéramos un paquete que hubiera estado esperando y ahora nos inspeccionara para averiguar si ha llegado en buen estado. Me mira de arriba abajo. Se fija en que al sari le falta el fajín, en el borde embarrado de la falda, en mi pelo revuelto.

—Tienes pinta de emperatriz derrocada —dice.

—Me han llamado cosas peores —respondo.

Ella sonríe, pero es una sonrisa distraída. Ahora mira a Loquilla, agarrada a la cadera de Gabriel como una cría de koala.

—¿Es vuestra hija? —pregunta la mujer—. No, claro que no.

No hace falta ser adivina para sacar esta conclusión. La niña ha heredado la piel oscura de su madre, aunque la suya no sea *tan* oscura, y su pelo negro liso.

—Tiene un brazo roto —señalo como si esto explicara su presencia.

—Entrad, entrad —dice la mujer, aunque no sin antes mirar las alhajas de la Madame que cuelgan de mi cuello.

Mientras lo hacemos —yo soy la primera en entrar y Gabriel me sigue, sin soltarme— me cubro la mano izquierda con la derecha para ocultar la alianza.

Dentro hace un calor infernal, las paredes de metal reflejan las llamas del fuego como si estuviéramos en un horno. Y hay enseres por todas partes. Objetos que no tendrían por qué estar los unos junto a los otros: un farolillo oxidado con flecos de cuentas azules, una Estatua de la Libertad de plástico rosa, un dragón de jade, una cabeza de ciervo disecada sobre la chimenea, un tocador cubierto de pegatinas sin el cajón de arriba.

Supongo que cuando tira las cartas, los clientes le pagan con trueques más que con dólares.

El mugriento suelo está cubierto con distintos materiales: linóleo, piedra y retazos de alfombras. En un rincón hay un saco de dormir y una mesa de centro rodeada de cojines de sofá.

El calor hace revivir a Loquilla. Tiene las mejillas coloradas, las pupilas dilatadas, y la misma valiente mueca desafiante que le mostró a la Madame.

La miro a los ojos, los poco corrientes ojos de la niña se posan en los míos. Quiero creer que nuestras inusuales facciones nos permiten comunicarnos con alguna clase de telepatía. *No hagas ninguna locura,* le digo con la mirada. No sé si ella me entiende.

La mujer, que se presenta solamente como Anabel y no nos pregunta nuestros nombres, nos invita a sentarnos en los cojines. Nos ofrece mantas, aunque con el fuego basta y sobra, e inspecciona el entablillado con el que la chica rubia del parque de atracciones de la Madame le inmovilizó el brazo a Loquilla. Aunque sólo se componga de ramitas y gasa, está muy bien hecho teniendo en cuenta los escasos recursos de los que disponía.

La niña es tan menuda que cuando se tumba en el cojín los pies apenas le cuelgan por el borde. Recorre con la mirada todos los objetos de la habitación y las llamas lamiendo las paredes y el techo. No creo que deje nunca de observar lo que hay a su alrededor. Su mente es un pajarito encerrado en su cráneo, aleteando y agitándose sin poder escapar.

Saco una fresa de la bolsa de Lila y se la ofrezco. La hago oscilar delante de su naricilla para que la vea, pero levantando el labio lanza un gruñido, como si fuera venenosa.

—Tienes que comer algo —insisto.

Me siento absurda al hablar con ella. Se me queda mirando de una forma que me recuerda el punzante dolor que sentí en la mano, me la mordió con tanta fuerza que me ha dejado una marca. Pero acepta la fresa.

—¿Fresas en esta época del año? —observa sorprendida Anabel.

Se limpia la mugre de las gafas con los puños, revelando unos ojos verdes opacos. Es una mujer de la primera generación, pero su voz es suave y juvenil. Su casa huele a hollín y a un aroma dulce. Tardo un segundo en reconocer el olor. Huele a incienso, no es tan agobiante como el del parque de atracciones de la Madame, sino que es muy agradable, se parece al que quemaban en los pasillos de la planta de las esposas.

Por alguna razón que desconozco hace que eche de menos mi hogar.

—No son demasiado buenas —apunta Gabriel.

—Están medio podridas —digo.

Pero aun así Loquilla se come la otra que le ofrezco.

Anabel se arrodilla junto al cojín de la niña, las llamas de la chimenea se proyectan sobre su pelo blanco encrespado. La pequeña le gruñe, enseñándole los dientes manchados de jugo rosado.

—No tengo nada para un brazo roto —comenta Anabel—, pero sí que tengo algo para la fiebre si no te importa que me quede con las fresas. Dijiste que estaban medio podridas.

—Quédeselas —tercia Gabriel antes de que yo le responda.

Le lanzo una mirada indignada, pero sus ojos están posados en Loquilla, que tiene las mejillas encendidas.

Entrego las fresas a la mujer procurando que no vea el pan seco. Quién sabe cuándo volveremos a conseguir comida.

Contemplamos a Anabel comiéndose las blanduzcas fresas, metiéndoselas a puñados en la boca, succionando el jugo del trapo y chupándose los dedos uno por uno. Todo el proceso parece tomarle una eternidad.

—¡Ah! —suspira de placer sentándose sobre los talones—. ¡Qué bien me han sentado! En invierno apenas encuentras otra cosa que comida deshidratada.

No nos pregunta de dónde las hemos sacado, lo cual me parece todo un detalle por su parte.

Se dirige gateando al tocador y, tras hurgar en un cajón, saca por fin un tarro de vidrio lleno de pastillas blancas. Normalmente no aceptaría pastillas de una desconocida, sobre todo después de mi experiencia con la Madame, pero al acercarse con el tarro reconozco su forma ovalada, la *A* grabada en cada pastilla. Son aspirinas. Mi hermano y yo también teníamos en casa. No cuestan de conseguir si puedes pagarlas.

Anabel está tan agradecida por las fresas medio podridas que además de darle a Loquilla una dosis de aspirina, incluso nos ofrece un lugar en el suelo para dormir.

—Os podéis quedar hasta el mediodía, porque a esa hora es cuando empiezan a llegar los clientes —dice—. ¡Qué bonito es! —añade.

Está mirando un collar que llevo con cuentas amarillas en forma de estrellitas y lunas. Me lo saco y se lo doy sin decir una palabra. Y después me acomodo sobre la manta, con la espalda pegada al pecho de Gabriel. Loquilla ya está dormida en el cojín, por eso puedo rodearla con el brazo sin ningún problema. Tengo un sueño ligero. Si ella o Gabriel se alejan de mí, lo advertiré enseguida.

Anabel nos ignora, tarareando mientras le habla al fuego y coloca las cartas del tarot sobre la mesa de centro. A los pocos minutos se va, creo que para ir al baño que queda a una cierta distancia de su casa.

—Es mejor que durmamos por turnos —apunta Gabriel en cuanto la anciana se ha ido—. Duerme tú primero. Yo de todos modos estoy de lo más despejado.

Apoyo la mejilla sobre su brazo. En el abismo de mis párpados, puedo ver sus dos brazos rodeándome, enroscándose más y más alrededor de mi cuerpo, cubriéndome de pies a cabeza. Es escalofriante y reconfortante a la vez. Siento que me estoy adormeciendo. ¿Cómo puede mantenerse despierto con lo cansado que debe de estar?

—Vale —asiento.

La voz me suena como si yo estuviera a un millón de kilómetros de distancia. Ni siquiera estoy segura de si lo digo de verdad o de si simplemente lo estoy soñando.

—Cuando estés demasiado cansado, apártate de mí, así me despertaré y me ocuparé yo de vigilar —añado.

Me aparta el pelo de la cara y siento que está estudiándome con la mirada.

—Vale —musita. Ni siquiera es una palabra. Es una vibración blanca en mis párpados.

A resultas de vivir con mi hermano tras la muerte de mis padres, mi cuerpo está acostumbrado a dormir profundamente durante una hora y a mantenerme alerta a la siguiente para vigilar. Pero me he pasado un montón de meses durmiendo en suaves sábanas de lino y almohadas de plumas, escuchando la cadenciosa respiración de mis hermanas esposas durmiendo al otro lado del pasillo, el *clic-clic-clic* del reloj con el borde dorado junto a la cabecera, los sutiles movimientos del colchón cuando mi marido o alguna de mis hermanas esposas se metían en la cama para dormir a mi lado. Y aunque intento tener un sueño ligero porque sé que la situación es peligrosa, siento que me estoy hundiendo en este lugar tibio y oscuro.

—Buenas noches —dice alguien.

—Buenas noches, Linden —murmuro mientras todo desaparece de mi vista.

10

La casa no tiene ventanas, y cuando Gabriel me despierta, no tengo ni idea del tiempo que llevo durmiendo.

—Sólo necesito dormir unos minutos, ¿de acuerdo? —susurra—. Despiértame si te entra sueño.

Pero ahora me siento más despejada de lo que me he sentido desde que me fugué de la mansión. El sueño sin soñar siempre es el más profundo, del que más fácil resulta despertar.

Loquilla está despierta, tendida de lado mirándome, con el brazo roto apoyado sobre la cadera. Su rostro brillante de sudor me indica que vuelve a tener fiebre. A la luz del fuego sus ojos están exhaustos y serenos. Nos miramos, buscando cada una en la cara de la otra respuestas, como si fuéramos a encontrarlas.

Se me ocurre que acabo de heredar a esta niña, que Lila ha perdido de un plumazo a su hija y la oportunidad de ser libre, y que nos ha legado a nosotros, dos desconocidos, estas cosas tan valiosas . No sé por qué lo ha hecho. Aunque supongo que si la Madame hubiera descubierto a Loquilla la habría asesinado, y Lila creyó que ver desaparecer a su hija era mejor que verla morir.

—Yo también he perdido a mi madre —digo. Es lo único que se me ocurre.

La niña parpadea… lenta, cansinamente. Después lanza un suspiro, hinchando el pecho como un pajarito defendiendo su territorio antes de deshincharlo. Alargando el brazo bueno, me acaricia el collar.

—¿Dónde está Anabel? —le pregunto—. ¿Sigue fuera? —en realidad no espero que me conteste, pero Loquilla lanza una mirada a la puerta y luego al collar.

—¿Ha salido?

Creo que asiente con la cabeza, pero también podría haberla sacudido para apartarse el pelo de los ojos.

Anabel vuelve a los pocos minutos con un montón de tablas rotas que supongo ha cogido de los edificios cercanos. No le eché un buen vistazo a la zona, pero creo que la mayor parte está abandonada.

—Estás mucho más guapa después de haber dormido un poco —comenta Anabel.

Se arrodilla junto a la chimenea y coloca las tablas formando un triángulo.

Me incorporo un poco, Loquilla me suelta el collar que estaba acariciando. Oigo un tictac, pero tengo que pasear la mirada por la abarrotada habitación dos veces antes de descubrir en la pared un reloj de metal colgado de un clavo. Son las diez.

—Gracias por dejarnos dormir en su casa —digo—. Nos iremos pronto.

—¿A tu castillo derruido, emperatriz? —pregunta Anabel ladeando la cabeza para mirarme mientras trajina por la habitación.

—Creía que las emperatrices vivían en palacios —respondo.

Se ríe y el sonido de su risa se entremezcla con el de las campanillas de viento que cuelgan en la entrada.

—En alguna vida pasada fuiste un ser extraordinario —apunta ella—. Una sirena alada o quizás una sirena con cola de pez.

Me siento, estiro las piernas, las cruzo y me inclino hacia atrás apoyándome con las manos en el suelo. No creo en vidas pasadas o en criaturas míticas, pero la escucho. Al menos llena el silencio.

—Siempre me ha gustado el agua. Al menos, en esta vida.

—Hay un hombre que hasta estaría dispuesto a ahogarse por ti —señala—. Al menos, en esta vida —añade imitándome.

Anabel le sonríe arrepentida a Gabriel, y por la cara que pone la anciana, veo que no se está refiriendo a él.

No respondo. Saber mentir consiste en parte en no dejar que una buena adivina sepa si ha dado en la diana. Me limito a observar sus manos moviéndose, alimentando el fuego con unas tablas más pequeñas. Sus dedos son fascinantes, pecosos y níveos, todos los nudillos están cubiertos de anillos de plata, latón y cobre. El collar que le he dado hace juego con los variopintos motivos de las alhajas. He observado que a las personas de las primeras generaciones les gusta coleccionar objetos que tienen un valor sentimental. Mis padres también lo hacían. Insuflaban vida a los libros, las joyas y los recuerdos.

Siento un poco de celos. Nunca viviré lo bastante para encariñarme con ningún objeto.

Anabel se levanta, se sacude el polvo de las manos y se sienta en un cojín al otro lado de la mesa, frente a mí.

—Vamos a ver, emperatriz —dice juntando las manos

e inclinándose hacia delante—. ¿Hay algo que quieras saber?

—¿Sobre mis vidas pasadas?

—Esa es mi especialidad —responde separando las manos y haciéndolas revolotear como una bandada de pájaros. Las sombras hacen que se multipliquen—. Pero supongo que hay cosas más apremiantes en *esta vida* que quieres saber.

Loquilla ahora esta sentada a mi lado, enroscando su dedito alrededor de uno de mis collares. Las cuentas de plástico producen un débil chirrido, como sus pensamientos desfilando por su cabeza. Vacilo un momento y luego me saco el collar. La niña lo suelta.

Lo dejo encima de la mesa como pago.

Anabel me indica con un ademán que le enseñe las manos. Lo hago. Me palpa las palmas con los pulgares. Los anillos están fríos. Cierra los ojos, se acomoda en el cojín.

Veo sus globos oculares dando vueltas detrás de los párpados. Forma parte del espectáculo. Mi hermano dice que la adivinación es una especie de psicología y sé que tiene razón. Pero una parte muy pequeña de mí —la parte que echa de menos a mi hermano, que está cansada y que teme morir— quiere creer que yo podría haber sido una emperatriz o una sirena alada, que en otra vida había nacido para ser alguien extraordinario. Y este deseo es lo que hace que Anabel tenga tantas baratijas.

Pero ella permanece en silencio.

Abre los ojos.

—¿Cuál es tu signo? —pregunta frunciendo el ceño como si la hubiera estado intentando eludir.

—¿Mi signo?

—Tu signo. Tu signo —repite haciendo revolotear los dedos como si la respuesta fuera de lo más evidente—. Tu signo astrológico.

—No tengo ni idea —respondo.

—¿Cuál es tu fecha de nacimiento, nena?

De pronto me doy cuenta.

En la mansión el tiempo parecía haberse detenido. Todos aquellos meses no me parecen ahora más que minutos. Pero mientras perdía el tiempo en el mundo de ensueño de Linden, el mundo seguía avanzando. El tiempo seguía transcurriendo. Y mis años de vida se iban acortando. En el fondo siempre lo he sabido. Mientras los Recolectores me encerraban en la camioneta, mientras Linden pegaba su rostro a mi cuello respirando junto a mí, mientras Cecilia tocaba el piano, mientras Jena exhalaba el último suspiro. Y desde que me fugué de la mansión, a medida que la fecha se iba acercando y yo ya no vivía con mi hermano gemelo ni en mi hogar, he estado eludiendo la realidad. Me he pasado no sé cuánto tiempo en una nube creada por el opio de la Madame, incluso he experimentado terror y pesadillas. He hecho cualquier cosa para olvidarme de la verdad acerca de que un bulbo del reloj de arena está mucho más vacío que el otro.

—El treinta de enero —respondo—. Esta fecha acaba de pasar. ¿Hace cuánto? ¿Días? No hace más de una semana. Pero estoy segura de que ahora ya estamos en febrero.

—Acuario —concluye Anabel sonriendo—. Eres una joven muy imprevisible.

Así que soy imprevisible. Decido tomármelo como un cumplido. Lo imprevisible no resulta fácil de capturar, de dominar.

—Pregúntame lo que quieras —dice ella.

Su voz no es teatral. No tiene una bola de cristal (las clarividentes que trabajan al borde de la carretera suelen tenerlas). Su forma de hablar es de lo más normal.

Intento pensar cómo hacerle la pregunta sin revelarle la respuesta. Yo también estoy aplicando un poco de psicología.

—Estoy intentando encontrar a alguien —digo.

—Esto no es una pregunta.

—¿Dónde está entonces la persona que estoy intentando encontrar?

Sonriéndome irónicamente, baraja las cartas del tarot. Loquilla la observa con interés, sentada, con los dedos del brazo sano trazando círculos sobre su rodilla. Tiene el pelo húmedo, apelmazado por el sudor.

—¿Dónde está esta persona? ¿Dónde está esta persona? —murmura Anabel mientras va poniendo las cartas boca abajo, las vuelve a barajar, y las coloca de nuevo sobre la mesa. Las divide en tres pilas.

—¿Qué pila eliges?

Le señalo al azar la de mi izquierda. La empuja hacia mí.

—Elige otra.

Le señalo la de en medio. La empuja hacia mí.

—Coge la carta de arriba de cada pila —me dice. Lo hago—. Ponla boca arriba —añade. Lo hago.

Las dejo en la mesa antes de que me dé tiempo a verlas. Primero una y luego la otra.

En una carta aparece la imagen de un hombre, y en la otra la de una mujer. Las dos figuras llevan prendas rojas propias de la realeza y coronas. Leo la leyenda que figura en ellas.

La Emperatriz.

El Emperador.

Se me ponen los pelos de punta sin querer. Anabel me mira.

—Ahora sé por qué me has estado eludiendo —afirma arqueando una ceja con aire de suficiencia—. No se trata sólo de tu naturaleza imprevisible. También echas de menos a tu alma gemela. A tu Emperador.

Me inclino hacia atrás apoyando las manos en el suelo, mirándola con cara de póquer.

—No sabía que las cartas tuvieran género —concluyo—. ¿Cómo sabe con tanta certeza que yo no soy el Emperador?

—El género no tiene nada que ver —responde Anabel deslizando las dos cartas hacia mí—. Esta carta es la que elegiste primero.

—Al azar —opongo en un tono frío para ocultar esta nueva sensación de intriga.

—¿Quieres saber lo que la Emperatriz me está diciendo? —pregunta Anabel revelando unos dientes amarillentos al sonreír satisfecha. Es obvio que está disfrutando con la exactitud de sus pequeñas predicciones.

Estoy recordando la forma en que ha barajado las cartas, intentando descubrir si ha hecho alguna triquiñuela, si les ha echado un vistazo, si las ha manipulado para leer lo que quería leer. Pero no se me ocurre nada y aunque todo no sea más que una farsa, al menos es divertida, y además sólo me ha costado un collar que no me gustaba.

—¿Qué dice? —me limito a responderle.

—La Emperatriz es una buena carta. La Emperatriz es solícita y leal. Aunque —agrega frunciendo el ceño al mirar la del Emperador— tal vez lo sea demasiado. No he podido evitar fijarme en tu anillo —observa señalando con el mentón mis manos que descansan sobre la mesa con los dedos entrelazados.

—Si se lo tengo que dar para oír el resto, ya se puede olvidar del tema —le suelto.

—Sólo te iba a recordar los dibujos que hay en él —aclara haciéndome un gesto para que le acerque la mano. Vacilo—. No te pediré que te lo saques —añade.

Con cautela, dejo que me coja la mano y Anabel re-sigue con un dedo las enredaderas y las flores grabadas en la alianza.

—A la Emperatriz le encanta ocuparse de cosas vivas, verlas crecer. Pero si una flor se riega demasiado, se marchita.

Pienso en los lirios de mi madre, en lo lozanos que estaban cuando ella vivía y en mis desesperados intentos por hacerlos revivir tras su muerte, en lo importante que era para mí conservar esos pequeños tesoros suyos y en mi estrepitoso fracaso.

—Tal vez amas con demasiada pasión —observa Anabel.

De nuevo advierto que mi cara está revelando que ha dado con otra verdad. Así es como te sondean. Las adivinas hacen suposiciones y luego se guían por las reacciones físicas de sus clientes.

—¿Y qué me dice del Emperador? —pregunto apartando la mano y escondiéndola bajo la mesa.

—El Emperador es valiente y el que está al mando —señala—, porque es la siguiente carta que has sacado después de la tuya. Representa alguien muy cercano. Alguien que forma parte de ti.

Sus ojos, al otro lado de las mugrientas gafas, saben de lo que está hablando.

—¿Esta persona a la que estás buscando es quizá tu hermano gemelo?

Era fácil de adivinar. La Emperatriz. El Emperador. Sin embargo, siento un extraño cosquilleo subiéndome por la espina dorsal.

—Sí —asiento—. Es mi hermano.

Ni siquiera oigo su respuesta, porque estoy demasiado ocupada intentando descubrir cómo ha podido predecirlo tan bien. Mis ojos se van posando en los objetos que cubren las paredes, cada uno fue un trueque por una adivinación. Debe de haberse inventado un millar de mentiras convincentes gracias a su capacidad de leer el lenguaje corporal y los rostros. Pensé ser un poco más lista que el resto, pero también me ha calado de algún modo y casi siento la tentación de creer en ella. En la chimenea unos pedacitos de vidrio, plástico y metal me hacen guiños.

Anabel me llama la atención para que vuelva a centrarme en ella.

—Me está costando mucho averiguar cosas de tu hermano gemelo —reconoce exasperada—, *porque* hay algo sobre él que ni siquiera tú quieres admitir.

—No es verdad —replico—. Lo sé todo sobre mi hermano. Salvo dónde se encuentra ahora —¿acaso no es esta la pregunta que le he hecho?

Anabel me mira con escepticismo.

—El Emperador es una carta muy poderosa —afirma—. Indica una persona a la que le gusta mucho estar al mando.

Vale, Rowan es así. Después de la muerte de mis padres se ocupó de todo. Encontró trabajo para los dos y se aseguró de que me levantara cada mañana en lugar de permanecer en la cama regodeándome en mi dolor. Ha sido siempre el fuerte, el que actúa con lógica. Y desde que los Recolectores me raptaron, me he estado aferrando durante todos esos meses a la esperanza de que él seguiría siendo fuerte.

Aunque no crea que las cartas estén diciendo la verdad, el Emperador me reconforta. Me está diciendo que Rowan aún sigue luchando. Que no ha perdido la esperanza.

—Tal vez la tercera carta nos diga algo —precisa ella.

Cojo una carta de la tercera pila y la dejo boca arriba junto a la del Emperador.

El Mundo.

—Esta carta nunca sale —reconoce Anabel—. Sólo recuerdo que me apareció cuando tiraba las cartas de jovencita en mi pueblo natal. Antes de que se hablara del virus. No ha salido desde entonces.

—¿Qué significa?

—Es una buena carta. Significa que todo se arreglará. Que las cosas en tu mundo empezarán a ir bien.

—Bien, eso es bueno, ¿verdad? —pregunto.

Ella mira la carta con el ceño fruncido.

—Cuando cojo tres cartas —explica—, representan las tres leyes universales. La vida, la muerte y el renacimiento. En los cuentos de hadas hay tres deseos, tres hadas madrinas. Cada lectura es distinta, pero en este caso la Emperatriz simboliza tu vida y el Mundo podría representar tu renacimiento.

—¿Y el Emperador simboliza la muerte? —pregunto. Es fácil de adivinar. Todos tenemos los días contados.

—No necesariamente —responde Anabel—. No tiene

por qué significar siempre la muerte. Podría referirse a un cambio. A la muerte de tu vida anterior o de tus relaciones anteriores.

Como cuando los Recolectores me metieron en esa furgoneta y me quitaron todo lo que hasta entonces había conocido.

—¿Quién es el que ha cambiado? —pregunto—. ¿Yo o el Emperador?

—Quizá los dos —responde Anabel—. Pero lo que sí puedo decirte es que las cosas empeorarán antes de mejorar.

Es un refrán de los de las primeras generaciones. Mi madre me lo susurraba con dulzura acariciándome la frente cuando yo estaba enferma. Las cosas empeorarán antes de mejorar. Antes de que la fiebre remita, habrá que sufrir un poco más.

¡Pero claro que este refrán les sirve! Ellos llegan a viejos. Pero el resto de nosotros no tenemos tiempo para esperar a que las cosas empeoren para que luego mejoren.

—O sea que no puede decirme dónde está —digo. Salta a la vista.

—Él no es como tú lo recuerdas —responde Anabel—. Es lo único que te puedo decir.

—Pero ¿sigue vivo?

—No veo ninguna indicación de que no lo esté.

Titubeo antes de hacerle la siguiente pregunta, que se me queda atascada en la lengua durante una eternidad; tengo la sensación de no poder soltarla.

—¿Cree que piensa que he muerto?

Anabel me mira con aire comprensivo. Apila las cartas y las guarda en un lugar seguro.

—Lo siento —responde—, no lo sé.

11

Cuando es mi turno de volver a dormir, sueño con fuego. La casa de mis padres en Manhattan está envuelta en llamas. La puerta abierta revela capas y capas naranjas y amarillas. La ventana está tapiada. Estoy llamando a gritos a mi hermano. *¡Rowan!* El sonido que sale de mi garganta es salvaje y desesperado.

Le estoy llamando a gritos con el corazón en llamas, gritándole que estoy viva.

Él no me escucha. El sueño se transforma en oscuridad.

Loquilla está inclinada sobre mí, zarandeando mis collares con tanta fuerza que las cuentas tintinean violentamente. Abro los ojos. Respiro agitada de manera entrecortada.

—Estabas teniendo una pesadilla —dice Gabriel. Arrodillado a mi lado, me ofrece un pedazo de pan seco de la bolsa de Lila—. Deberías comer algo antes de ponernos en marcha.

Sus ojos están cansados, tiene la cara cenicienta, sin afeitar. Me incorporo, como un poco de pan y descubro lo hambrienta que estaba. No soporto pensar en el delicioso desayuno que me esperaría en la mansión.

—¿Has comido? —pregunto.

—Un poco, mientras dormías. Anabel me ha dicho que podemos tomar un baño caliente si le ayudo a transportar el agua del riachuelo. Pero preferí esperar a que te despertaras.

—Os ayudaré —respondo. Pero cuando empiezo a levantarme, me detiene poniéndome la mano en el hombro.

—Puedo hacerlo solo —sugiere—. Descansa. Tienes pinta de necesitarlo.

Juraría que no hay malicia alguna en la forma que me lo dice. Le observo detenidamente. En su tez aún se ven unos tenues moratones. Creo que su distante mirada no se debe tan sólo a la sangre de ángel circulando todavía por su organismo.

Está disgustado conmigo. Y no le culpo, porque yo soy la que le convenció de que se fugara de la mansión, la causante de todos los problemas que hemos tenido desde entonces. Cuanto más me lo quedo mirando, más segura estoy de ello. Se me parte el alma.

—Hemos empezado con mal pie, Gabriel —admito—. Lo siento. Pero te prometo que habrá valido la pena. Mira, al menos somos libres…

—Olvídate de ello —me interrumpe poniéndose en pie—. Descansa. Volveré dentro de un rato.

Me levanto y le doy el resto del pan a Loquilla, que lo engulle con fruición.

—Te ayudaré a transportar el agua —insisto.

Cuando salimos fuera, Anabel está inspeccionando una pared de la casa, murmurando que el viento siempre le arranca las tablas sueltas. Nos señala el arroyo y nos ofrece un montón de cubos herrumbrados y desiguales que utiliza para recoger el agua y calentarla luego para el baño.

Gabriel y yo nos dirigimos al río en medio de un tenso silencio, apenas puedo soportarlo. Los dos resoplamos por el agotamiento, las náuseas y los padecimientos de los últimos días. Y encima me siento culpable. Culpable por haberle metido en todo esto. Por no haber sido del todo sincera cuando le convencí para que se escapara conmigo.

Sentados en mi cama le conté historias sobre Manhattan, sobre la libertad, la pesca, los rascacielos y mis ridículos sueños acerca de llevar una vida normal. Durante mi cautividad el mundo exterior se volvió el doble de atractivo en mis recuerdos, era tan maravilloso y deliciosamente tentador que deseé que Gabriel formara parte de él. Quería que conociera lo que la vida era más allá de la mansión de Vaughn. Me dejé llevar tanto por todas estas cosas que me olvidé de lo cruel que el mundo puede ser. De lo caótico y peligroso que es.

Abro la boca varias veces para decírselo…

—¿Por qué crees que Vaughn nos ha encontrado tan rápido? —acabo por preguntarle.

—No lo sé —admite Gabriel preocupado—. He estado pensando en ello, quizá no estemos aún tan lejos de la mansión como creíamos. Seguramente él conocía a alguien de esta zona.

—Creí que habíamos recorrido una gran distancia —respondo—. Que nos habíamos alejado mucho.

—Pues todavía tenemos que alejarnos más —precisa encogiéndose de hombros. Y luego vuelve a instalarse el silencio entre nosotros.

Transportar el agua del río a la casa de Anabel me agota. Los brazos me duelen y el frío me irrita la garganta y la piel. Tengo las piernas tan entumecidas que siento como si se me fueran a desprender. Pero al menos estoy haciendo algo útil.

Anabel calienta el agua en la chimenea, cubo a cubo, y luego la echa en el barreño.

El baño con agua caliente me sienta de maravilla, aunque use un trapo raído a modo de esponja. Es una delicia librarme de la capa de roña acumulada en mi piel.

Le cambio el sari amarillo, con la parte rota y todo lo demás, por un suéter verde lleno de pelusa y unos tejanos.

Pienso en el precioso jersey que Deirdre tejió para mí, en que ya no lo recuperaré nunca más porque ahora forma parte del demencial circo de la Madame.

Anabel me despide en la puerta con un abrazo, advirtiéndome que me ande con cien ojos. Me lo dice murmurando, como si fuera un gran secreto; en su mirada se refleja el terrible destino que ha visto en mis cartas. Juraría que está preocupada, porque aunque no haya llegado todavía ningún cliente, nos hace salir a toda prisa de su casa. Pero en el lugar no parece haber un alma. Este pueblo fantasma está más ruinoso que el parque de atracciones de la Madame, a todos los edificios les han arrancado las piezas esenciales para usarlas en casas improvisadas como la de Anabel.

—Gracias por alojarnos en su casa —dice Gabriel con el rostro aún demacrado. Lo dice con tanta formalidad que es casi como si todavía estuviéramos en la mansión.

Coge a Loquilla de la mano y yo me echo al hombro la bolsa de Lila y nos ponemos en marcha de nuevo.

Gabriel no me pregunta dónde pasaremos la noche esta vez. Creo que ya se espera cualquier cosa. Y a mí no se me ocurre ninguna respuesta. Sé que no podemos ir a Manhattan a pie, sé que se nos tendrá que ocurrir algo antes de que anochezca. Anabel nos dijo que si recorríamos varios kilómetros siguiendo la costa, nos toparíamos con un pueblo. Por eso caminamos lo bastante cerca del mar como para oler su aroma y oír las olas alzándose y rompiéndose.

Pienso en lo que Vaughn me dijo acerca de que Linden se estaba consumiendo de pena y que el hijo de Cecilia se estaba muriendo.

—¿Crees que lo que me dijo es cierto? —digo tras haber dudado un poco antes de preguntárselo—. Me refiero a Linden, Cecilia y Bowen.

—Lo dudo —concluye Gabriel sin mirarme.

Puedo sentir su ira bulléndole bajo la piel, zumbando con tanta fuerza que casi puedo oírla. Tiene la cara crispada, los labios pálidos.

En la mansión siempre era cariñoso y alegre. En el frío aire del otoño me llevaba una taza de chocolate caliente y se ocultaba entre las hojas para conversar conmigo un rato, con las mejillas y las manos rojas. Bajo su contenida sonrisa había una gran vivacidad. Pero ahora parece otra persona. No lo reconozco.

—Déjame ver tus ojos.

—¿Qué? —balbucea. Se estremece, pero no se aparta cuando le toco el brazo.

—Gabriel —susurro—. Mírame.

La niña está a nuestro lado, mirándonos, mordisqueando la cremallera de su abrigo.

Él me mira con las pupilas perdidas, sus ojos azules son como el cielo vacío a mis espaldas.

—¡Te has inyectado más sangre de ángel!

Él aparta la mirada y la posa en un lugar donde el mar está murmurando fuera del alcance de la vista, arrojando sirenas y los cadáveres de emperatrices que saltaron por la borda para ahogarse si no podían ser libres. Me pregunto si correremos el mismo destino.

—Me sentía mareado —afirma—. Estaba sufriendo mucho.

—Yo también me encontré muy mal.

—No como yo. Tenía pesadillas. Sobre ti. Siempre sobre ti. Ahogándote. Abrasándote viva. Chillando. Incluso cuando estaba despierto y tú dormías a mi lado, tu respiración me parecía pequeños terremotos, como si la tierra fuera a partirse y a tragarte.

Vuelve a mirarme y en sus ojos no veo ni la droga ni a Gabriel, sino un estado intermedio de conmoción. Algo que sin duda yo he creado. Un chico al que le he arruinado la vida.

Cuando era pequeña tenía un pececito rechoncho de color naranja que mi padre me regaló por mi cumpleaños. A los pocos días lo eché en un vaso para limpiarle la pecera y llenarla de agua fresca. Pero al trasladarlo al agua limpia y cristalina de la pecera, el pececito estuvo nadando haciendo eses un rato y luego ladeándose, hasta que finalmente se murió.

Mi hermano me regañó diciéndome que habían sido demasiadas cosas y demasiado rápido. La transición de un recipiente con agua al otro tenía que haber sido gradual. Maté al pececito de la impresión.

Meto las manos por debajo de las mangas de Gabriel buscándole las muñecas y se las sujeto con fuerza. No me puedo enfadar con él por esto. Lo saqué de la mansión, un terrario virtual donde Vaughn lo controlaba todo, salvo el tiempo que hacía, y lo planté en un mundo de asesinos, ladrones y personas vacías con la promesa de una libertad que ni siquiera deseaba antes de conocerme.

—Bien —digo con dulzura—. ¿Cuánta te queda?

—La mayor parte de la ampolla.

—Intentemos racionarla para que puedas ir tirando hasta que encontremos un lugar para descansar. Luego tendrás que luchar contra el mono para ir eliminando la droga de tu cuerpo, ¿vale?

Asiente meneando la cabeza adelante y atrás. Le rodeo con el brazo, cojo a Loquilla de la mano y nos ponemos en marcha de nuevo.

Cruzamos un pueblo que a simple vista parece abandonado, pero oigo pasos corriendo detrás de los edificios en ruinas, veo las angulosas formas de unas máquinas. No necesito quedarme demasiado tiempo en él para saber que no somos bien recibidos.

—¿Rhine? —dice Gabriel con voz adormilada, arrastrando las palabras, después de lo que me han parecido horas en silencio.

—¿Mmm...?

—¿Cuándo vas a aceptar que no podemos ir a pie a Manhattan?

Loquilla me suelta de la mano y se agacha para examinar una cucaracha en el suelo correteando en círculos. Seguramente las hay a centenares, nos encontramos en un vertedero y el hedor hace que se me nublen los ojos.

—De acuerdo —admito—. Podemos descansar un poco y luego pensar en alguna solución. Pero no aquí. Hagámoslo en un lugar donde el aire esté más limpio.

—Por aquí no *hay* un lugar con el aire más limpio.

Desde que nos fuimos nos han estado pasando sin cesar unas cosas horribles —replica Gabriel mirándome a los ojos, haciendo deliberadamente una pausa entre las palabras—. No hay nada mejor.

El suelo retumba bajo el peso de un camión de la basura a lo lejos. El camión, despidiendo y lanzando una humareda, arroja más basura al vertedero. Parece imposible, pero juraría que la pestilencia es incluso más fuerte.

—Las cosas están mejorando —insisto—. Mira. Si hay basura tiene que haber gente. Seguramente hay una ciudad cerca.

Gabriel me mira con los ojos vidriosos y la piel marmórea y pálida. Y de pronto le echo tanto de menos que me duele. Echo de menos su calidez dulce y humilde. Sus manos alrededor de mi cara cuando tiró de mí para besarme por primera vez. Sé que he sido yo la que lo ha sacado de su elemento sin prepararle antes. Abre la boca para hablar y espero ilusionada que sus palabras me resulten de algún modo familiares, cariñosas.

—¡Loquilla! —es todo cuanto dice.

Giro la cabeza hacia donde está mirando. La niña alejándose de nosotros, ha echado a correr hacia un pequeño edificio azul con unas letras blancas en negrita que ponen: «GESTIÓN DE RESIDUOS».

—¡Espera! —grito corriendo tras ella y sorprendentemente Gabriel me sigue el ritmo, con la bolsa de Lila golpeándole el costado como un ala rota—. ¡Para, Loquilla! ¡Quién sabe lo que puede haber allí!

Pero no me hace caso y corre velozmente a pesar de su ligera cojera. Va como una flecha a la esquina trasera del edificio y para mi sorpresa de pronto se para en seco y nos espera. Gabriel y yo le damos por fin alcance, jadeando, y cuando estoy a punto de preguntarle qué mosca le ha picado, él me agarra del brazo.

—¡Mira! —exclama.

A Loquilla se le iluminan los ojos. Hay un camión de repartos parado al ralentí en una polvorienta explanada con la puerta de atrás abierta.

—Creo que Loquilla nos ha encontrado un medio de transporte —declara Gabriel.

Vacilo. El corazón me martillea en los oídos. Desde aquí puedo percibir el olor metálico del vehículo, recordar la palpitante oscuridad de la furgoneta de los Recolectores como un peso aplastándome el cráneo, los zarcillos de la locura deslizándose y enroscándoseme por los brazos y las piernas.

—No… —susurro quebrándoseme la voz— sabemos adónde va. Podría llevarnos en la dirección contraria.

—¿Hay alguna forma de saberlo? —pregunta Gabriel.

La esperanza de esta nueva posibilidad ha traído un poco de color a sus mejillas. Intento olvidar mis miedos. Sería muy egoísta por mi parte hacerle perder a él —a todos nosotros— esta gran oportunidad.

—La matrícula —sugiero.

Mi hermano repartía un montón de pedidos, y cuando terminaba, los camiones siempre regresaban a su lugar de origen. En la parte trasera tiene que haber una matrícula con el estado abreviado.

Gabriel se aleja. Lo veo acercarse al camión como si se moviera a cámara lenta.

—¿Es esto?

—¿Con qué letras empieza? —pregunto.

—PA… ¿Significa Pensilvania? ¿Queda lejos de Nueva York? —pregunta.

—Justo al lado —afirmo intentando sonar más contenta de lo que estoy.

Preferiría ir andando antes que subir a la parte trasera de otro oscuro vehículo. Loquilla, claro está, no tiene ningún reparo en meterse en este abismo.

En la parte lateral del camión hay el dibujo de un pollito riendo rodeado de las palabras «APERITIVOS Y REFRESCOS CALLIE'S KETLLE» formando un círculo.

Gabriel se mete en el camión después de Loquilla y me tiende la mano para ayudarme a subir. No advierte la bocanada de aire que tomo para coger fuerzas.

12

Nos escondemos detrás de las cajas de patatas fritas y galletas Kettle. El conductor cierra de golpe la puerta, notamos la sacudida del camión al ponerse en marcha y luego empieza a moverse.

No hay oscuridad más profunda que la de un espacio cerrado. Este lugar es más oscuro que el interior de los párpados y que la noche. Abro los ojos de par en par intentando adaptarme a la falta de luz, ver el contorno de algo, pero es inútil. Lo único que veo son los miembros apiñados de las chicas capturadas por los Recolectores. Espero oír en cualquier momento sus gritos.

Al cabo de un rato Loquilla se duerme. Oigo su tenue y superficial respiración magnificada por las paredes metálicas.

Gabriel permanece en silencio, aunque lo siento a mi lado, con su brazo pegado al mío y la cabeza golpeando de vez en cuando contra la pared en la que nos apoyamos.

Me acaba de susurrar algo, pero no he entendido lo que me ha dicho. O tal vez me lo he imaginado. Quizás estoy soñando. De pronto me cuesta demasiado distinguir las pesadillas de la realidad.

—¿Rhine?

—¿Sí? —respondo con una voz más tensa de lo que quería.

—Te he preguntado cuánto tiempo crees que tardaremos en llegar a Pensilvania.

—¿Y qué más da si ni siquiera tenemos reloj? —digo—. ¿Cómo te encuentras? —añado preocupada por si he sido demasiado brusca con él.

Cambia de postura pegándose a mí. Intento mirarle en la oscuridad.

—Estás temblando —susurra sorprendido.

—No, estoy bien.

—Estás temblando —repite—. Creí que era el movimiento del camión, pero eres tú.

Me llevo las rodillas al pecho y cierro los ojos, deseando percibir la tonalidad beige y rojiza de la luz contra mis párpados. Pero no hay quien se salve de esta negrura. Es como un torno apretándome los sesos.

Gabriel me busca a tientas hasta dar con mi pelo. Sus dedos se enredan en él y yo apoyo mi cuerpo contra el suyo. Siento las gotas de sudor cayéndole del rostro sobre mi piel y sé que está empezando a tener el mono. Él se encuentra en su infierno y yo en el mío.

—Debería de habérmelo imaginado —admite—. Es porque te recuerda la furgoneta de los Recolectores, ¿verdad?

No le respondo. Me resigue el cráneo con los dedos y luego los desliza por mi frente y el mentón y por mi cabeza de nuevo. Cuando era pequeña solía agitar una linterna en la oscuridad para ver los cálidos haces de luz que trazaba en el aire y ahora es lo que me imagino que ocurre mientras siento los dedos de Gabriel acariciándome. Me imagino que dejan regueros de luz.

—El día que los Recolectores me raptaron sabía que no iba a morir —reconozco sorprendiéndome de pronto por lo que le acabo de decir. Hago una pausa para buscar las palabras adecuadas—. No sabía lo que me iba a pasar. Dudaba de que fuera algo bueno. Pero no sentía que fuera a morir.

—¿Cómo lo sabías?

—Supongo que no lo sabía con certeza. ¿Acaso hay algo seguro en esta vida? —contesto ladeando la cabeza.

Siento su clavícula pegada a mi mejilla. En su ropa huelo el aroma de la extraña casita de Anabel y el calor de la chimenea. Puedo ver las cartas del tarot dispuestas en ordenadas pilas ante mí. La Emperatriz. El Emperador. El Mundo.

—Nunca creí que fuera a morir —admito—. Mi hermano me decía que simplemente yo no lo aceptaba.

—Tu hermano parece muy distinto de ti —observa Gabriel.

—Lo es —afirmo—. Es más listo que yo. Es muy bueno reparando cosas y solucionándolas.

—Tú también sabes repararlas y solucionarlas —apunta Gabriel—. No seas tan modesta. Eres la persona más lista que he conocido.

Suelto unas risitas.

—Pues no creo que hayas conocido a muchas.

—Tienes razón —admite.

Puedo sentir su sonrisa de complicidad. Bajando la cabeza, me roza con los labios la frente, están agrietados y calientes, y de súbito me siento de lo más viva. Gabriel está volviendo a ser el de antes. Y por unos momentos siento que tal vez las predicciones de Anabel no eran tan disparatadas. Siento que todo acabará solucionándose.

Me despierto con la inconfundible sensación de haber estado en un lugar seguro. Y en algún sitio con luz. Pero al abrir los ojos no hay más que la oscuridad del camión, el ritmo de la carretera deslizándose bajo nosotros.

Algo está temblando a mi lado. Es Gabriel. Estoy apoyada contra él, y cuando lo busco a tientas intentando ver su perfil, mis manos encuentran su cara. Está fría y sudorosa.

—¿Estás despierta? —pregunta él con una voz quebrada, casi inhumana.

—Sí —respondo incorporándome, le aparto a ciegas el pelo de la cara.

En alguna otra parte del camión oigo bolsas crujiendo. Crujidos de patatas fritas. Pero Loquilla zampándoselas es lo que menos me preocupa en este momento.

—Estás teniendo el mono —digo.

Su agitada y entrecortada respiración es todavía más terrorífica por el hecho de no poder verle.

—¿Gabriel?

Me responde con un lastimero gemido.

—¿Dónde te duele?

Tarda unos momentos en recuperar el aliento.

—Es como si alguien estuviera atándome los órganos con un cordel y tirara de ellos —comenta angustiado.

Le toco el brazo y me asusta lo tensos que están los músculos. Juraría que puedo sentir sus venas.

—No dejes de hablarme —le aconsejo.

—No puedo.

Cuando le toco la mano, se aparta bruscamente de mí y oigo el ruido sordo de su agarrotado cuerpo impactando contra el suelo.

—¿Gabriel?

—¡Dame más sangre de ángel! —me suplica gimoteando, y es tan aterrador que quiero hacer lo que me pide—. Sólo un poco. Sólo hasta que lleguemos.

—No puedo —le miento fingiendo no poder verle en la oscuridad a pesar de estar a su lado. Siento su frío aliento rozando mi cara. Le huele a sangre y a agrio—. No puedo inyectártela a oscuras. Podría matarte.

—Me da igual —susurra.

Finjo no haberle oído.

—Ya falta poco —respondo con dulzura—. Intenta descansar. Yo me encargo de vigilar. Es lo que mi hermano y yo hacíamos para protegernos el uno al otro.

Gabriel emite un sonido que podría ser un gemido o una risa.

—Jenna tenía razón —admite—. Crees que tu deber es ocuparte de todo el mundo.

—¿De qué estás hablando? ¿Cuándo te dijo tal cosa?

—Antes —dice Gabriel.

La voz se le apaga. Estoy segura de que está delirando por culpa del dolor y el mono.

—¿Antes de qué?

—De enfermar.

Me incorporo, tirando sin querer una caja de algún aperitivo y produciendo tanto ruido que por un momento me pongo blanca de miedo.

—¿Qué te dijo Jenna? —pregunto con una voz aguda y ansiosa. Siento una opresión en el pecho.

No me responde y yo le zarandeo el hombro. Protesta refunfuñando y cambia de postura apartándose de mí.

—Dijo que estabas tan ocupada intentando ser valiente que no te dabas cuenta. Pero el Amo Vaughn sí que lo advirtió, y esto te puso en peligro —su voz se apaga mientras se hunde en un profundo sueño.

—¿Que no me daba cuenta de qué? —pregunto.

Me estoy desesperando. Sé que había cosas que Jenna no me contaba, pero sus secretos murieron con ella y nunca creí llegar a conocer ninguno. Pero ahora, al oír las palabras de Jenna de boca de Gabriel, es casi como tenerla de nuevo conmigo.

Seguramente fue una confidencia que Jenna le hizo, de lo contrario él me lo habría contado cuando estaba más lúcido. Pero el mono y el delirio le han hecho ser de pronto sincero, y quizá no esté bien aprovecharme de ello, pero no puedo evitar preguntárselo otra vez.

—¿De qué no me daba cuenta?

—De lo importante que eres —responde justo antes de hundirse en un plúmbeo sueño.

13

El camión se detiene. No sé cuánto tiempo ha transcurrido. Horas. Un día, tal vez. Alargando el brazo en la oscuridad, encuentro el cuerpecito de Loquilla y lo acerco hacia mí. Por suerte a la niña no le da por chillar.

Gabriel está con la cabeza apoyada en mi regazo y durante los últimos kilómetros su acompasada respiración me ha indicado que ha estado durmiendo, pero ahora se incorpora bruscamente.

—Shh —susurro—. No hagas ruido. Nos hemos detenido.

Nos escondemos apiñados detrás de unas cajas. La bolsa de patatas fritas que Loquilla sostiene cruje. Le rodeo con mi mano la suya con fuerza para silenciarla.

El sonido de voces apagadas hace que el corazón se me encoja. Gabriel, rodeándome con el brazo, aguanta la respiración.

La puerta del camión se abre. Me muerdo el labio para contener el grito revoloteando en mi garganta como una polilla. Oigo el frufrú de las chicas de los Recolectores apartándose de la luz que entra de repente, sus asustados murmullos.

El repiqueteo de botas sobre el metal, el camión balanceándose con el peso de alguien.

—… si no hacemos ninguna parada podemos llegar al oeste de Virginia por la mañana para entregar el resto de la mercancía —sugiere un hombre joven.

Cogen cajas, se las llevan.

—Podríamos parar cuando anochezca —sugiere otra voz.

—No me lo puedo permitir.

—Uno de nosotros podría dormir en la cabina y el otro en la parte de atrás.

Se oyen risas alejándose.

Asomo la cabeza por encima de las cajas y veo el sol, de un vivo color amarillo, poniéndose tras los árboles desnudos. Los conductores acaban de entrar en un edificio con un letrero de luces de neón rosas que pone en letras cursivas: «FLAMINGO SIX». Debajo hay un cartel escrito a mano que dice: «ABIERTO».

—¡Venga! —susurro, empujando a Loquilla para que pase delante de mí. Gabriel está tan mal que me sigue a gatas. Intento ayudarle a bajar con cuidado, pero acabo tirando de él con más fuerza de la que quería, inquieta por si los conductores nos pillan antes de tener tiempo de esfumarnos.

La niña sostiene la bolsa de su madre llena ahora de patatas fritas y otros tentempiés. No sé por qué la Madame creía que esta niña era estúpida, por lo que he visto hasta ahora siempre ha sido más lista que yo.

Al bajar del camión nos escondemos detrás de un contenedor de basura mientras vemos a los camioneros descargar una caja tras otra de aperitivos y refrescos Callie's Kettle. Ha sido una buena idea bajar cuando lo hemos hecho, porque las cajas que nos ocultaban han desaparecido. Uno de los hombres cierra la puerta del camión y el otro se sienta al volante.

Gabriel está con la mirada perdida puesta en el regazo, con los ojos entrecerrados, sin importarle la mosca zumbando alrededor de su cara. Loquilla le ofrece una lata de soda caliente y él la rechaza agitando la mano irritado, murmurando algo que no puedo entender.

La luz grisácea del atardecer hace juego con su piel. Tiene ojeras y los labios blanquecinos y pálidos y el cuello de la camisa manchado de sudor.

No quiero pensar en la situación desesperada en la que estamos, pero debo afrontarla. Aunque este lugar no esté cubierto de nieve, hace frío. Y está anocheciendo. No tenemos ningún sitio donde pasar la noche. Viajo con un chico muy enfermo y una niña pequeña. Nuestro posible medio de transporte que nos llevará a la siguiente ciudad está a punto de irse. Entrecerrando los ojos veo los gestos que uno de los conductores le hace al otro.

—Volvamos a subir al camión —propongo.

—Tendrás pesadillas —dice Gabriel arrastrando las palabras tan bajito que tengo que repetirlas en mi cabeza antes de entenderlas—. Me lo dijiste… mientras dormías.

—Estaré bien. Venga.

Gabriel no se resiste cuando tiro de él para que se levante, pero no nos movemos con la suficiente rapidez. El camión se va antes de que nos dé tiempo siquiera a acercarnos a él.

Loquilla, indignada, pega un resoplido, haciendo revolotear el pelo del flequillo.

La puerta del Flamingo Six se abre y del local sale un grupo de personas de las primeras generaciones riendo.

Se dirigen a sus coches. Si tienen vehículos debemos de encontrarnos cerca de una zona adinerada, porque sólo las primeras generaciones pueden darse el lujo de comprarlos. Parecen vivir en colonias, como si el resto de la sociedad fuera demasiado desagradable de afrontar. Son los que boicotean los nacimientos de niños, los pronaturalistas que intentan vivir el resto de su vida sin intentar aceptar o salvar a las nuevas generaciones, que nacemos con los días contados.

A veces les envidio por haber llegado hasta los setenta, por haber hecho las paces con la muerte.

Oigo el rumor lejano de la ciudad y por primera vez contemplo lo que nos rodea. El Flamingo Six parece ser un restaurante y nosotros estamos plantados en la zona del aparcamiento. A lo lejos, al pie de una pequeña pendiente, se ven edificios, farolas y calles.

—Mira —digo a Gabriel.

Es el primer lugar esperanzador con el que nos topamos y quiero que vea que la vida fuera de la mansión merece la pena.

Pero tiene la mirada perdida y el pelo apelmazado oscurecido por el sudor. Se apoya en mí, huele a enfermo. Frunciendo el ceño, murmuro su nombre para animarle, él cierra los ojos.

—¿Qué hacéis plantados aquí, jovencitos? —pregunta una mujer desde la puerta abierta del restaurante haciéndonos señas con la mano para que entremos. La rodea una luz cálida y el aroma de cosas dulces. Un hombre aparece a sus espaldas y Loquilla se esconde detrás de mí, agarrándose al dobladillo de mi camisa.

El hombre, Greg, y su mujer, Elsa, sacan la conclusión de que Gabriel está enfermo por el virus y nosotros no les decimos lo contrario. Supongo que los síntomas se parecen, y si hubieran sabido que era por la sangre de ángel que aún corría por sus venas, no habrían sido tan generosos dándonos de comer. Si algunas personas de las primeras generaciones ya se oponen a nuestra existencia porque sí, ¡qué es lo que harían si creyeran que somos unos adictos!

Nos llevan a la cocina, donde flotan unos aromas deliciosos. Nos hacen sentar ante una mesita desplegable en la sala de descanso, y nos ofrecen un bol de sopa de pollo con fideos y un emparedado caliente. Gabriel no come. Me doy cuenta de que intenta estar alerta, pero de vez en cuando se le agitan los hombros por las convulsiones y a duras penas puede mantener los ojos abiertos.

—No os lo vais a creer, pero abrimos este restaurante hace treinta años —nos explica Elsa dándonos un vaso de limonada. Loquilla se bebe la suya con fruición—. ¡Qué monada! —exclama. Supongo que quiere oír una explicación, porque se ve a la legua que la niña no es mi hija ni la de Gabriel.

—Es mi sobrina —digo simplemente.

Elsa no nos pregunta nada más sobre ella. De hecho, parece estar más interesada en Gabriel.

—Deberías comer algo, cielo —le dice con los ojos negros llenos de súbito de tristeza—. Está muy bueno. Te dará fuerzas.

—Sólo necesita descansar un poco. Estamos intentando volver a casa, al oeste de Virginia —respondo pensando en lo que uno de los camioneros dijo. Supongo que el camión nos ha llevado hasta Virginia—. Su familia vive allí. Creímos que lo mejor era que estuviera con ellos, ya sabe a lo que me refiero.

Cuando Elsa, al borde de las lágrimas, se va de la sala diciéndonos que la disculpemos, me siento fatal por haberle mentido.

—¡Qué buena eres mintiendo! —murmura Gabriel pegando su cabeza a mi hombro—. Lo has hecho de maravilla.

—Shh —susurro—. Intenta comer algo.

Pero a los pocos segundos está roncando.

Cuando Elsa viene a vernos, frunce el ceño al ver la forma en que Gabriel está durmiendo.

—¿Tenéis algún lugar donde pasar la noche?

Loquilla me mira con curiosidad con la boca llena de emparedado.

Me invento una mentira y estoy tan cansada y mi cabeza está tan embotada que me sorprendería que tuviera algún sentido. Le digo que el autobús se ha averiado y que no hay ninguno más hasta mañana a primera hora, y que no tenemos ningún lugar adonde ir. Pero Elsa me cree y entonces es cuando empiezo a sospechar que le falta algún tornillo.

Y cuando nos invita a pasar la noche en la casa que ella y su marido tienen encima del restaurante, me acabo de convencer de ello.

Mientras Gabriel descansa apoyado en mí, inmerso en alguna inquietante nebulosa que le hace mascullar palabras ininteligibles y mover la pierna (sólo deja de moverla cuando le pongo la mano sobre el muslo), Elsa se sienta a hablar conmigo. Pero aunque esté charlando conmigo, tiene los ojos puestos en Gabriel.

—Pobrecito —susurra pensativamente, incluso con adoración—. Nadie diría que tiene veinticinco años.

Claro, porque Gabriel tiene dieciocho, pero no se lo digo. En realidad, hasta puede que sea mayor. Hace casi un año que lo conozco y quizás ha dejado que pasara su cumpleaños sin decir nada, igual que hacía Jenna. Y también yo. Un año menos de vida. Cierro la mano sin darme cuenta agarrando la tela de sus pantalones.

Estoy a punto de decirle a Elsa que Gabriel lo está llevando muy bien, que está aguantando más tiempo del que esperábamos, pero no lo hago porque no quiero seguir con esta mentira. Ya hay demasiadas muertes en el mundo, en todas partes, cada día, castigando a esta encantadora generación falsa a la que Gabriel y yo pertenecemos, y yo no quiero aumentarlas.

De pronto no sé por qué me entran ganas de llorar.

Pero no lo hago. Me acabo la sopa y escucho a Elsa hablar de un chico llamado Charlie. «Mi Charlie», lo llama. «Mi maravilloso, mi dulce, mi pobre Charlie.» Supongo que es su hijo. O que lo fue, porque ahora Elsa está diciendo lo mucho que Gabriel se le parece, lo duras que fueron sus últimas semanas, y que ahora ella oye su fantasma deambulando por los pasillos. Las palabras de su hijo, afirma, se quedaron atrapadas en el papel que empapela su habitación y saltan ahora entre las florecitas azules que lo adornan, resonando, jugueteando unas con otras.

Loquilla, impresionada por las palabras de la mujer, contempla sus labios moviéndose. Me pregunto si Elsa y ella están en la misma onda. Si la niña pudiera comunicarse, ¿hablaría de risas en las nubes o de fantasmas en su pelo?

Al ver mi alianza, Elsa asume que Gabriel es mi marido. Comenta que su hijo no llegó a casarse. Afirma que le encantaría encontrar un día una chica para él que pudiese reunirse con su hijo en el más allá. Y luego me pregunta si sé cantar.

Pero no me pregunta nada sobre mis ojos, ni si tengo una malformación, lo cual le agradezco. Tal vez es porque en su mundo no hay nada normal.

Greg, al oír hablar a Elsa, la viene a buscar:

—Vamos, querida, hay mesas que atender —le recuerda.

Su presencia rompe el hechizo bajo el que Loquilla se encontraba, porque la niña al verlo se queda paralizada, y en cuanto Greg se va, se mete debajo de la mesa asustada. Y como se niega a salir, por más veces que se lo pido, me rindo. Me invento un juego dando golpecitos con el pie en el suelo al ritmo de una canción que recuerdo de las fiestas de Linden y luego, de sopetón, en lugar de seguir dándolos en el suelo se los doy en la pierna.

A Loquilla este juego le encanta, al oír sus borboteos me doy cuenta de que es su forma de reír.

—Importante —susurra Gabriel, está demasiado ido como para que pueda preguntarle a qué se refiere. Sé que va a ser una noche difícil.

—Disculpa a mi esposa —dice Greg al volver secándose las manos con un trapo—. Confunde a la gente con los gatitos abandonados.

Supongo que es una broma, porque se echa a reír. Loquilla está agarrada a mi pierna debajo de la mesa, y cuando Greg se agacha para saludarla con la mano, siento sus uñitas clavándose en mis pantalones como garras y estoy segura de que me está haciendo sangre.

—Tenemos una habitación que a mi mujer le gusta

alquilar —dice—. Tendréis que pagar por ella, pero ya resolveremos este asunto mañana.

Su cara es amable. Los ojos tristes y negros son como los de su mujer. Tiene el pelo castaño canoso y el afeitado es impecable. Pero cuando me sonríe, hay algo en él que hace que yo también quiera meterme bajo la mesa. No para esconderme con Loquilla, sino para protegerla.

14

Cuando el restaurante ya ha cerrado, pasadas las diez de la noche, despierto a Gabriel, que ha estado durmiendo de bruces sobre la mesa, farfullando en un lago de babas. Le convenzo para que se coma las sobras de alguien mientras lavamos los platos. Loquilla, de pie sobre una caja de limones, los seca con un cuidado asombroso. Algo me dice que el ruido del cristal haciéndose añicos la sacaría de quicio y que ella lo sabe.

Elsa sube a su apartamento de la planta de arriba, compuesto de dos dormitorios, una cocina y un pequeño lavabo situados en un largo pasillo que da a una diminuta salita con sofás y un televisor.

El empapelado de las paredes del pasillo esta decorado con florecitas azules y Elsa les da unas palmaditas con afecto mientras nos enseña nuestra habitación. Gabriel alzando la vista me mira, y yo sacudo la cabeza.

En el dormitorio hay sólo dos camas que crujen, y cuando voy a sugerir que Loquilla duerma en una, ella coge la bolsa de su madre, agarra una almohada y se mete debajo de la cama. Supongo que es por la costumbre de que la Madame le hiciera estar siempre escondida.

Le propongo a Gabriel que se duche primero para

que el agua caliente le ayude a despejarse un poco. Dejo la habitación con la puerta abierta y escucho el curioso ruido del agua de la ducha deslizándose por su cuerpo. Loquilla se escabulle debajo del colchón y después asoma la cabeza mirándome.

—Tenemos que lavarte —le recuerdo.

Usando el botiquín que guarda bajo la pileta de la cocina, Elsa le envuelve el brazo roto con una venda. Loquilla deja que lo haga, sentada en el borde de la encimera celeste que es una tonalidad más oscura que el color de sus ojos. Mirándola arrobada le ofrece el bracito que mantiene en alto mientras Elsa tararea cancioncillas y le sonríe y dice que siempre quiso tener una nieta. Le lava el pelo negro y liso en la pileta e incluso cogiendo unas tijeras le arregla el corte desigual que Lila debió de hacerle. Le saca frotando la capa de roña de los bracitos y la cara tarareando, a veces cantando en una lengua que yo nunca había oído. A lo mejor se la ha inventado. Loquilla mueve los labios y por un momento casi creo que también se va a poner a cantar, pero por supuesto no lo hace.

Me quedo plantada en la puerta, con los brazos cruzados, sabiendo que mientras esté en este lugar me mantendré despierta para vigilar. Al menos hasta que Gabriel esté lo bastante despejado para hacerlo.

Al volver al dormitorio veo que Elsa nos ha dejado ropa para dormir, es de chico: una ancha camiseta que a la niña le llega hasta los pies al ponérsela, una camisa para mí que me va grande y un pantalón de chándal que también se me cae, aunque me lo haya ceñido al máximo con el cordón.

Gabriel todavía se está duchando, y cuando me siento en la cama para esperarlo, Loquilla trepa a mi lado con el libro que llevaba en la bolsa de su madre. Es un libro infantil, con las esquinas dobladas y las páginas desgastadas a punto de desprenderse del lomo. Me fijo en el año de publicación y descubro que es casi tan viejo como mis padres. Con trazo inseguro e infantil tiene escrito un nombre con carboncillo azul: Grace Lottner. Loquilla me lo señala, deslizando el dedito por la montaña rusa de los contornos redondos y angulosos. Luego, mirándome, pasa la página. El título de la siguiente página está adornado con flores desiguales, garabatos y lo que yo creo que es el dibujo de un pájaro. Pero de pronto, en medio de todo este caos, descubro otra cosa. Algo que apenas se puede leer de lo desteñido y desgastado que está.

Claire Lottner, seguido del nombre de una calle y el número, y de *Zona Residencial, Manhattan, N. Y.*

—¿Quién es? —pregunto a Loquilla—. ¿Sabes quién vive en esta dirección?

Se saca soplando el pelo de la cara. Ahora que está limpio parece la pelusa de un pollito negro.

Pasa la página, me señala la primera palabra sobre una ilustración de dos niños saltando de un charco a otro, espera a que yo se la lea.

Cuando Gabriel termina de ducharse, hay unos pantalones de pijama de cuadros escoceses doblados esperándole. Le quedan perfectos, como si se estuviera metiendo en el cuerpo fantasmal del hijo de Elsa. También hay una camiseta, pero está demasiado acalorado y dolorido como para molestarse en ponérsela.

Después de que Loquilla se ha acostado debajo de la cama, Gabriel se echa en el colchón que da a la pared.

Creo que lo hace para ocultar su sufrimiento. Pero puedo oír su fatigosa respiración, y veo sus músculos contrayéndose.

Después de lavarme, vuelvo al dormitorio y me tiendo a su lado trazando con los dedos suaves círculos en su espalda. Tiene el cuerpo agarrotado, como Cecilia cuando la encontramos en el suelo de la habitación en la primera etapa del parto. Estaba tan asombrada, tan horrorizada, que lo primero que hizo cuando pudo abrir la boca fue gritar.

Pero Gabriel no está intentando producir ningún sonido, sé que sus silbidos y jadeos están más allá de su control.

—¿Te hago daño? —susurro—. ¿Quieres que deje de hacerlo?

—No —responde tras tomarle un tiempo pronunciar esta palabra.

Mi pelo húmedo ha mojado la almohada, pero estoy demasiado cansada para hacer alguna cosa al respecto. Gabriel mascula algo sobre que huele a albaricoque.

—¿Esto? —pregunto cogiendo un mechón de mi pelo para pintar con él un círculo acuoso en su hombro desnudo. Al oír que Gabriel hace un ruidito, como si el hilo de agua le aliviara, le trazo más círculos en el brazo, en la colina de su hombro, a lo largo de la garganta. Desde donde estoy tumbada, veo que sonríe.

Me acerco lentamente a él, los muelles crujen con el movimiento, y sin llegar a pegar la barriga a su espalda, apoyo la frente en su cráneo. Cuando exhalo, se le pone la carne de gallina. Y entonces pienso: *Esta es su piel. Esta es la persona con la que quería compartir mi libertad.* Debería alegrarme de poder estar los dos tan cerca como queramos, de saber qué es lo que sentimos el uno hacia el otro sin preocuparnos por los ruidos en el pasillo, por mi siniestro suegro, o por un sótano con restos humanos, pero parece como si una tenebrosa atmósfera flotara sobre nosotros aunque nos hayamos escapado.

Sé que debo centrarme en el presente. He estado siendo demasiado egoísta. Mientras él encajaba el impacto de un mundo sin hologramas y soportaba el veneno de una droga horrenda, yo me estaba preocupando por mis hermanas esposas, soñando con edredones de plumas y echando de menos el sabor de los June Bean. Y esto no es bueno. He dejado estas cosas atrás. Es hora de olvidarme de ellas, de meterlas a buen recaudo con mis recuerdos y de no volver a hablar más del asunto.

Pero antes de hacerlo, de dejarlas atrás, hay algo que necesito saber.

—¿Gabriel?

—¿Sí? —está cansado, pero consciente. Espero que pronto se libre de la sangre de ángel para siempre.

—Cuando viajábamos en el camión dijiste que Jenna te contó algo antes de enfermar. Te dijo que yo estaba tan ocupada intentando ser valiente que no advertía que estaba en peligro.

Gabriel levanta la cabeza un poco.

—¿Dije eso? —responde sin volverse hacia mí.

Siento una oleada de decepción.

—¿Pasó de verdad o estabas alucinando?

—Pasó de verdad —admite—. Pero no debí decírtelo. No sabía lo que hacía.

Esta afirmación confirma mi sospecha de que no es algo que me incumbe.

—Jenna no me contaba sus secretos —no puedo evitar decir.

Ahora comprendo la razón por la que no puedo olvidarme del tema, porque estoy enojada.

—Era como una hermana para mí —afirmo—. Yo le confiaba mis problemas. ¿Qué podía decirte que no pudiera decirme a mí?

Gabriel inspira profundamente. De pronto se le acalambra el hombro y él intenta estirar un brazo para agarrarse una pierna, pero yo consigo entrelazar mis dedos con los suyos para que se aferre a mí. Está resoplando y el corazón se me encoge. Quiero decirle que siento mucho haber sacado este tema, que debería descansar.

—Ella sabía que el Amo…, que Vaughn iba a matarla —apostilla él.

Vaugh. La causa de todo el sufrimiento que mis hermanas esposas y yo padecimos. Sabía que había provocado la muerte prematura de Jenna, pero oírselo decir a Gabriel, recibir la confirmación, me duele de una forma brutal.

—¿Cómo? —alcanzo a preguntar.

—Bajó a escondidas al sótano para verme.

Fue la tarde en la que desapareció, y luego, cuando hablamos en la biblioteca, sólo me dijo que había estado en el sótano, y no quiso responder a ninguna de mis otras preguntas, gritándome enojada por intentar presionarla.

—¿Qué…? —insisto con la voz entrecortada—. ¿Qué te dijo?

—Sabía que planeábamos escapar y estaba preocupada. Dijo que tú siempre estabas desviviéndote por todos, por tenerlo todo bajo control, que cuando estabas en peligro no te dabas cuenta. Y ese lugar estaba plagado de peligros. Me pidió que cuidara de ti, aunque fingieras no necesitarlo. El resto me pidió que nunca te lo contara. Pero lo habría hecho —y es verdad— si creyera que te iba a ayudar. Pero por tu propio bien, Rhine, olvídate del tema.

Olvídate del tema. Deja que los secretos de Jenna desaparezcan con ella.

No digo nada más; alargo el brazo a mis espaldas y apago la luz. Oigo a Loquilla respirar en la oscuridad debajo de nuestra cama, quizá soñando con sus extraños sueños mudos.

—No me fío de esta gente —admite Gabriel justo cuando creo que se está durmiendo.

Yo tampoco. Elsa está perdida en la nostálgica tierra de su propia mente y Greg parece aterrorizar a Loquilla. Creí que era porque, al ser testigo de las idas y venidas de los clientes en el parque de atracciones de la Madame, les había cogido miedo a los hombres. Pero esto no tiene sentido, porque a Jared le tenía mucho afecto y Gabriel nunca la asustaba.

—Yo vigilaré —respondo—. Si me canso de hacerlo, te despertaré.

Ríe y se estremece.

—¡Mentirosa! —exclama. Pero lo dice sin mala fe. Y al instante siguiente, ya se ha quedado frito.

El sueño de Gabriel es irregular. A lo largo de la noche le agarro los puños para que deje de dar puñetazos en el aire, le limpio el sudor con la manga, y me contengo cuando le oigo gruñir semiinconsciente cosas horrendas que me hacen estremecer. Sé que no van dirigidas a mí. Lo que me asusta es que no sé con quién o con qué está hablando. Algo le está visitando y quizá sea el fantasma del hijo de Elsa palpitando en las paredes, porque en un momento de la noche Gabriel abre los ojos mirando como si hubiera alguien plantado sobre la cama.

Enciendo la luz para mostrarle que no hay nadie y también para comprobarlo yo. Y descubro sus aterrados ojos azules, su pálida piel, sus labios blanquecinos que recuerdan los de un muerto.

—¿Rhine? —dice como si se sorprendiera de verme a su lado. Como si el viaje al que su mente lo ha llevado le impidiera verme por la noche mientras intentaba consolarle.

—Hola —digo apartándole el pelo sudoroso de la cara—. ¿Necesitas algo?

Mi voz parece relajarle un poco. Cuando me inclino hacia él sentada en la cama y rodeo sus manos con las mías, las abre. Me mira un buen rato, perplejo y cansado.

—¿Estábamos hablando de volver en helicóptero a la mansión? —pregunta.

No puedo evitar echarme a reír.

—No —replico sacudiendo la cabeza.

—¡Oh! —exclama él—. Estaba seguro de ello. Y luego tu pelo se transformó en abejas.

Dejo colgar varios mechones de mi cabello sobre su rostro, las ondas rubias de diversas tonalidades rebotan como cables en espiral enmarañados.

—¿Ves cómo no son abejas? —afirmo—. ¿Tienes sed?

—Un poco —responde poniendo los ojos en blanco cuando se le cierran.

Se pondrá bien, me digo. Esto se le pasará.

Se le pasará.

Se le pasará.

—Vuelvo enseguida —susurro.

Cruzo el pasillo, iluminado de rosa por las lucecitas de noche rosadas que Elsa ha conectado a los enchufes. A lo

171

mejor piensa que mantendrán al fantasma de su hijo a raya o que le guiarán.

La cocina está a oscuras, salvo por la luz de la luna y el resplandor de la nevera al abrir yo la puerta y sacar una botella de plástico de agua. De plástico, mi hermano dice que es el mejor invento químico porque nunca se deteriora, en cuanto se le ha dado uso, puede fundirse y reciclarse para cualquier otra cosa, o dejar que se pudra para siempre en un vertedero.

Los científicos lograron crear botellas, afirma él, pero no seres humanos.

—¿Tu marido tiene un pie en el otro mundo, verdad? —pregunta Greg.

Doy un respingo asustada, la puerta de la nevera se desliza de mi mano y se cierra. En la oscuridad, sólo puedo entrever la figura encorvada de Greg apoyado sobre la mesa de la cocina.

—No quería asustarte —dice.

—No pasa nada —respondo con la voz más temblorosa de lo que desearía—. Sólo he venido a buscar agua.

—¿Para tu marido? —pregunta Greg en un tono inexpresivo, casi como de estar medio ido.

—Sí.

—Qué amable de tu parte ocuparte de él —señala girándose hacia mí, aunque no puedo verle la cara—. Pero no te olvides de cuidar también de ti. Cuando alguien se está muriendo de esta forma, te chupa la energía del alma. Te hace sentir como si fueras tú el que te estuvieras muriendo.

Se me corta la respiración. Gabriel no se está muriendo, se recuperará de los efectos de la sangre de ángel y se pondrá bien. Pero Jenna sí se *estaba* muriendo. Y al

172

estar yo arrodillada junto a ella en su lecho de enferma, sosteniendo su cabeza contra mi pecho, limpiándole la sangre de la boca una y otra vez, me sentí como si me estuviera muriendo con ella. Me prometí dejar que mi hermana esposa se fuera, pero es un dolor que nunca me ha abandonado. Está atrapado en el fondo de mi mente, siempre, y ahora al oír a Greg describirlo me entran náuseas.

—Lo sé —asiento.

—Nuestro hijo murió hace treinta años —declara Greg. Luego repite las palabras más despacio y con más intensidad—. Treinta años. Elsa aún no lo ha superado.

Bebe un trago de su bebida, oigo los cubitos de hielo tintineando contra el vaso. De súbito, puedo oler el alcohol y me doy cuenta de que ha estado arrastrando las palabras.

—Os hemos fallado, chicos —admite, y la silla se inclina hacia atrás y choca contra el suelo al levantarse él. Ni se inmuta. Se acerca a mí y yo pego la espalda al congelador para apartarme de en medio cuando él abre la puerta de la nevera. El resplandor azulado me revela la tristeza en sus ojos negros, su pelo revuelto, su sufrimiento emanando como una horrenda canción.

—¿Qué se siente al saber cuándo morirás exactamente? —pregunta girándose hacia mí.

Me aparto lentamente de él, se me hiela la sangre y la palma de la mano con la que sostengo el agua está sudorosa. No creo que Greg espere ni siquiera una respuesta. Me está sonriendo, con una sonrisa horrible, distante y adormilada. De repente, ante mi mente aparecen las letras de Loquilla: *Corre*.

Doy un paso y él me agarra del brazo.

—¡Espera! —dice—. ¡Espera un poco! Aún estás llena de vida. Eres lo más cálido que he visto en años.

Sacudo el brazo para que me suelte, pero me lo agarra con más fuerza. Su mirada se oscurece.

—¡Suélteme! —le espeto.

—Dentro de un par de años no serás más que cenizas —responde.

Me besa. Es un beso violento y apasionado, me mete la lengua por mi boca abierta, invadiéndomela con sal, licor barato y un aliento caliente y metálico. Forcejeo, mi cuerpo se mueve como si tuviera mente propia, empujándole, pateándole, resistiéndose. Pero él no me suelta. Ni despega su boca de la mía. Siento su lengua metiéndoseme hasta el gaznate, ahogándome. Su otra mano se hunde por debajo del cordón de mis pantalones de chándal. Sus dedos callosos y apergaminados, como los de Vaughn en mis pesadillas, se deslizan agarrándome la parte más carnosa del muslo.

Chillo, pero su boca pegada a la mía hace que el sonido se quede atrapado en su garganta. En la cocina reina un silencio sepulcral. Aunque el corazón me martillee en el pecho, la cabeza y las puntas de los dedos, no se oye nada.

Ni siquiera oigo la botella de agua impactando contra el suelo.

De repente, se oye el crujido de huesos contra huesos, y Greg se aparta de mí. No, no se aparta. Cae. Se desploma sobre las manos y las rodillas, dejando un reguero de sangre. ¿Es posible que yo le haya hecho esto? Me quedo mirando perpleja mis manos, sin podérmelo creer. No, estoy segura, lo estaba empujando, pero no habría sido capaz de golpearle tan fuerte.

Entonces veo otra figura moviéndose en la entrada jadeando de rabia, con un pie plantado sobre la figura de Greg hecho un ovillo en el suelo como si fuera a patearlo si intentase luchar contra él.

—¿Gabriel? —susurro entrecortadamente.

—¿Estás bien? —pregunta sin apartar los ojos de Greg.

—Yo… sí —respondo parpadeando, intentando ahuyentar la nauseabunda sensación que me invade. La cocina se vuelve a llenar de pronto de sonidos. La vida, que se había detenido de forma inexplicable, vuelve a la normalidad. Y este horrendo momento me parece mucho menos espantoso ahora que ha quedado atrás. Cuando Gabriel me saca de la cocina cogiéndome de la mano, me limpio la boca y la lengua con la manga.

—¡Podría haberle matado! —mascula aún enfurecido mientras tirando de mí, cruza el pasillo para ir al dormitorio—. ¡Podía haberle matado!

—Es el mono el que te lo hace decir —afirmo—. No te reconozco. Tú no eres así.

—Pues claro que yo soy así —responde—. ¡Loquilla, levántate! Nos largamos de aquí —ordena metiendo la mano debajo de la cama y sacando a la pobre niña tirándole de los pies antes de que le dé tiempo de acabar de despertarse. Cojo la bolsa de Lila de donde Loquilla la arrojó en el suelo y me sorprendo al descubrir que las manos me tiemblan. La cabeza me da vueltas. Tengo que cerrar los ojos un segundo para no perder el equilibrio.

Oímos a Greg en la cocina y Gabriel corre hacia él antes de que yo pueda detenerle.

—¡No lo hagas! —susurro—. ¡Vas a despertar a Elsa! Larguémonos.

175

—Me reuniré contigo en la calle —responde—. Llévate a Loquilla y salid de aquí.

La única salida es por el restaurante, bajo las escaleras corriendo, cogiendo a la niña de la mano para ayudarla a seguirme. Pero ella corre más deprisa que yo, está acostumbrada a hacerlo para ponerse a salvo, pero ¿lo ha estado alguna vez?

¿Lo he estado yo?

Al llegar al pie de la escalera se suelta de mí. Cuando estoy formando con mis labios la palabra «espera», abre la puerta de un tirón, activando la alarma de seguridad, que retumba en el techo. Es como el sonido de las latas repiqueteando en la trampa que mi hermano y yo poníаmos, pero aumentado cien, un millar de veces. Es tan estridente que me enerva. Y luego ya no hay forma de atrapar a Loquilla. La veo por un instante en el umbral de la puerta, saltando a la oscuridad y desapareciendo como un pajarito volando.

Ya da lo mismo no hacer ruido. La llamo a gritos y en medio de todo este jaleo creo oír a alguien respondiéndome. Es la niña o un fantasma. Unas manos me empujan por la espalda, corro hacia la puerta y aún estoy corriendo cuando mis pies golpean la grava. Alguien o algo me está guiando detrás del contenedor de basura, el lugar donde nos escondimos el día anterior.

Este lugar está más silencioso y de pronto me doy cuenta de que es Gabriel el que me ha hecho correr a toda prisa. Lleva la camiseta que Elsa le dejó en la habitación y yo sostengo el fardo de ropa que nos dio Anabel sin que recuerde haberlo cogido. Pero lo que más me sorprende es estar agachada en las sombras temblando aún.

Loquilla, que es una niña muy lista, nos ha estado esperando aquí. Está abrazada a la bolsa de su madre. Gabriel me pregunta gritando en medio del estruendo quiénes acudirán al oír la alarma. Todavía está esperando la llegada de algún establecedor de normas, de algún dios, de algún Vaughn que castigue a los delincuentes.

—Nadie —respondo—. No vendrá nadie. La alarma sirve para despertarles si alguien se cuela en su casa.

La menuda y frágil Elsa, y el siniestro y sorprendente Greg, que a su manera está tan ido como su esposa, son los propietarios del pequeño restaurante. Los únicos que pueden protegerlo. Al igual que Rowan y yo éramos los únicos que podíamos proteger nuestra casa con las latas y los cordeles que poníamos en la cocina.

Todo el mundo quiere defender lo suyo. Debo de haber dicho esta última parte en voz alta, porque Gabriel me contesta: «Pues no lo han hecho demasiado bien», al tiempo que abre la mano y me muestra un fajo de billetes verdes de lo más nuevecitos.

Gabriel. No lo creí capaz de hacer algo semejante. Que hubiera robado a las personas que nos habían acogido en su casa me habría hecho sentir todavía peor si no fuera porque aún notaba la mano de Greg en mi muslo. Porque todavía me temblaba el labio inferior.

—Con esto tenemos más que de sobra para comprar los billetes del autobús —afirma Gabriel después de dejar el restaurante a nuestras espaldas—. Ya no tendrás que esconderte en ningún otro camión.

A él le habría resultado más fácil luchar contra el mono tendido en la parte de atrás de un camión, en la fresca oscuridad. Pero lo ha hecho por mí, porque notó mi terror y sabe que a pesar de todo estaba dispuesta a volver a meterme en ese lugar oscuro por él. Siento una oleada de algo que no puedo explicar, pero que me hace sentir contenta, frágil y mareada a la vez.

La alarma cesa a lo lejos. Greg sabe que nadie ha irrumpido en su restaurante y no está en condiciones de perseguirnos. Si es que quiere hacerlo.

Caminamos por una calle empedrada que nos lleva cuesta abajo a una ciudad aún dormida, iluminada por farolas mortecinas. Las casas parecen estar en buen estado, los jardines no se encuentran cubiertos de maleza ni de suciedad. Este detalle confirma mi suposición de que en este lugar vive una colonia de personas de las primeras generaciones. Me lo digo a mí misma para convencerme de que no habrá furgonetas de Recolectores circulando. Pero a pesar de ello se me corta el aliento cuando pasa un coche por la calle. Gabriel me pregunta qué me ocurre y por qué me he parado. Le aseguro que estoy bien.

—Tú me preocupas más —admito—. ¿Cómo te sientes?

—Cansado. No demasiado mal —responde deteniéndose para coger a Loquilla en brazos, porque está arrastrando los pies. Pero la niña protesta y él la deja seguir andando.

—¿Has tenido alguna otra alucinación?

—Sigo viendo serpientes en las sombras.

Serpientes. En la peor parte de mi delirio causado por la medicación, Vaughn siempre se convertía en una serpiente. Pero creo que tenía más que ver con mi suegro que con ninguna otra cosa. En una ocasión Vaughn, Linden, mis hermanas esposas y yo tuvimos que quedarnos en el sótano durante un huracán. Y cuando me quedé dormida, mientras oía a Vaughn hablando a una cierta distancia, se transformó en un insecto gigantesco. Creo que en un grillo. No es un animal tan siniestro como una serpiente, pero sigue siendo inquietante. Y cada vez que él me hablaba sentía como cucarachas correteándome cuello abajo. Pero es comprensible. Vaughn nunca me pareció humano.

Mientras estoy absorta en estas cavilaciones, nos topamos con la estación de autobuses. Es uno de los pocos edificios que siguen aún iluminados. No pienso en lo que podría estar esperándonos en las sombras y Gabriel tampoco dice nada sobre lo que ve acechándonos en ellas. Le admiro por esto.

En la mansión no era más que un subordinado. Seguía las normas a rajatabla, cumplía mecánicamente con su trabajo. Pero esta imagen ocultaba algo más; lo sabía por los June Bean de vivos colores que me traía. Al atraparme en el aire cuando caí desde lo alto del faro. Siempre supe que era más fuerte de lo que parecía en ese lugar.

Y ahora que estamos delante de la estación de los autobuses, las luces de neón me recuerdan lo pálido que está, las ojeras. Lo mínimo que puedo hacer es leer el mapa iluminado de la pared y encontrar la ruta más rápida para largarnos de aquí.

—Debes sentarte e intentar comer un poco —le digo a Gabriel—. En la bolsa de Lila aún quedan algunos tentempiés.

—Tentempiés Kettel —replica Gabriel irónicamente—. ¡Qué ricos!

Pero no coge ninguno. Me observa mientras resigo con el dedo la línea verde en el mapa como cuando yo reseguía mi manta en la mansión mientras le contaba mis delirios de grandeza: que todavía había esperanzas para el mundo.

—¿Por qué no estás descansando? —le pregunto.

—¿Y por qué no estás descansando tú?

—¿Qué? ¿Yo? Yo estoy perfectamente —respondo intentando concentrarme en los nombres de ciudades al descubrir que todos me parecen iguales.

—Rhine —dice Gabriel poniéndome la mano en el hombro—. Tú no estás bien. Admítelo.

—No es verdad —contesto. Los dientes me castañetean en cuanto pronuncio estas palabras. Cuando él me gira la cabeza para que lo mire, trago saliva y respiro hondo—. Estoy bien. De verdad. Sólo necesito pensar un poco.

Me aparta el pelo de la cara.

—Admítelo —dice con tanta dulzura que de pronto me siento triste.

Apoyo la cabeza en su hombro y Gabriel me atrae hacia él, me fallan las piernas, pero no importa, él me está sosteniendo.

—No te preocupes —susurra.

Mis labios rozan su cuello y percibo el sudor, el sabor de su fiebre, huelo lo enfermo que está. Esto no tiene sentido, debería ser yo la que lo reconfortara y no al revés. Pero soy yo la que está temblando. Y las ardientes lágrimas que se deslizan por el cuello de su camisa son las mías.

Me frota la espalda, y cuando pega sus labios a mi oído, las palabras que me susurra me zumban en él y me hacen cosquillas.

—No te preocupes. No dejaré que nadie vuelva a tocarte nunca más. Nunca. Nunca más.

—Gabriel… —susurro gimiendo.

—Lo sé —musita en un tono que, aunque me tranquilice, también me está advirtiendo de cualquier cosa peligrosa que intentara deslizarse entre nuestros cuerpos abrazados. Tal vez aún sigue viendo serpientes.

Me pongo a llorar a lágrima viva.

—Lo sé, Rhine, lo sé —repite angustiado al sentir los temblores de mi cuerpo en el suyo.

No puedo sacarme de la cabeza la sensación de la mano de ese hombre en mi piel. Siento una y otra vez las yemas de sus dedos hundiéndose en mi muslo. Pero no es sólo esto. También son sus palabras, que se me han quedado grabadas con tanta fuerza en el cerebro que nunca podré olvidarlas. *No serás más que cenizas.*

¿Cómo es posible que Jenna me conociera tan bien, incluso cuando se estaba muriendo? ¿Cómo supo hace tanto tiempo, cuando le pidió a Gabriel que cuidara de mí, que en este momento sería lo que yo más desearía?

15

A primeras horas de la mañana tomaremos un autobús que nos llevará a Pensilvania. Después aún nos quedará bastante dinero para coger otro hacia Nueva Jersey y desde allí iremos a Manhattan. Gabriel me ha dicho todo esto incluso antes de que llegue el autobús, pero el nombre de la ciudad donde está mi casa me sigue resonando en la cabeza. Como un regalo. Como algo inalcanzable. No puedo creer que esté tan cerca.

Me siento al lado de la ventanilla, Gabriel junto al pasillo, y Loquilla se apretuja entre nosotros. Tengo la boca seca. Intento contener una sonrisa, noto cómo se me tensan los músculos de la cara y el cuello. Me siento mareada de lo ilusionada que estoy. Manhattan. Mi hogar. El motor runrunea bajo mis piernas.

Estirando el cuello sobre Loquilla, apoyo la cabeza en el hombro de Gabriel.

—Ya me ocupo yo de vigilar —dice él.

—Vale —respondo. Pero dudo que pueda dormir, aunque siento que me está entrando sueño.

No sueño con la mansión, ni con Greg, ni con las florecitas azules embrujadas de la pared. Sueño con que el autobús se ha detenido y que al bajarme hay un montón de gente. No de las primeras generaciones o de las nuevas, sino toda clase de personas: niños, adolescentes, jóvenes adultos, adultos, ancianos. Como la foto del siglo XXI recortada de un periódico.

Estoy sosteniendo algo en la mano y miro lo que es. La carta del tarot de Anabel: el Mundo. El mundo entero.

Pero hay algo que no cuadra. No puedo encontrar a Rowan. De repente se me ocurre el horrendo pensamiento de que a lo mejor nadie le ha dicho que el mundo se ha salvado, que tengo la prueba en mi mano. *Demasiado tarde,* me dice una voz. *Has llegado demasiado tarde.*

Reconozco la voz en cuanto la gente se desvanece en la oscuridad, sin que la palabra llegue a salir a tiempo de mi boca.

«¿Mamá?»

Entreabro los ojos, la luz del sol es inoportuna y cegadora. Me los tapo con el antebrazo.

—¿Dónde estamos? —murmuro.

Gabriel no me responde enseguida. Se inclina lo justo para mirarme, mi cabeza descansa indolentemente sobre su pecho, y me aparta un poco el pelo de los ojos. Repito la pregunta.

—Quería asegurarme de que estuvieras despierta —me advierte—. Has estado hablando en sueños.

—¿Ah, sí?

—Últimamente te está sucediendo mucho —dice, y por alguna razón parece estar molesto antes de volver a la postura de antes, pero no puedo verle la cara. Me desliza los dedos por el pelo. Cierro los ojos, arrullada por sus caricias y el runruneo del motor. Y cuando responde a mi pregunta, ya me había olvidado de ella.

—Puedes dormir un poco más si quieres.

—Yo me ocuparé del siguiente turno —murmuro—. Gracias.

Tamborilea con los dedos en mi pelo al ritmo del motor. Son cálidos y vivos, animados por su pulso, su energía. Y me quedo medio dormida, escuchando las voces en el autobús, a veces soñando con caras, con carteles de calles desfilando demasiado deprisa ante mis ojos como para leer las palabras que contienen.

Sueño con dónde estoy ahora y lo que se extiende ante mí. No sueño con dónde he estado o lo que he dejado atrás. Me digo que esto es lo que he estado deseando desde que me raptaron y que tendría que sentirme muy feliz.

Debería sentirme muy feliz, pese a la molesta sensación de vacío que me invade.

En la estación de autobuses de Pensilvania, Loquilla y yo nos separamos de Gabriel lo justo para ir al lavabo de mujeres y lavarnos un poco. Él nos espera junto a la puerta, se ve cansado, pero no tan demacrado como antes. Esperamos el autobús sentados en sillas de plástico, comiendo tentempiés y bebiendo soda caliente sin gas.

—¿Cómo te sientes?

—Creo que bien —responde Gabriel—. Aunque me duele un poco la cabeza y también la espalda.

—Es por haber dormido encogido. Tienes los músculos agarrotados.

—Lo sé.

Pero hay algo que no me dice. Las alucinaciones, los horrores que ha soportado mientras yo dormía apaciblemente apoyada en su pecho. U otros secretos que compartió con mis hermanas esposas. Las cosas que no me puede revelar.

Mientras come una patata frita, busco sus ojos con la mirada. Brillan, son los del chico que me traía June Bean al amanecer. Ya no lo veo poseído por la oscuridad de la sangre de ángel, pero al echar con disimulo un vistazo a la bolsa de Lila, veo que la ampollita sigue ahí.

En el autobús Gabriel se duerme incluso antes de que empiece a moverse. Está a mi lado, con la cabeza recostada en mi hombro. Sus labios se mueven contra mi cuello formando palabras sin sonido.

—Sueña con cosas bonitas —musito esperando que mi voz le llegue en sus sueños. Me la imagino como una neblina entrando en sus pesadillas, enroscándose alrededor de los monstruos, aplastándolos y haciéndolos estallar en el olvido.

—Rhine —susurra—. Ten cuidado.

Como el asiento de delante está vacío, Loquilla juega a agarrarse con las rodillas a los lados del respaldo colgándose de él como un murciélago. Al menos parece entretenerse, aunque irrite a algunos pasajeros de las primeras generaciones que la están observando. Puedo sentirlos estigmatizando a la niña. Y a mí y a Gabriel. Por nuestra juventud. Por nuestras muertes precoces. Como si fuera culpa nuestra haber nacido en este mundo.

Pero no quiero llamar la atención, sobre todo después de que Vaughn consiguiera encontrarme en el parque de atracciones de la Madame.

—Loquilla, ven a leer conmigo —le propongo a la niña.

Leemos el desgastado libro infantil y luego los folletos que hay en el bolsillo del respaldo del asiento delantero.

Leemos a cuántos kilómetros de distancia del mar queda el hotel más caro, y dónde sirven los mejores platos de marisco. Pero al final también se cansa de los folletos y volvemos a mirar el libro. Aunque esta vez Loquilla lo abre por la página con el nombre garabateado con carboncillo azul. Resigue con atención con el dedo cada letra. *G-R-A-C-E-L-O-T-T-N-E-R.* Después pasa la página, y resigue las letras garabateadas en color azul un rato y resigue también las otras palabras. *C-L-A-I-R-E-L-O-T-T-N-E-R.* Me quedo mirando la dirección, que sólo está a varios kilómetros de distancia de mi barrio de Manhattan. Creo que en el pasado se llamaba Queens. Pero podría ser una casualidad. Este libro es seguramente de segunda mano, algo que un cliente de la Madame le dio a Lila a modo de pago. Un pequeño trueque por una parte de su carne.

—¿Quién es? —pregunto de todos modos a Loquilla.

Por supuesto, no me responde.

—Gabriel, hemos llegado —anuncio zarandeándolo al oír el chirrido de los frenos antes de que el autobús se detenga.

Le meto prisa, como si nunca fuéramos a irnos de este lugar si no nos apresuramos a coger el otro autobús. El siguiente nos llevará directos a Manhattan. Manhattan. La palabra me produce escalofríos y un hormigueo por todo el cuerpo que me hace estremecer. Siento el vello de la nuca erizándoseme. No recuerdo la última vez que me sentí tan excitada.

También ignoro la otra sensación que noto mezclada con esta excitación. La sombría preocupación que no me ha abandonado desde el año pasado, amenazándome con transformar mi vértigo en ansiedad, mi esperanza en miedo.

—¡Gabriel!

—Te he oído, ¿vale? —farfulla apartándome de un manotazo.

—Lo siento —me disculpo—. Lo siento. Pero tenemos que bajarnos enseguida. El siguiente autobús se va dentro de diez minutos y es el único espacio que tenemos para hacer un alto.

—¿Qué significa «hacer un alto»?

Cruzamos el pasillo del autobús, él bostezando mientras yo me muero de ganas de empujarle para que se apresure.

—No lo sé exactamente, a veces mis padres lo decían. Una parada. Un breve descanso para ir al lavabo. Una pausa para comer.

Aunque Gabriel apenas parece interesado en comer. Mientras esperamos el siguiente autobús, consigo hacerle beber un poco de soda caliente. La lata tintinea en sus temblorosas manos y yo cubro su mano con la mía para que deje de agitarse.

Son los últimos síntomas, creo. Estos pequeños temblores indican que está eliminando la droga de la sangre. Cuando estoy a punto de sugerirle que echemos a la papelera la ampollita de la bolsa de Lila, aparece el autobús. Se detiene chirriando y rechinando, y las puertas se abren. Soy la primera en subir, y cuando Gabriel se deja caer a mi lado, yo ya estoy sentada con los puños metidos entre mis saltarinas rodillas.

Es avanzada la tarde. El interior del autobús está bañado por una intensa luz amarillenta como si estuviéramos dentro de una lámpara halógena. Gabriel entrecierra los ojos. Está bronceado, un rayo de sol que se cuela por la ventanilla le ilumina el vello del brazo mientras él desliza su dedo por la curva del respaldo del asiento delantero. Se está mordiendo el labio inferior, que ha vuelto a adquirir un color rosado. El fino pelo castaño que le enmarca la cara se le ha rizado como si fueran diminutas versiones de mis rizos.

Contemplo su dedo deslizándose primero por el borde del asiento y luego alejándose de él, creando formas, dibujando caminos.

—¿Dónde estás? —pregunto en voz baja.

—Navegando —responde—. Por aguas europeas. —Me inclino acercándome a él y pego la barbilla a su hombro, mirándole—. Este es el mar del Norte y allí está Alemania —va descendiendo más y más con el dedo—. Y aquí están los Alpes suizos.

Está recordando el atlas de Linden. Y por su aire ausente me doy cuenta de que no está perdido en las drogas, sino en algo encantador. Como cuando yo soñaba con el mundo del pasado, con cómo debía de ser.

—Ahora estoy navegando por el Rin.

—¿Conmigo? —pregunto.

Su concentrada expresión se desvanece. Me mira y yo levanto la cabeza de su hombro.

—Tú estás en todas partes —responde.

—Porque Alemania ya no existe —comento—. Ni los Alpes suizos —no quedan más que cortos trechos de ríos que van a dar a un mar picado; como dijo Gabriel, por todas partes.

Ninguno de nosotros consigue pegar ojo. Loquilla, que no tiene la costumbre de estar quieta un segundo, empieza a gatear por debajo de los asientos, como cuando iba a gatas de una tienda a otra en el parque de atracciones de la Madame, birlando fresas del huerto y mordiéndoles los tobillos a los clientes.

Gabriel y yo no se lo impedimos. La niña ha perdido a su madre y ha aceptado sin rechistar ser arrastrada de aquí para allá, despertada de sopetón y estar acurrucada en un lugar oscuro durante horas. Me da la sensación de que si le quitamos esta inocente libertad que le queda le daría una pataleta, y yo no podría culparla por ello. Por eso, aunque a los pasajeros les moleste, a mí tanto me da. Pero a algunos no parece importarles, dicen «Hola, nena», y «Qué lazo más original», refiriéndose a la tira de papel higiénico que ha cogido del lavabo para crear una patética flor con la que adornarse el pelo.

Estar sentada quieta es lo único que puedo hacer. Intento no pensar en Manhattan, porque si no el viaje en autobús se me hará más largo aún. En vez de eso trato de pensar en la página que Gabriel abrió del atlas de Linden. En Francia, Luxemburgo, Bélgica y los Países Bajos puestos uno sobre el otro como una escalera junto al canal de la Mancha y el mar del Norte. Estas simples ilustraciones nunca harán justicia a lo que en el pasado se alzaba en esta parte de la tierra, en la que ahora no hay más que olas.

De algún modo estas cavilaciones me hacen pensar en mi madre, en parte poetisa y en parte soñadora, pero sobre todo científica. Llevaba un pequeño globo terráqueo de madera del tamaño de una uva colgado de una cadena de plata. Mi padre se lo había tallado. Y cuando ella se inclinaba para darme el beso de buenas noches, el mundo, balanceándose, me golpeaba la barbilla.

Pienso en el hermoso arco de sus cejas, aumentado y alargado cuando sostenía un vaso de precipitados ante su

189

rostro. Trabajaba con tanto tesón, y era tan apasionada, que a veces los ojos azules le cambiaban de tonalidad. Recuerdo estar preocupada por ella, por sentirse algunas veces demasiado entusiasta y otras demasiado triste. Por si el globo terráqueo que colgaba de su cuello le pesaba tanto como el mundo que quería salvar. Recuerdo que una vez me la encontré sentada en el peldaño del pie de la escalera con la mirada clavada en sus manos abiertas como si le hubieran fallado.

Loquilla sale de pronto de debajo de nuestro asiento, arrancándome de mis ensoñaciones. Trepa a mi regazo dándome un rodillazo en el muslo y un codazo en la barriga, y luego se apretuja entre la ventanilla y yo. Si no la conociera tan bien, creería que también está excitada.

Me va a costar mucho convencer a mi hermano para que acepte a la niña. Querrá meterla en un orfanato, una sentencia de muerte para ella, porque tiene una malformación. Dirá que no es nuestro problema. O a lo mejor estará tan contento al verme que no le importará que se quede con nosotros.

O estará hecho una furia por mi ausencia. Nunca hemos estado separados tanto tiempo y no sé cómo reaccionará al verme. No sé si en este último año ha cambiado. Me asusto al pensar incluso en lo mucho que he cambiado yo en este tiempo.

—Ya se nos ocurrirá un plan para ti —digo a Loquilla.

Me mira, inexpresiva, dándose golpecitos con el dedo en los labios. Después se gira y, apoyando las manitas abiertas en el cristal de la ventanilla, contempla el autobús cruzando el océano al pasar por un puente. Manhattan se ve a lo lejos, todo gris, como un pensamiento empezando a aflorar.

16

Ya es de noche cuando el autobús se detiene en la estación, que es más lúgubre que las otras. Las luces de neón, cubiertas de polillas, a duras penas funcionan. En el ambiente flota el olor ligero y persistente a mar, y el de los gases de los tubos de escape, y se oye el rugido de las furgonetas de reparto avanzando pesadamente en la noche. Mi hermano conducía una durante el día. ¿Lo seguirá haciendo?

También circulan otros vehículos. Pero es mejor no pensar en ellos.

Una rápida ojeada al mapa de la pared me confirma que no estoy demasiado lejos de mi casa. Mi casa. La palabra me llena de tanta esperanza que no consigo expresarla en voz alta.

—Podemos ir a mi casa, aunque ya sea de noche —acierto a decir.

Pero Gabriel no está de acuerdo. Tenemos bastante dinero para pasar la noche en un motel que hay delante de la terminal de autobuses, las luces de neón de la *M* parpadean y las de la *L* están fundidas. Aunque sea un hotel de mala muerte, es más seguro que desplazarnos de noche. No necesita decir nada más. Sé exactamente lo peligroso que sería salir a estas horas.

No puedo dormir. Loquilla se mete debajo de la cama de matrimonio y usa la linterna de emergencia que hay en la habitación para leer su libro de cuentos.

Me siento en la repisa de la ventana, contemplando el resplandor del faro moviéndose por el mar. Sé que Gabriel no está durmiendo por su forma de respirar, pero permanece en silencio, tendido en la oscuridad. Sé que está reventado, que ha querido ser fuerte para ayudarme a hacer realidad mis sueños.

—Deberías acostarte —susurra después de transcurrir lo que a mí me ha parecido una hora. El colchón cruje al sentarse él en la cama—. ¿O es que hay algo que te preocupa?

Hay un montón de cosas que me preocupan. Mi hermano. El estado en que lo encontraré. La horrible sensación de terror que no desaparece. El mundo colgando alrededor del cuello de mi madre y la sensación de que, al morir, de algún modo me lo traspasó.

No sé cómo explicarle todas estas cosas de un modo que tengan sentido. A lo mejor es por eso que no lo hago. Sin responderle, me acuesto en la cama junto a él. No nos metemos bajo la manta porque las sábanas dejan mucho que desear. Preferimos utilizar nuestra propia ropa a modo de mantas.

Gabriel se queda dormido y su respiración se vuelve más acompasada. Le escucho un rato, preocupándome cuando se le corta el aliento o agita un miembro, pero sus sueños no parecen transformarse en pesadillas. Me tiendo de lado y al acariciarle el antebrazo durante un rato, advierto que sus músculos ya no están agarrotados. Al final me acomodo en la cama y cierro los ojos, y cuando los abro descubro de pronto que ya es de mañana.

Gabriel me deja duchar primero y al girar el pomo del grifo, las cañerías tiemblan y el agua sale amarillenta. Después de ser durante casi un año la mujer de Linden Ashby, apenas me acordaba de la deprimente realidad más allá de los hologramas y los hermosos jardines. Mi alianza es lo único que parece resplandecer en este mundo.

Pero esta es mi ciudad natal, y mientras intento lavarme el pelo con el hilo de agua que sale de la ducha, estoy sonriendo.

Estamos tan cerca de mi barrio que decidimos ir a pie. Hace un día ventoso y frío, pero al menos la temperatura no es glacial. Gabriel me pregunta por qué la nieve es tan gris.

—No es la nieve, sino las cenizas de las fábricas y del crematorio —aclaro.

A lo mejor no debería de haber sido tan franca en lo que respecta a la última parte, porque Gabriel, haciendo una mueca de asco, se sube el cuello de la camisa para usarlo como mascarilla.

—¿Es seguro respirar eso?

—Te acabarás acostumbrando.

—¿La gente vive rodeada de cenizas? ¡Vaya, lo que me faltaba por ver! —exclama atónito.

—Pues esto no es nada comparado con lo que aún te queda por contemplar —le aseguro— Ven. Sé exactamente dónde estamos ahora —añado enlazando mi codo alrededor del suyo para llevarle a una plataforma de hormigón desde la que se ve el agua. Loquilla, pegando la barriga a la barandilla, estira los brazos y mueve los deditos de la mano sana sobre el agua.

—Antes venía a este lugar con mi padre todo el tiempo —le explico—. Es donde mi hermano intentó enseñarme a pescar. Aquí mismo.

El agua está gris y desapacible, seguramente no tiene nada que ver con el panorama que le describí a Gabriel aquella tarde cuando, tumbada en la cama, le hablé de ella. Puedo ver en sus ojos que no le ha gustado demasiado.

—Hace más de un siglo esto era el río Este —le indico—. Antes de que gran parte de la tierra de los alrededores se erosionara.

—¿Ahora no es más que el Atlántico? —pregunta él.

—Así es.

Gabriel, un amante de las embarcaciones y la navegación, sólo disponía de los mapas y los atlas anticuados de la mansión. Hace un siglo había casi el doble de tierra en nuestro país. Algunas zonas fueron destruidas por la guerra, pero la mayor parte del terreno se perdió de forma natural, se fue deteriorando lentamente y hundiendo en el océano. Pero en lugar de darle esta deprimente lección de historia, le muestro la figura que se alza en medio del agua. Una mujer con una túnica verde claro, una corona con puntas en la cabeza y una antorcha en la mano.

—Es la Estatua de la Libertad —le explico—. Podrías verla mejor si metieras cinco dólares en la ranura de uno de esos telescopios.

—¡Yo ya la había visto antes! —exclama perplejo mientras la contempla.

—¿En los libros?

Se la queda mirando unos instantes más y luego sacude la cabeza. Acaba de acordarse.

—Supongo que la veía desde el orfanato —responde—. Apenas recuerdo nada de aquel tiempo. Cuando me llevaron a la subasta, era muy pequeño.

Tenía nueve años cuando el orfanato decidió subastarlo al mejor postor para que viviera el resto de su vida como sirviente. Gabriel, pese a su juventud, ya había vivido más de la tercera parte de su vida.

Loquilla tal vez percibe los sombríos pensamientos que están a punto de asaltarme o a lo mejor lo hace siendo completamente ajena a ellos, pero cogiéndome de la mano me aleja del agua. Mientras seguimos andando, le hablo de las nubes de humo negro que salen de las fábricas con forma de embudo, que producen de todo, desde plástico y hierro fundido hasta comida. Los árboles de las aceras, pequeños y desnudos, están encerrados en jardineras de madera de cedro. No son tan exuberantes como las flores de azahar de la mansión, ni como los pétalos encarnados de las rosas del jardín, pero a pesar de todo los echaba de menos. Echaba de menos el olor a metal del aire de esta ciudad. Echaba de menos los edificios de Manhattan recortados contra el horizonte. Siempre edificios. Las imponentes fábricas, los apartamentos y otras casas de ladrillos desmoronándose que se complementan unas con otras. La fotografía en sepia de una ciudad.

Entre lo libros de mi padre había varias postales antiguas de la ciudad de Manhattan en el siglo XX, tomadas desde el río Hudson. Las habían hecho al anochecer, con las esquinas de los edificios resplandeciendo como si estuvieran envueltos en llamas, con las ventanas iluminadas, todos apiñados. Mi padre decía que era una ciudad que no dormía. Pero poco a poco se fue desmoronando. En una postal posterior aparece la ciudad ya menos completa envuelta en la niebla de la tarde. Y aunque sigue siendo la ciudad más concurrida y abarrotada que me puedo imaginar, no es más que un fantasma de lo que era en esas antiguas postales.

Doblando por una calle que desciende, pasamos por delante de lo que fue una iglesia cuando mis padres eran pequeños, convertida ahora en un cráter de ladrillos, y al verla siento llena de excitación un nudo en el pecho. Mi calle está igual que cuando la dejé. Todavía hay aquella casa colonial de color azul de huevo de petirrojo con el porche desmoronándose, y el enorme roble en el que el tipo que vive en la casa más pequeña ata a su ladrador collie, creyendo que este animalito le protegerá de los ladrones. Y también hay la casa de ladrillos de tres plantas donde vivía mi vecinita. Su ventana estaba tan cerca de la mía que si alargábamos los brazos podíamos tocarnos con los dedos.

Al lado de su casa está por supuesto la mía.

Al ver mi hogar se me corta el aliento. Primero de felicidad y después de decepción. Porque ya no es mi casa. De ella no queda más que una estructura calcinada. Las ventanas están rotas y el resto sucio con alguna clase de mugre marrón.

Me la quedo mirando alucinada. Contemplo los restos en los que en el pasado se alojaba mi familia. La puerta de la entrada ha desaparecido y los escalones —que yo contaba cada mañana y cada noche, uno, dos, tres— están cubiertos de cristales y de manchas de suciedad.

No puede ser. Aquí debería haber algún color. Y de pronto estoy segura de haberme equivocado, porque la calcinada negrura se transforma en un blanco opalino y luego, por un instante, veo el color de los ladrillos, las cortinas de arpillera en las ventanas, y la casa se encoge de hombros como si aspirara una bocanada de aire.

Las piernas me fallan, una mano me agarra del brazo para que no me estrelle contra el pavimento.

Siento algo fresco y gomoso rozándome la cara. Parpadeo, Loquilla me está deslizando una hoja húmeda por las mandíbulas. La ha arrancado de los arbustos perennes que han sobrevivido pese a todo bajo la ventana de la cocina. No se mueren con tanta facilidad como las flores, crecen prácticamente en cualquier parte. Mi hermano dice que son como hierbajos. Pero después de la muerte de mis padres ni siquiera él tuvo el valor de arrancarlos.

Sentada en el escalón de arriba —el primero durante la mañana y el tercero por la noche—, contemplo los irreales ojos azules de Loquilla. Los mirlos alzan el vuelo y cruzan raudos el cielo en ellos. Poco a poco el mundo vuelve a tomar forma. La calle en la que crecí. El cielo nublado. Las ramas desnudas agitándose al paso de una ráfaga del gélido viento de febrero.

Gimiendo, estiro las piernas, y con la palma de la mano me toco la frente martilleándome.

—Ten cuidado —dice Gabriel—. El suelo está lleno de cristales.

—He perdido el conocimiento —digo. Es más bien una pregunta, pero mi voz no puede modular la entonación requerida.

—Durante unos minutos —aclara él frotándome el hombro para que la sangre me vuelva a circular. Tiene cara de preocupado.

—No es posible —replico.

—Toma, bebe un poco.

—Yo…

—El azúcar te ayudará —insiste sosteniendo una lata de soda, pero sólo me la quedo mirando.

—No lo entiendo. ¿Cómo…? —mi voz se apaga antes de terminar el pensamiento. La palabra se queda revoloteando a mi alrededor y resuena en el aire. *Cómo, cómo, cómo…*

Gabriel me acerca la lata a los labios y yo me atraganto por un instante y luego me fuerzo a beber un poco.

Dejo que el azúcar y las calorías recorran mi cuerpo. Dejo que me vuelva la fuerza y el sentido. Tardo un poco en lograrlo, pero me convenzo a mí misma para girarme y contemplar mi casa. Está tan destruida que incluso han desaparecido las marcas de la hiedra centenaria.

—¡Oh, Rowan! —susurro—. ¿Qué has hecho?

Ando con tiento, molestando a las cucarachas que se dispersan y ocultan en las sombras. El papel de empapelar naranja claro de la cocina ha desaparecido. Las baldosas de linóleo —las pocas que quedan— están calcinadas. Doy sin querer un puntapié a una lata vacía y, rodando, va a parar a una pila de ceniza.

No, no es ceniza. Es papel.

Me agacho para examinar la montaña de páginas arrugadas junto al marco de la puerta. Están impregnadas de gasolina y el óvalo negro que hay en la pared junto a ellas me indica que el fuego debe de haberse iniciado aquí. Hurgo entre las páginas buscando una que no esté quemada, que no se desintegre en mi mano y, por fin, encuentro una. La aliso y leo unas palabras garabateadas a mano que no tienen ni pies ni cabeza:

flores híbridas
cilio
cáscaras de huevo y cloroformo
las ideas de mi hermana
gases invernadero
las manos de mi madre
cien días
pero aún no hay ni rastro

Los fragmentos están escritos como el caótico poema de un loco. El resto ha sido tachado con bolígrafo por una mano tan frustrada que casi ha rasgado el papel.

—Es mi hermano quien lo ha escrito —comento.

Gabriel se agacha detrás de mí y lo lee. Las palabras no tienen sentido para ninguno de nosotros, pero a él no pueden dolerle como a mí. Porque esta página no es más que una entre docenas de otras. Y tal vez si se hubieran conservado todas esta historia tendría sentido. Pero nunca sabré si esto es verdad.

Mi hermano quemó estas palabras. Aquí no hay ningún mensaje para mí, porque no creyó que yo volviese para leerlas.

Me siento mareada. Atontada, dejo que Gabriel, cogiéndome del brazo, me ayude a ponerme en pie. Como no hay nada sobre lo que sentarme, me apoyo contra él y echo una mirada a la habitación. Aquí no hay nada para mí. Desde el umbral de la puerta veo la sala de estar en el mismo ruinoso estado que el resto.

—A lo mejor fue un incendio provocado y obligaron a tu hermano a desalojar la casa —apunta Gabriel.

Sé que lo dice para que me sienta mejor, pero en este momento me siento demasiado extenuada como para albergar una falsa esperanza.

—No, estoy segura de que fue él quien lo hizo —afirmo—. Mi hermano es implacable cuando se trata de defender lo suyo. Un invierno dejó el cadáver de un huérfano tendido en el porche durante días como advertencia para los intrusos. Nadie habría sido capaz de hacerle abandonar la casa a la fuerza. No planeaba volver, ni creyó que yo tampoco lo hiciera.

—Pero ¿por qué la quemaron? —pregunta Gabriel.

No sé qué responder.

Recuerdo a mi madre rodeada de luz. De luz y de azul. Estaba colgando palomitas azules de cristal en la parte superior de la ventana de la cocina con cordel de cometas. Era una especie de campanitas de viento. Me tarareó estas palabras con su voz melodiosa mientras yo, sentada en la encimera, hacía pompas de jabón: «Cuida siempre de tu hermano. Él no es tan fuerte como tú».

Recuerdo que solté unas risitas por esta absurdidad. Rowan era más fuerte que yo. Claro que lo era. Siempre había sido más alto y podía doblar las ramas de los árboles para que yo arrancara las mejores hojas otoñales. Podía sostener un sedal con un pez debatiéndose sin soltar la caña de pescar y sin perder la presa. Se lo dije a mi madre y ella me repuso: «Tú tienes otra clase de fuerza, cariño. Otra clase de fuerza».

Un fuerte crujido me saca de mis cavilaciones. Lo identifico como la última tabla del suelo antes de llegar a la puerta del sótano.

—¡Loquilla, espera! —grito—. ¡Es peligroso! —Pero ella ya ha abierto la puerta y está adentrándose en la oscuridad. Gabriel y yo la seguimos. Como todavía tiene la linterna del hotel, ahora se ilumina con ella. Me sorprende que los escalones soporten nuestro peso, pero el sótano parece haberse salvado del incendio.

Uno, dos, tres, cuatro escalones. A cada uno que bajo forcejeo con la esperanza. Deseando que, cuando llegue al pie de la escalera, algo me esté esperando. O que mi hermano siga aquí. Pero al final me pregunto por qué mi madre me dijo aquellas palabras. Yo debía de ser muy pequeña, porque recuerdo estar con los pies descalzos metidos en la pileta de la cocina con el agua del grifo cayéndome entre los dedos de los pies. Lo recuerdo perfectamente. Junto con el aroma de algo horneándose en la cocina. Y lo bonitas que las paredes se veían con la luz del sol incidiendo sesgada en ellas.

La nota de Rowan cruje en la palma de mi mano y yo la doblo y me la meto en el bolsillo.

Gabriel me coge del brazo, seguramente pensando que volveré a perder el conocimiento y a caerme. Al llegar al pie de la escalera Loquilla mueve la linterna por el sótano. De manera automática alargo la mano y tiro de la cuerda para encender la luz que cuelga del techo, pero por supuesto no hay corriente.

Cojo la linterna y la enfoco primero hacia el rincón del sótano donde aún está el catre. Mi hermano y yo dormíamos en él por turnos de una hora para vigilar durante la noche. Después me armo de valor para dirigir el haz de luz a la neverita, que está vacía, con la puerta abierta, sin electricidad. Al iluminar otro rincón, descubro algo más inquietante que el espacio vacío que esperaba.

Ratas. Docenas de ratas por todas partes. Patas arriba, de lado. Algunas en lagos de sangre y otras a punto de descomponerse en la nada. Todas ellas muertas. Y esparcidos entre ellas, tallos podridos y pétalos de flores marchitas. Estoy tan horrorizada que ni siquiera oigo la reacción de Gabriel.

Mi hermano se inventó un veneno para resolver el problema de las ratas, pero sólo le vi matar una o dos cada vez. Y también hay flores. Lirios, arrugados como lombrices. Las flores del jardín de mi madre. Cada primavera yo sembraba en él semillas de lirios que compraba en distintos mercados de Manhattan, e incluso en floristerías de otro estado, si las entregas que hacía mi hermano le llevaban tan lejos.

Las únicas semillas que no me atreví a sembrar fueron las que mi madre guardaba en una bolsita en el cajón del tocador. Le pertenecían y yo sentía que no tenía ningún derecho a sembrarlas. Recuerdo que las metí entre las páginas de una de sus libretas y las enterré en el jardín trasero junto con todo aquello que mi hermano y yo no queríamos que nos robaran.

El jardín trasero. Muevo la linterna por el sótano hasta encontrar la pala que hay debajo de las escaleras, y subo volando a la planta baja. Cruzo como una flecha la sala de estar, intentando no ver lo estropeado que está el escritorio de mi padre y la silla de mimbre, o el descolorido sofá en el que apenas se distinguen las margaritas del tapizado.

Cuando Gabriel me da alcance en el jardín trasero, yo ya estoy cavando con todas mis fuerzas. Él me ayuda, aunque no sepa lo que estoy buscando, pero por lo blanda que está la tierra es muy posible que ya no se encuentre allí.

17

Mi hermano ha dejado algunas cosas en el baúl que enterramos. Seguramente porque no se las ha podido llevar al lugar adonde ha ido. O porque no creyó que le fueran a servir. Ropa, las batas blancas que mis padres usaban en el laboratorio, las gafas de mi padre, una cometa de papel que no vuela que yo hice de pequeña, libros amarillentos sobre guerras o novelas de amor, y el atlas del siglo xxi de mi padre.

Echo un vistazo a los objetos de mi infancia y los libros que mis padres leían para desconectar del trabajo, e ignoro los recuerdos y el dolor que se alzan con el polvo, porque hay algo más apremiante que deseo.

—¿Qué es lo que estás buscando? —pregunta Gabriel.

Me ayuda a desplegar y plegar con sumo cuidado la ropa, y a abrir el joyero, que está vacío. Ni siquiera encuentro la cadena de plata con el globo terráqueo del tamaño de una uva. Espero que mi hermano no haya vendido los collares ni los anillos de mi madre para conseguir dinero, aunque en este punto esperar algo así sea una estupidez.

—¡Semillas! —exclamo—. Las semillas de lirios de mi madre.

Loquilla está a algunos metros de distancia examinando un nido de avispas abandonado en el suelo.

—Quizá se nos han caído mientras sacábamos estas cosas del baúl —sugiere Gabriel.

—No —respondo—, no están aquí. Ni tampoco ninguna de las libretas de mis padres, que es donde dejé las semillas.

Las busco por segunda vez, y por tercera, y luego vuelvo a guardarlo todo en el baúl, salvo el atlas. Gabriel me coge la pala de las manos y yo no protesto cuando él entierra los objetos de mis padres para que yo no tenga que hacerlo. Me quedo ahí plantada como un pasmarote, resiguiendo con mis nerviosos dedos los bordes del atlas, luchando contra las emociones que me hieren como balas. Es mejor no sentir nada. Es mejor no pensar.

Y de pronto me acuerdo de algo.

Mi madre estaba horneando un pastel para el cumpleaños de Rowan y el mío. Cumplíamos nueve años. Y el otro lado de la pileta estaba lleno de platos que yo le estaba ayudando a lavar. Acabábamos de cenar y mi hermano, volviéndose hacia mí con la boca llena, me dijo: «El próximo año tú ya serás mayor, pero yo no». Al principio creí que intentaba competir conmigo, pero al apartar él los ojos vi que estaba deprimido.

Cuando mi hermano ya se había ido arriba a darse un baño, mi madre me dijo después de colgar las palomitas azules: «Tenéis que cuidar el uno del otro».

Cuidar el uno del otro. Este era nuestro tema principal. Casi creía que mis padres no habían tenido gemelos por casualidad, sino por un motivo: para que cumpliéramos esta promesa.

Pero yo no la acabé de cumplir, ¿verdad? Dejé a Rowan

aquí solo. Y ahora no sé adónde ha ido, y él tampoco sabe qué se ha hecho de mí. Lo único que por lo visto sabemos es que el otro no va a volver.

Hay algo sobre él que ni siquiera tú quieres admitir. Es lo que Anabel me dijo al poner las cartas del tarot ante mí. Algo sobre mi hermano que yo no quería admitir.

Me quedo mirando el hoyo en la tierra, que apenas me ha costado cavar porque mi hermano ya lo había hecho antes.

—Cree que he muerto —susurro.

Gabriel dice algo, pero su voz me llega como si yo estuviera sumergida en el agua, y no entiendo lo que me dice. El pulso me palpita en los oídos. Siento oleadas de frío y calor.

Cuando mis padres murieron, mi hermano se obsesionó con sobrevivir. Se ocupó de que yo no me hundiera demasiado en aquella interminable caverna de la desesperación. Estableció una rutina para los dos con una serie de tareas y precauciones con el fin de sobrevivir. Y durante todo este tiempo, mientras él me mantenía a flote, nunca se me ocurrió que yo también estaba haciendo lo mismo por él. Que Rowen me necesitaba tanto como yo a él.

Que sin mí la rutina no tendría ningún sentido.

Me había aferrado a la esperanza de que mi hermano seguiría viviendo en esta casa sin mí, despertándose por la mañana, tomando té, trabajando por la tarde, preparando las trampas en la cocina y durmiendo en el catre. Pero he tardado demasiado tiempo en volver, y cada día hay nubes de cenizas nuevas saliendo de las chimeneas de las incineradoras.

Cree que he muerto. ¿Qué es lo que le motiva ahora a

seguir adelante? La respuesta es la misma que lo que él ha dejado atrás. Nada.

Con la mente desbocada, entro corriendo en la casa. Algo en mí me está diciendo: *Busca en todos los rincones.* No puede ser que no haya nada más. Que esto sea todo. Las escaleras se estremecen y crujen bajo el peso de mi cuerpo. Arriba mi hermano encendió otro fuego. Ha consumido las puertas y calcinado las paredes. Y aunque estas habitaciones hayan estado vacías desde la muerte de mis padres, ahora aún me lo parecen más. Son como cráteres negros. Están vacías. Como las otras.

No sé el tiempo que me quedo ahí plantada, jadeando. Espero que las lágrimas se deslicen por mis mejillas, pero no me afloran a los ojos.

—¿Rhine? —dice Gabriel empezando a subir para reunirse conmigo.

—No subas —respondo bajando las escaleras—. Aquí arriba ya no hay nada que ver.

Intenta rodearme con su brazo, pero, adelantándome a él, cruzo la puerta quemada de la entrada y me dirijo al ruinoso jardín.

Una parte lejana de mí está temblando. Lo noto. No creo que mis piernas me sigan sosteniendo demasiado tiempo y me derrumbo de rodillas sobre la hierba alta. Vuelvo a sentirme huérfana.

Gabriel tiene la delicadeza de sentarse en silencio a mi lado. Me ofrece una lata de soda, pero no me presiona cuando la rechazo, y deja que el tiempo se deslice a cámara lenta mientras observamos a Loquilla distraerse solita en la hierba alta y marchita.

—¿Y ahora qué hacemos? —pregunta Gabriel al cabo de un tiempo, cuando el cielo se cubre de nubarrones.

Apoyo la cabeza en su hombro.

—Debes de creer que soy una estúpida por haber dejado la mansión por esto.

Traga saliva antes de responder, y estoy tan cerca de su garganta que oigo cuando lo hace.

—Al principio no lo entendía —admite.

Cierro los ojos. No necesito recordarme que no debo fantasear con la mansión, porque en este momento no puedo pensar en nada.

—Pero un día Jenna bajó al sótano para hablar conmigo —explica Gabriel—. Me dijo que después de todo lo que había ocurrido (el huracán, la exposición) tú todavía querías fugarte y que yo no debía dejar que lo hicieras sola.

—Pero tú aún seguiste intentando convencerme de que me quedara —le recuerdo.

—No quería que te hicieran daño. O que te mataran —replica Gabriel. Noto que cambia de postura—. Pero quizá preferías morir antes que seguir encerrada en la mansión, y yo no tenía ningún derecho a cuestionártelo.

—No creí que fuera a morir al intentarlo —respondo.

—Porque tú no piensas en la muerte.

—Es verdad.

Acabo de darme cuenta. ¿Por qué Gabriel vino conmigo? ¿Porque le convencí o porque creyó que debía protegerme al insistir Jenna en ello? En cualquier caso, no parece que quisiera hacerlo.

—Y además ni siquiera pensaste en un plan —añade.

Cuando la siguiente brisa me envuelve, siento un ramalazo de culpa. Pero sí que tengo un plan. Aunque dudo que funcione.

Abriendo los ojos, me enderezo y me sacudo la tierra de las rodillas.

—¡Loquilla! —grito.

La niña, agachada en la hierba a varios metros de distancia, alza la cabeza.

—Enséñale a Gabriel tu libro de cuentos.

La dirección de Claire Lottner se encuentra en la zona residencial de Manhattan.

—Ahora estamos en el área de las fábricas y los muelles. La casa de Claire está al otro lado del puente. Podemos llegar allí antes de que anochezca.

—¿Quién es ella? —pregunta Gabriel.

—No lo sé. Tal vez ni siquiera esté allí.

Pero es la mejor idea que tenemos. Y como es preferible a quedarnos sentados aquí oliendo el tufillo a quemado de lo que fue mi casa, nos ponemos en marcha.

Mi barrio ya no me parece el mismo. Mientras caminamos no despego los ojos de la calle, admitiendo los golpes más fuertes que he recibido, intentando no pensar en nada. Pero esto nunca funciona. Lo que tiene la esperanza es que no te desprendes de ella aunque no te sirva de nada.

No necesito consultar el mapa del folleto que Gabriel cogió en la estación de autobuses. Sé dónde estamos. Reconozco cada destartalado edificio, cada parque marchito, cada recodo del océano. Incluso conozco los peces, sus escamas multicolores, sus ojos inexpresivos, la contaminación que hace que los pescadores los pesquen como deporte para volverlos a arrojar al mar. Les llevo por las calles que nos conducirán al puente que da a la zona residencial.

A medio kilómetro del puente se ha congregado una gran muchedumbre. Hay globos por todas partes, son de color blanco y azul marimo, los colores de la familia del presidente Guiltree. El lejano estrépito se convierte en tambores y música a medida que nos vamos acercando. Loquilla se cubre los oídos con las manos y sus angustiados gimoteos apenas se oyen en medio del alboroto.

—¿Qué pasa? —grita Gabriel para que le oiga.

Coge a Loquilla en brazos, que está tensa, con los ojos desorbitados de miedo. Sacude la cabeza desesperada, cubriéndose la carita con el pelo.

—Tal vez el presidente está pronunciando un discurso —digo.

Manhattan es un barrio tan tecnológicamente avanzado que la mayoría de los comunicados del presidente emitidos por televisión se filman aquí. Es muy habitual que cierren algunas calles para los asistentes. Aunque mi hermano decía que no vale la pena que lo hagan para oír sus discursos.

Se oye el toque de trompeta antes de que la música del desfile empiece a sonar, y a través del gentío diviso a los que llevan los tambores haciendo girar hábilmente las baquetas entre sus dedos mientras desfilan. El presidente está encaramado a una alta plataforma adornada con flores artificiales gigantescas en honor de la primavera. Recuerdo un invierno en que la cúpula blindada estaba llena de nieve artificial. No se aventura a ir a ningún lado sin parapetarse en ella.

Hoy lleva un traje de un vivo color verde hoja y una corona de laurel sobre su blanco pelo.

La plataforma se detiene. Él levanta los brazos. Los cámaras se alzan por encima de la muchedumbre con los elevadores verticales.

—¿Cómo oiremos lo que va a decir en medio de tanta gente? —pregunta Gabriel.

No me hace falta responderle, porque de pronto la voz del presidente Guiltree retumba y resuena por los altavoces que cuelgan de los árboles cercanos.

—¡Cuánta gente! —exclama el presidente.

Se oye el chirrido de una interferencia en uno de los altavoces. Loquilla sigue tapándose los oídos con las manos. Intento tranquilizarla acariciándole el pelo, pero se aparta bruscamente y esconde la carita en el cuello de Gabriel.

Él enlaza su brazo en el mío para que me acerque más a ellos. Como estuvo en un orfanato y luego en la mansión, dudo que haya visto tanta gente junta, pululando a lo largo de cada sendero como patas de una araña gigantesca. Y también que haya oído al presidente hablar alguna vez. Aunque no se ha perdido gran cosa. El presidente Guiltree es más bien una figura decorativa. Un símbolo de una tradición absurda que hace siglos que se mantiene. Estados Unidos es un país. Y un país debe tener un dirigente, aunque su gente esté avanzando con dificultad como hormigas sin su reina, moviéndose constantemente sin ir a ninguna parte.

Detrás del presidente, en la cúpula, están sus nueve esposas, cada una lleva un vestido pastel de distinto tono y una corona de laurel. Tres de ellas son de la primera generación, y cuatro de las más jóvenes se encuentran en distintas etapas del embarazo. Las eligieron de una larga lista de candidatas, llenas de vida y serviciales. A menudo me pregunto si se arrepienten de su decisión. La lujosa vida de la esposa de un ricachón tiene su atractivo. Lo sé muy bien. Pero incluso a Cecilia, que soñaba con ello desde que era niña, le pasó factura. En nuestro matrimonio había un trasfondo de desesperación: la sensación de estar en un sueño del que no podía despertar. La molesta impresión de que mi vida, preparada con tanto esmero como la ropa que Deirdre me dejaba en el diván, ya no era la mía.

El presidente está hablando de la llegada de la primavera y la renovación, pero como sus palabras resuenan, cuesta entenderlas. Los tambores han dejado de tocar para escucharle. El silencio se cierne sobre la multitud junto con una ráfaga de aire marino, y la voz del presidente se convierte en un murmullo y luego en nada mientras reajustan los altavoces.

—Problemas técnicos, amigos —afirma el presidente riendo cordialmente. Alguien a mis espaldas gruñe.

Cuando me dispongo a decirle a Gabriel que debemos irnos, el presidente prosigue.

—Como todos sabéis, pronto llegará la primavera.

Y entonces empieza a hablar de la renovación y la vida que traerá la primavera, y de las flores de los cornejos que brotarán alrededor de su casa, y del esperado nacimiento de sus nuevos hijos. También desea darnos a todos nuevas esperanzas.

—Por eso —afirma sonriendo tanto que veo sus dientes desde donde estoy rodeada de gente—, os anuncio la reconstrucción..., no, más bien el *renacimiento,* de los laboratorios que se alzaban en la zona portuaria de Manhattan.

Quiere reconstruir los laboratorios donde mis padres trabajaban, los que hicieron saltar por los aires como protesta por las nuevas investigaciones para encontrar el antídoto. Mi hermano y yo oímos el estallido cuando al salir del colegio volvíamos caminando a casa. El suelo se estremeció bajo nuestros pies y, cogiéndonos de la mano, echamos a correr hacia las nubes de humo que se alzaban a lo lejos.

Había cientos de edificios. Podía haber sido uno de ellos, pero aun así sabíamos que era el laboratorio. Cuando llegamos, estaban saliendo algunos supervivientes a rastras de los escombros. Rodeando a Rowan con los brazos, lo sujeté como si fuera un torno de banco, suplicándole que no se uniera a los civiles que se apresuraban a ayudarles. Al final decidió quedarse conmigo y estuvimos contemplando el rescate hasta que evacuaron al último superviviente. Y aquella noche se derrumbó más tarde lo que quedaba de la estructura del edificio.

La explosión no sólo se llevó a mis padres, sino también los ideales a favor de la ciencia, nos dejaron creyendo que no teníamos más remedio que aceptar nuestra corta vida, que no había nada que hacer.

Un nuevo laboratorio. Es la primera noticia del presidente que me da esperanzas. Pero estas esperanzas se esfuman en un instante, porque cuando pronuncia la siguiente frase se oye el enfurecido grito de la multitud.

Gabriel me sujeta con más fuerza. A lo lejos alguien arroja una piedra que impacta contra la cúpula del presidente. No, no quieren más investigaciones. No quieren que sigan manipulando los genes de los niños. ¿Es que no les basta con la sentencia de muerte que nos han endosado?, preguntan.

Las primeras generaciones son las que están más enojadas, donde más abunda la mentalidad pronaturalista.

Han visto a sus hijos consumiéndose, han contemplado las consecuencias de la ciencia, y ya no quieren ver más horrores. «¡Utiliza ese espacio para construir un hospital!», grita alguien. Los hospitales son un lujo que sólo los ricos se pueden dar. No obstante, algunas personas que han estudiado medicina ofrecen atención médica en sus hogares. Si encontraran un edificio abandonado en condiciones, tal vez podrían abrir un consultorio y atender a más pacientes. Pero no he oído nunca que el presidente haya soltado ni un céntimo para ayudar a recaudar fondos para estas empresas. ¿Por qué iba a hacerlo? ¿Qué sentido tiene salvar una vida a la que no le queda más que un puñado de años?

—Debemos irnos —le digo a Gabriel.

No estoy segura de si me ha oído en medio del jaleo —los tambores han empezado a retumbar en un intento de ahogar las protestas—, pero de todos modos Gabriel me tira del brazo para que nos vayamos. Hay montones de gente por todas partes, apretujándonos, y estiro el cuello por encima de las cabezas para encontrar la dirección que debemos seguir.

De pronto se oye una explosión.

Me quedo petrificada. Gabriel tira de mí, pero al ver que no me muevo, deja de hacerlo. No puedo moverme. Estoy paralizada de terror por la nubecita gris que se ha formado a lo lejos. Se oye otra explosión. Y otra. Alguien está haciendo saltar los árboles por los aires. Uno se derrumba a mis espaldas, cayendo sobre un elevador vertical.

Los gritos de la multitud no son sólo de terror, sino también de indignación. La cúpula del presidente está cubierta de manos enfurecidas empujándola y zaran-

213

deándola. Sus impertérritas y valientes esposas, en hilera a su espalda, permanecen erguidas, con la barbilla levantada y las manos a los costados. El presidente intenta hacerse oír a pesar de las explosiones, los tambores y las interferencias del micrófono, pero al final se rinde. La plataforma en la que está plantado empieza a moverse lentamente hacia la multitud y la gente se aparta de en medio y luego la sigue. La sigue hasta el muelle, donde la suben a un ferry que lo llevará mar adentro, para que un helicóptero lo rescate.

Las explosiones son pequeñas. Por lo visto no hay heridos. Pero mientras las delgadas columnas de humo se dispersan por entre la multitud, no dejo de pensar que estas explosiones no son más que pequeñas muestras de las que vendrán.

Cuando conseguimos por fin alejarnos del barullo, me dirijo rápidamente hacia la zona residencial. Como la mayor parte de la gente se ha ido al muelle, sólo tenemos que abrirnos paso entre una cantidad cada vez más pequeña de personas. Más de la mitad estaba en contra del nuevo laboratorio. Más de la mitad de la gente de mi ciudad cree que es una causa perdida. Que yo soy una causa perdida.

Las manos me tiemblan y Gabriel entrelaza sus dedos con los míos. Ahora que hemos dejado el ruido atrás, Loquilla se saca las manos de los oídos y, parpadeando, me mira con unos ojos como platos esperando una explicación.

—No creo que nadie haya resultado herido —alego intentando ocultar mi temblorosa voz—. No era más que… una manifestación.

Gabriel todavía está impactado, se le nota. Su agitada

respiración es más patente aún por las nubecitas blancas que le salen de la boca, pequeñas versiones de nubes de humo.

—¿Qué es lo que estaban intentando manifestar?

—Hace más de cuatro años los manifestantes hicieron volar por los aires el laboratorio en nombre del pronaturalismo —le explico—. No querían que se siguieran realizando más experimentos con niños para encontrar un antídoto, porque no creen que *haya* ninguno. Piensan que debemos aceptar lo que ha ocurrido y punto.

Echo a andar, sin saber exactamente qué más hacer, y Gabriel me sigue con Loquilla agarrada como una lapa a su pecho. La niña no se pone nerviosa con facilidad, pero supongo que ni siquiera el peculiar espectáculo de la Madame la había preparado para una cosa parecida.

—¿O sea que han hecho saltar los árboles por los aires con bombas? —pregunta Gabriel.

—Para manifestar —repito, pausadamente aposta— que harán lo mismo con el laboratorio si lo reconstruyen. No sé cómo podían estar tan bien preparados. A lo mejor alguien sabía lo que el presidente planeaba hacer.

—Le odian lo bastante como para hacer saltar los árboles por los aires, diga lo que diga —apunta Gabriel.

—Es posible. No es la primera vez que sucede.

Sacude la cabeza, mascullando entre dientes algo que no entiendo. En lo alto oímos el zumbido de las aspas del helicóptero y Loquilla ladea la cabecita para mirarlo mientras el presidente y sus nueve esposas se alejan volando por el cielo azul hacia un lugar seguro.

Las casas de la zona residencial intentan ser más vistosas que las del barrio del puerto. Son de color rosa chicle, verde salvia y un gris ceniza que en el pasado era seguramente cerúleo. Nos perdemos varias veces, porque en esta zona las calles, en lugar de estar numeradas como en el barrio del puerto, tienen nombres. Jennifer. Eilen. Sarah Court. Hace un siglo se derribaron varias de las ruinosas fábricas de esta zona para construir viviendas y animar a las familias a habitarlas. Me pregunto si los nombres de estas calles son los de las hijas de alguien.

Normalmente podría recorrer este trecho a pie sin ningún problema, pero ahora me siento como si flotara y en varias ocasiones he tenido que parpadear para que desaparecieran los puntitos brillantes que veía. Abro una bolsa de patatas fritas, esperando que los hidratos de carbono ayuden a mi cerebro a superar las fuertes impresiones de esta tarde. Primero la pérdida de mi hermano. Y después la del nuevo laboratorio, una esperanza que no me ha durado ni un segundo. Pero por más que lo desee, las patatas fritas no me hacen sentir mejor, y Gabriel no deja de preguntarme si quiero que descansemos un poco.

Por fin encontramos la avenida Dawn. Loquilla contempla los números grandes y dorados de las casas a medida que van descendiendo. Está prestando más atención que yo, porque me topo con ella al detenerse ante el número 56. Claire Lottner en lápiz azul en un descolorido libro infantil.

El edificio, de color verde, tiene tres plantas y cortinas rosas con topos. El raquítico césped de la entrada está adornado con gnomos de vivos colores y graciosos animalitos de madera colocados como si estuvieran jugando al

216

escondite. En el sendero que conduce a la puerta principal hay una furgoneta roja de juguete volcada.

Pero lo que más me llama la atención es el cartel, a medio metro de distancia, frente a la acera. Está pintado a mano con una cuidada letra cursiva: «ORFANATO DE GRACE».

Gabriel, que camina delante de nosotras, llama a la puerta pintada de blanco. En el interior oigo las notas de un piano. Pero no es una melodía tan bien interpretada como las de Cecilia, sino que parece más bien la de un gato caminando por las notas bajas del teclado. De pronto la música cesa y una niña se ríe estrepitosamente. Oímos una voz apagada acercándose a nosotros. La puerta se abre.

Loquilla se agarra a mi pierna. No sé si por cariño o por miedo.

En el umbral de la puerta hay un joven con el torso desnudo y los pantalones de chándal tan bajos que se le ven los huesos de las caderas. Su pelo rubio rizado está encrespado y enmarañado, pero de algún modo complementa su rostro angular. Sus ojos se posan en Loquilla, que agarrada fuertemente a mi bolsillo, hace crujir la nota de Rowan.

La expresión del joven se ensombrece. Es como de desconfianza o de pena.

—¡Claire, nos traen una más! —grita girando la cabeza hacia la bulliciosa habitación.

Claire es una mujer de la primera generación, alta y corpulenta, con la piel oscura y una voz profunda y melodiosa que se derrama como melaza. Con una nube de niños pegada a sus pies siguiéndola a todas partes, elude ingeniosamente las cartulinas pintadas secándose en el suelo, los patines, los ositos de peluche y los xilófonos.

Llama a todos sus niños «nenes» y huele a ropa recién lavada. Lleva un vestido estampado de color melocotón con mangas acampanadas.

No nos pregunta de entrada nada sobre Loquilla ni el origen de la pequeña. Nos ofrece té verde en unas tazas desportilladas de distintas formas y tamaños.

Los niños pegados a sus pies se multiplican y disminuyen, se dispersan y reúnen. Uno aparta una silla para Claire y ella se sienta ante la mesita plegable de la cocina frente a nosotros. Nos ofrece azúcar para el té, pero los dos lo rehusamos, estamos acostumbrados a tomarlo solo, cada uno por distinta razón. Gabriel nunca pudo permitirse el lujo de saborearlo cuando trabajaba en la mansión, y a mí el azúcar tanto me daba. Las únicas cosas dulces que me gustaban eran los postres de las fiestas de Linden y los June Bean.

—¿Os habéis enterado de dónde estábamos por nuestros carteles? —pregunta ella.

—¿Carteles? —dice Gabriel.

—Al no disponer de aparatos de alta tecnología como una impresora, los escribimos a mano y los pegamos con cinta adhesiva a las farolas —explica Claire.

No recuerdo haber visto ningún cartel, pero supongo que es porque he hecho el trayecto cabizbaja; lo único que recuerdo son los nombres de las calles.

—Vimos la dirección en un libro —aclaro sorprendiéndome de lo frágil que suena mi voz. Es la voz de un espíritu quebrantado, de una chica diez veces más pequeña de lo que es. Poso los ojos en el té.

—¿En un libro? —pregunta sorprendida—. No es po-

218

sible. Nunca nos hemos anunciado en las páginas amarillas —añade mirando al joven que nos ha abierto la puerta. Está apoyado en la nevera, con los brazos cruzados—. Silas, ¿lo hemos hecho alguna vez?

Noto sin necesidad de alzar la vista los ojos adormilados y distantes del joven clavados en mí. Por alguna razón siento que me está estudiando.

—No —responde Silas.

—No la vimos en las páginas amarillas, sino aquí —aclaro metiendo la mano en la bolsa. Saco el libro y se lo acerco deslizándolo sobre la mesa.

El libro se titula *Los ponis de Pram*. Trata de una niña que puede hablar con los potrillos y de un niño que no la cree. Al final el niño se ahoga y a la niña le salen alas. Por morboso que sea, Loquilla nunca parece hartarse del libro.

Claire no coge el libro enseguida. Lo toca con las yemas de los dedos, luego las retira y se las lleva al pecho.

Loquilla, que ha estado gateando por debajo de la mesa, abriéndose paso trepa ahora a mi regazo. Noto los ojos de Silas clavados en mí. De repente veo unas extrañas lucecitas plateadas. La silla en la que estoy sentada se mueve violentamente con la explosión de un laboratorio que nadie más puede oír.

Por lo visto me pierdo la parte en la que Claire nos pregunta de dónde hemos sacado el libro.

—Era de su madre —es lo siguiente que le oigo decir a Gabriel. Señala a Loquilla.

La pequeña retorciéndose inquieta pegada a mí, oculta sus manitas cerradas en mis axilas pegando su cara a mi cuello. No entiendo por qué se comporta así. Ninguna de las dos hemos sido nunca demasiado cariñosas la una con la otra. Pero me ayuda a volver a la realidad.

Claire se levanta de la silla y se arrodilla junto a mí. Le pide a Loquilla en voz baja que la mire. La niña al principio le responde sacudiendo la cabeza con tanta energía que casi me descoyunta la clavícula, pero al final la acaba mirando.

La mujer se las apaña para apartarle con un dedo un poco de ese pelo lacio negro sin llegar a tocarle la frente.

—¿Cómo te llamas, nena?

—Loquilla —respondo sorprendida por el tono protector de mi voz—. Se llama Loquilla. La niña no habla.

—¿Y de dónde vienes? —le sigue preguntando Claire, mirándome por un segundo.

—De un barrio de prostíbulos de Carolina del Sur —respondo.

¿O era de Georgia? Aunque sólo hayan pasado unos pocos días, mis recuerdos de aquel lugar son confusos y, por extraño que parezca, son en blanco y negro. Incluso los pañuelos y las joyas de la Madame los recuerdo ahora grises y apagados.

Sé que esto significa que me está empezando a invadir un profundo dolor. Dolor por la pérdida de mi hermano. Este descubrimiento me deja atónita.

—Su madre se llama Lila —aclara Gabriel.

—No —protesto—. En aquel lugar todas las chicas tenían nombres de colores.

Ahora veo dónde nos está llevando la situación. Loquilla aferrada a mí. La ansiedad en el rostro de Claire. El parecido que Claire guarda con Lila. El parecido que Claire guarda con la niña.

G-R-A-C-E-L-O-T-T-N-E-R escrito con carboncillo azul. Es la hija de Claire. Es el verdadero nombre de Lila.

El libro de Lila ha sabido volver a casa solo.

—¿Cómo es posible? —musita Claire. Es una pregunta que últimamente también me estoy haciendo a mí misma.

Loquilla tarda más de media hora en soltarse de mí y sólo lo hace porque Claire deja un plato con galletas de avena en la mesa.

En un rincón de la habitación hay una lata recogiendo el agua que gotea de una mancha negra de humedad en el techo. Gota a gota, pensamientos sueltos que nunca llegan a unirse en nada importante.

Sé que Gabriel se siente mejor, porque coge una galleta en el acto. Pero yo siento náuseas mientras Loquilla se retuerce en mi regazo y alarga la manita hacia el plato. Claire tiene los ojos enrojecidos y llorosos y sus huérfanitos también. Se agarran a su vestido como si intentaran trepar a ella.

Mientras las galletas terminaban de hornearse y se enfriaban, Claire empezó a contarnos la historia.

Había una vez una niña llamada Grace Lottner que quería ser maestra. Ayudaba a cuidar de los niños huérfanos que vivían con ella y su madre. Les leía cuentos, les preparaba la comida, les arropaba en la cama. A los doce años sus bonitos ojos y su natural sonrisa, combinados con sus largas extremidades y su piel color café, la habían convertido en una preciosidad.

Una mañana salió temprano de su casa para ir al colegio y ya nunca más regresó.

A Claire le resulta imposible contar el resto. Pero no pasa nada. Me lo imagino. Lila —Grace Lottner— fue raptada por los Recolectores y vendida en el mundo de la prostitución. Acabó embarazada y tal vez intentó escapar, pero sólo consiguió llegar hasta el lugar de la Madame.

Contemplo el agua repiqueteando en la lata. Claire, sentada frente a mí, me observa hasta que alzo los ojos para mirarla.

—¿Te encuentras bien, nena? Tienes la cara colorada —dice ella.

Por alguna razón no puedo responderle. Abro la boca, pero no tengo fuerzas para hablar y de pronto lo único que quiero es echarme a llorar.

Gabriel me disculpa diciendo que seguramente estoy exhausta. Y luego se pone a hablar de lo mucho que hemos andado, de Lila —no, no es Lila—, de Grace intentando fugarse con nosotros sin lograr cruzar la valla.

Grace. Al principio no puedo ver a Lila como Grace. Aplicándose una loción con brillos dorados en los brazos y en las largas, larguísimas piernas, recogiéndose en alto el pelo, sonriendo con los labios pintados de carmín. Pero luego pienso en lo cariñosa que era con Loquilla, en lo dulce que fue conmigo cuando me peinaba, y la echo de menos. ¡Qué vital era comparada con las otras chicas multicolores de la Madame! ¡Qué inteligente y encantadora! ¡Y de qué modo la destruyeron!

Silas, que no se ha acercado a nosotros en todo este tiempo, está ahora de pie en un rincón de la habitación, mirándome.

—¿Por qué no volvisteis a buscarla? —me espeta.

Noto a Gabriel enfureciéndose por el tono acusador del chico, pero la pregunta iba dirigida a mí y deja que yo la conteste.

—Ella nos cubrió —explico—. Cuando estábamos escondidos, les dijo que habíamos huido. Sabía que tenía- mos a Loquilla y que era mejor que nos lleváramos a su hija antes que arriesgarse a que la descubrieran.

Silas suelta un sonido que es entre risa y sollozo. Al mi- rarle, veo que su pálida tez está ahora colorada. Los ojos azules le brillan con las lágrimas que no le llegan a caer.

—¡Qué generosa de tu parte! —gruñe.

—¡La Madame iba a matarla! —replico. No estoy segu- ra de dónde me sale esta ira. Es como estar sentada escu- chando a otra chica que suena como yo—. ¡Tú no has visto ese lugar, pero yo sí! Hicimos todo cuanto pudimos, si quieres ir a buscarla, estaremos más que encantados de que lo intentes.

De pronto, la luz de la habitación se vuelve el doble de intensa. Hago todo lo posible por calmarme antes de per- der el conocimiento otra vez o de romper a llorar. Silas mira hacia otro lado, mascullando algo sobre la pusilani- midad y que a Grace sólo le queda un año de vida.

Claire vuelve a sentarse, poniendo una mano sobre la otra. No deja que sus emociones saquen lo peor de ella. Ni obliga a Loquilla a aceptar que es su abuela, ni arma un escándalo por el bracito roto de la niña. Ni tampoco le dice a Silas que deje de refunfuñar ni a mí que deje de resollar enfurecida.

Permanece en silencio un largo momento.

—Me encantaría que Loquilla se quedara a vivir aquí conmigo —dice al fin—. ¿Es por eso que la habéis traído?

Y entonces descubro que esta es la causa de mi ira y de la angustiante sensación de tener una losa en el pecho.

—La hemos traído aquí —digo con mucho cuidado, atónita aún por mi descubrimiento— porque no tene- mos otro lugar adonde ir.

18

La casa de Claire me recuerda la mía.

Tiene una planta más, pero la estructura es prácticamente la misma. Está desmoronándose. De aspecto ligeramente colonial. Los suelos y los goznes de las puertas chirrían con la presencia de vidas pasadas. Mis padres crecieron en una época en que las casas como ésta eran sólidas, con el papel de empapelar sin despegarse. ¿Cómo iban a saber lo que les sucedería a sus hijos y al mundo debido a ello?

Loquilla se aferra a la mesa cuando Claire nos ofrece enseñarnos la casa. Se niega a moverse cuando hace un instante no se quería despegar de mí. Nunca entenderé a esta niña. La dejo apalancada en la silla, mordisqueando pensativa las galletas.

Claire deja atrás los juguetes, las cartulinas pintadas y el piano con las teclas pegajosas de la primera planta y nos acompaña a Gabriel y a mí por las escaleras que conducen a la segunda. Allí se encuentran los dormitorios, pero también hay una sala con una pizarra en la pared y más de una docena de sillas dispuestas como en una clase. Hay papeles por todos lados. Y más latas y tarros de cristal recogiendo el agua que gotea de las cañerías y el techo.

En la tercera planta está el desván. El techo está inclinado por la forma de uve invertida del tejado. Hay una cama de matrimonio, un tocador y un baño. Es donde Claire duerme, la única habitación que no está repleta de objetos infantiles. En el suelo también hay un colchón con sábanas y un desgastado edredón. Está debajo de una vidriera de colores que inunda la habitación con una cálida luz rosa y amarilla.

—Cuando alguno de mis niños está muy enfermo, le dejo dormir aquí conmigo para poder cuidarlo —explica ella.

Aquí arriba la algarabía de las notas del piano, los chillidos de los niños y las cañerías goteando apenas se oye. Me encantaría poder desplomarme en la cama de matrimonio de Claire y dormir. Olvidarme de mis pensamientos un rato.

Pero Gabriel y yo dormiremos en la segunda planta, sobre un grueso edredón de pluma doblado a modo de colchón. Claire nos invita a quedarnos en su casa con la condición de que le echemos una mano. Cuando ve la alianza, supone que estamos casados y que queremos dormir juntos, pero nos da a entender enérgicamente que practicar cualquier actividad marital no es una buena idea al estar rodeados de un montón de niños. Además estaremos en el dormitorio de Silas. A Loquilla le ofrece compartir la cama con quien ella quiera, hay más niños que camas, y todos están acostumbrados a dormir apretujados los unos contra los otros. Pero tengo la sensación de que si la niña no encuentra un rincón donde dormir sola, acabará haciéndolo con nosotros.

La habitación de Silas es más bien un armario lo bastante grande para alojar una cama que un dormitorio.

Cuando extendemos el edredón en el suelo, ocupa el poco espacio vacío que queda. Al cruzar la puerta, a Silas no le hace ninguna gracia ver que Gabriel y yo hemos invadido su espacio.

—¡Cenamos de aquí a unos minutos! Después podéis ducharos si queréis —dice arrugando la nariz como si fuéramos los seres más apestosos del planeta—. Y luego se apagan las luces.

En la cena no tengo apetito, pero me siento un poco mejor después de tomar una rápida ducha. Me pongo un pijama que, aunque esté desgastado, es de mi talla y cómodo. Estoy intentando no pensar en el jersey blanco que Deirdre tejió para mí cubriendo el cuerpo encorvado y arrugado de la Madame.

Gabriel se mete bajo la manta a mi lado, con el pelo todavía húmedo, y por un rato nos miramos en la oscuridad sin decir nada. La casa está llena de ruidos mientras Silas —el huérfano de mayor edad, es más o menos de la mía— y Claire acuestan a los niños. Por lo visto, antes de ir a dormir cantan en grupo acompañados por el piano. Loquilla no se va a la cama conmigo porque se ha hecho amiga de otra niña con una malformación y de ojos verdes claro a la que le falta la manita izquierda. Dejo que siga jugando con ella gateando por debajo del sofá.

—Lo siento —musito con la voz crispada, al borde de las lágrimas.

—¿Por qué te disculpas? —susurra él a mi lado.

No lo sé exactamente. No puedo decir que sienta haber hecho que Gabriel se fugara conmigo de la mansión, porque si yo en este momento estuviera aquí sola, sería horrible. Y además si lo hubiera dejado en el sótano de los horrores de Vaughn, entre los cadáveres de mis queridas hermanas esposas, ahora estaría muy preocupada por él.

—Las cosas no han salido como imaginaba —digo.

Gabriel permanece en silencio unos momentos.

—¿Acaso tenías un plan? —pregunta sorprendido.

—No —admito—. Creí que al volver a casa me reuniría con mi hermano. Creí, quizá... no lo sé. Creí que seríamos felices. Ahora me doy cuenta de lo estúpida que debo de haber parecido, después de salir todo mal.

—Querer ser feliz no es una estupidez —afirma Gabriel.

Se queda en silencio durante tanto tiempo que creo que se ha dormido.

—¿Y ahora qué haremos? —pregunta de pronto.

—Encontraré a mi hermano —le aseguro—. Empezaré a buscarlo por los alrededores de mi casa —la palabra me duele como nunca imaginé que me llegaría a doler—. Primero iré a las fábricas para averiguar el trabajo que estuvo realizando cuando yo ya había desaparecido y si le dijo a alguien adónde se iba, aunque me extrañaría mucho, porque, aparte de a mí, no le contaba a nadie más ningún detalle de su vida. Pero es lo único que puedo hacer.

—De acuerdo —dice Gabriel—. Iré contigo. Pero por ahora intenta dormir un poco, ¿vale? Estás empezando a preocuparme.

Y como tiene la delicadeza de seguirme la corriente, dejándome que espere algo que no servirá para nada, finjo dormirme.

Después de que la casa se ha quedado en silencio, oigo los crujidos de las tablas del suelo al subir Claire a su cuarto. Silas yendo a tientas a la cama, se las apaña para sortear los cuerpos de los desconocidos que le han invadido el suelo. Cuando pasa, me caen unas gotas de agua de su pelo recién lavado.

Gabriel se ha movido hacia su lado de la cama y está durmiendo dándome la espalda. Su respiración es acompasada y fluida ahora que ya ha eliminado la droga de su organismo.

Los muelles del colchón de Silas crujen, enmudecen unos momentos, y vuelven a crujir. Oigo sus mantas haciendo frufrú. Y aunque yo finja dormir, es evidente que él sabe que estoy despierta.

—¿Está Grace de verdad viva o lo dijiste sólo para no darle un disgusto a Claire? —acaba preguntándome.

—Está viva —susurro—. Cuando nosotros acabábamos de cruzar la valla, Grace, que aún estaba bajando por ella, recibió una descarga eléctrica y cayó al suelo. Pero como es amiga de uno de los guardas no creo que le haya pasado nada.

Silas se queda callado, asimilando lo que le acabo de decir.

—¿Cómo es ella ahora?

—Valiente. Lista —decido omitir lo de la sangre de ángel.

—¿Te habló de mí? —me pregunta tras dudar un poco.

—No me habló de nadie. Ni siquiera me dijo que se llamaba Grace.

Sé que no debía haber sido tan clara, pero es la verdad. Lila —o Grace— ya no es la niña de doce años que los Recolectores raptaron siete años atrás. Tal vez conserve algunos rasgos de su personalidad y su bonito rostro, pero ya no es la misma de antes. Si mi vida ha cambiado tanto en un año, ella debe de haber cambiado por completo en esos siete años.

Me acerco lentamente a Gabriel, lo bastante como para oler su pelo aún húmedo que es casi, sólo un poquito, como el mar. Me digo que si esta noche consigo dormir, aunque no creo que pueda, soñaré con el Atlántico Norte. Soñaré con que pesco truchas irisadas mientras bordeo la costa con el ferry que me lleva a la Isla de la Libertad al mediodía, con el sol calentándome la piel.

Pero no sueño más que con negrura y el tufo a papel de empapelar quemado.

Me despierto antes que el resto de la casa y, alargando la mano por encima de la almohada, cojo la bolsa de Lila. Hurgo en ella hasta encontrar la página con las notas de mi hermano. Intento leerla sosteniéndola ante mi rostro, junto al resplandor verde del despertador de Silas descansando en la mesita de noche. No distingo con claridad las palabras, pero da lo mismo, porque siguen sin tener sentido.

—¿Has estado despierta toda la noche? —murmura Gabriel. Al girarme, descubro que me está mirando en la oscuridad.

—No —respondo—. Vuelve a dormirte.

Pero no cierra los ojos hasta que guardo la nota y me acomodo en la cama.

Escucho los pasos de Claire bajando la escalera que cruje y luego la oigo trajinar en la cocina. Me pregunto si ella tampoco ha podido dormir. ¿Qué le debe de estar pasando por la cabeza ahora que conoce la suerte de su hija desaparecida? Siete años son mucho tiempo. El tiempo suficiente para darla por muerta. Para que el impacto y el dolor hayan hecho mella en Claire. Yo todavía echo de menos a mis padres, cada día, pero ya he dejado de ver sus caras en medio del gentío. He dejado de esperar volver a verles. ¿Cómo se debe de sentir al descubrir que la hija que había dado por muerta ha estado viva todo este tiempo?

Seguramente lo mismo que mi hermano sentirá cuando vuelva a verme. Si es que algún día lo hace.

Cierro los ojos e intento dormirme. Sé que debo descansar para poder pasarme mañana todo el día buscando en Manhattan rastros de él. Para encajar el giro que han dado los acontecimientos.

Pero no consigo pegar ojo. Estoy despierta en la cama durante lo que me parecen horas, hasta que percibo una intensa luz beige desde el interior de mis párpados y un niño pequeño se echa a llorar en su cuna desatando un coro de llantos.

El desayuno despide un delicioso aroma, pero a mí no me sabe a nada. De pronto, vuelvo a ver esos puntitos brillantes de luz revoloteando a mi alrededor. Pero como sé que Gabriel me está mirando, unto la tostada con un montón de mermelada y me fuerzo a comérmela.

Loquilla y su nueva amiguita, Nina, se han vuelto inseparables. La última vez que las vi estaban dando vueltas alrededor del piano como si escucharan una canción que el resto no podíamos oír.

En el pequeño televisor de Claire que descansa en la encimera de la cocina están dando las noticias. Siguen hablando de la indignación que ha provocado la idea del presidente de reconstruir el laboratorio. Hay algunas personas que están a favor, pero las noticias favorecen a la enfurecida oposición. Por ejemplo, una mujer de la primera generación que ha enterrado a sus seis hijos, los concibió con la esperanza de que encontraran un remedio contra el virus a tiempo.

Silas masculla que intentarlo es una estupidez y yo le lanzo una mirada feroz desde el otro lado de la mesa.

—¿Tienes algo que decir, princesa? —susurra.

Saco los platos de la mesa, retirando el suyo cuando estaba alargando la mano para coger el último pedacito de gofre bañado en jarabe de arce y los dejo en la pila.

El presentador de noticias se ha puesto ahora a hablar del linaje del presidente Guiltree y cuenta que hace más de un siglo los ciudadanos elegían a sus presidentes por votación. Este sistema funcionó durante un tiempo, prosigue el presentador, hasta que los partidos políticos empezaron a pelearse con los del bando contrario. Ahora la presidencia se hereda. Aunque las efímeras vidas de las nuevas generaciones están poniendo en peligro esta tradición, pero por lo visto los Guiltree creen que lo solucionarán teniendo la mayor cantidad de hijos posible. También es sospechoso el hecho de que todos sus hijos sean varones. Muchas personas especulan con que está dirigiendo su propio laboratorio genético privado para manipular el sexo de sus hijos. Otras especulan con que ya ha descubierto un remedio, pero en este caso no entiendo por qué iba a mantenerlo en secreto.

Se oye un estrépito en la sala de estar, seguido de los gemidos y llantos de un niño y Claire sale disparada a rescatarlo.

—Deberían dejarlos en paz —comenta Silas en cuanto ella se va.

Me giro sobre los talones para quedar de cara a él.

—¿No te parece que dejarlos en paz es como una sentencia de muerte? ¿Qué hay de malo en buscar un remedio? —le espeto.

Silas suelta una risotada y, levantando la nariz, se dirige hacia la nevera, saca un cartón de leche y bebe directamente de él.

—Lo único para lo que servirá la reconstrucción del laboratorio es para crear lugares de trabajo, porque es dar falsas esperanzas a la gente.

—¿Tener esperanzas es malo?

—Cuando las esperanzas son falsas, sí —responde.

Gabriel se dispone a decir algo, pero yo le interrumpo.

—¿Quién lo dice? Hay científicos de talento, médicos de talento, y tal vez tener esperanzas no sea tan malo después de todo. A lo mejor es lo que nos hace seguir adelante.

La rabia me sale por los poros como pintura vertida en el agua, enrojeciéndolo todo. Pero hace tan sólo unas semanas estaba tumbada al lado de Cecilia en la cama elástica de Jenna, diciéndole que no había ningún remedio y que lo aceptara de una vez. Ojalá pudiera enmendar mi error, estaba tan destrozada por la muerte de mi hermana esposa que por un instante me olvidé de mí misma. Esta afirmación iba en contra de todo aquello por lo que mis padres lucharon. De todo aquello por lo que murieron.

Silas se ríe sin ganas. Sus ojos lánguidos son como los de las chicas de la Madame. Están vacíos de pasión. Es como si se hubiera apagado una llama que, de quedarle más años por delante, sería un fuego arrasador. Veo que se ha rendido.

—¡Eres una ingenua, princesa! —exclama.

En este último año me han llamado de un montón de

formas. Cariño, Vara de Oro, Emperatriz, Princesa. Antes tenía un nombre que significaba algo.

—Sé más de lo que tú crees.

—Entonces sabes que vas a morir —me suelta Silas con la nariz casi pegada contra la mía.

Me reta con la mirada. No puedo alegar nada y él lo sabe.

—Tal vez —es lo único que se me ocurre decir.

—¡Tal vez nada! —me suelta—. La explosión del laboratorio nos vino bien en el fondo. Nos hizo afrontar a todos la realidad. Vive el presente mientras puedas.

Gabriel, harto de oír tonterías, me coge del brazo y me saca de la cocina. Estoy temblando de rabia y, aunque quiero soltarle a Silas algo, lo único que me sale de la boca es un frustrado gruñido que hace vibrar las paredes de la cocina mientras salgo hecha una furia y subo las escaleras. Loquilla y Nina hacen el gesto de ir a seguirme, pero al ver mi expresión se lo piensan mejor y vuelven a su juego de intentar meterse por un pasamanos zigzagueando por él.

No hay otro lugar adonde ir salvo la habitación de Silas. Gabriel que me va a la zaga, cierra la puerta. Intenta acercarse para tranquilizarme, pero yo voy de una pared a la otra, tratando de articular la palabra que quería soltarle. Estoy tan furiosa que apenas veo nada.

—¡Petulante! —exclamo cuando por fin me sale la palabra—. No tiene ningún derecho. ¡Quién se ha creído que es! —añado sulfurada con los puños cerrados.

—No tenía que haberte llamado ingenua —dice Gabriel intentando apoyarme.

—No ha sido eso lo que me ha fastidiado —respondo—. Bueno, en parte sí lo ha sido, pero lo que más me ha sacado de quicio es que haya dicho que la explosión nos vino bien.

Dejo de andar de un lado a otro de la habitación y me mordisqueo un nudillo, sintiendo el huesecillo entre mis dientes.

—Mis padres murieron en aquella explosión, Gabriel —añado—. Los mataron porque creían poder encontrar un remedio contra el virus. ¡Y mientras tanto estaban haciendo un montón de cosas buenas! Se ocupaban de los recién nacidos y acogían en el laboratorio a chicas embarazadas que no tenían adonde ir, y... —la voz se me quiebra. A pesar de tener los ojos nublados de lágrimas, al mirar por la ventana veo a Silas encaminándose al cobertizo. Está respirando cubriéndose la nariz con sus enrojecidas manos para entrar en calor. Tras forcejear un momento con el candado, consigue abrirlo y desaparece en el interior.

¡Qué pequeño se ve desde aquí arriba! Es un pétalo de ceniza revoloteando hacia el cielo, lo único que queda de las llamas.

Qué curioso es cómo todo desaparece.

Había una vez dos padres, dos niños y una casa de ladrillos con lirios en el jardín. Los padres se murieron, los lirios se marchitaron. Uno de los hijos desapareció. Y luego el otro.

—No te preocupes —dice Gabriel alargando la mano para posarla en mi brazo, pero de pronto la aparta porque le da miedo tocarme.

—Mis padres habrían seguido ayudando a la gente —afirmo—. Habrían hecho grandes cosas.

—Lo sé —responde él.

—No querían este destino para Rowan ni para mí. Mi

hermano es una lumbrera. Mis padres lo estaban formando para que el día de mañana fuera un científico, pero al morir ellos Rowan dejó los estudios. Los dejó porque teníamos que cuidar el uno del otro.

Contemplo mi reflejo en el cristal y veo dos versiones de mí: la de hermana gemela y la de esposa.

—Se suponía que la vida iba a irnos mejor —susurro.

Cuando Gabriel y yo anunciamos nuestros planes de ir al barrio del puerto, Claire no dice nada. Pero Silas, con los ojos posados en el té, mascula que ya no volverán a vernos el pelo. Cree que estamos abandonando a Loquilla. Pero la niña o sabe que esto no es verdad, o no le importa, porque no deja de jugar cuando paso por su lado al salir.

La caminata me parece el doble de agotadora que ayer. Tengo las piernas agarrotadas y pesadas, y camino con la cabeza agachada para evitar el cegador sol. Gabriel no me presiona para conversar. De vez en cuando me frota la espalda describiendo círculos. Creo que espera que rompa a llorar o algo parecido, pero ni siquiera puedo hacerlo. Estoy en un estado más allá de sentir nada. Mas allá de pensar en nada, lo único que puedo hacer son las acciones inmediatas. Cruzar el puente. Ir preguntando en las fábricas más cercanas a mi hogar si conocen a mi hermano y seguir buscándolo a lo largo de la costa. No me fijo en el mar, me trae muchos recuerdos, está lleno de continentes hundidos y de muchos lugares en los que la mente de una persona se puede ahogar.

En cada despacho de cada edificio suelto el mismo rápido discurso. Estoy buscando a mi hermano. Se llama

Rowan Ellery. En cuanto su aspecto, es más alto que yo. Es rubio. Tiene un ojo azul y otro marrón. Seguramente, si lo han visto, se acordarán de él.

Pero nadie lo ha visto. En todas partes es lo mismo.

Hasta que llegamos a una planta procesadora de alimentos y un hombre de la primera generación con la piel llena de pecas, una redecilla en la cabeza y una camisa manchada que lleva la palabra «SUPERVISOR» en el pecho sabe de quién estoy hablando. Suelta una irritada diatriba sobre que Rowan —al que se refiere con un mote no demasiado bonito— estuvo trabajando para él hasta que robó una camioneta de reparto con un cargamento de sopas enlatadas que valía un pastón. El tipo está tan furioso que, echando sapos y culebras por la boca, ignora mi siguiente pregunta, aunque yo se la hago varias veces. Al final Gabriel toma cartas en el asunto. Poniéndole una mano en el hombro, logra calmarle con su plácida y afable expresión.

—¿Cuánto hace que se fue? —pregunta mirándole con sus ojos azules que denotan una actitud pacífica.

El tipo parpadea.

—Hace meses —responde—. Sabía que algo le pasaba a ese chico. Siempre estaba mascullando por lo bajo, en una ocasión desapareció una hora entera. Pero como repartía los pedidos con la suficiente rapidez, dejé que siguiera trabajando para mí.

Intento conciliar la imagen que guardo de mi hermano con la de la persona que este hombre está describiendo. Rowan siempre tuvo mal genio, y cuando se enojaba, mascullaba por lo bajo lo que le habría gustado decir para resolver el problema. La mayoría de las veces no eran cosas demasiado agradables que digamos, pero al menos eran lúcidas. Sólo se calmaba cuando, poniéndole la mano en el brazo, le hablaba con dulzura. Después de que el Recolector se colara en nuestra casa, mi hermano estuvo furioso durante días. Caminando nervioso de arriba abajo. Preocupándose. Y justo cuando creí que se estaba tranquilizando, rompió el cristal de una ventana de un puñetazo. Pero nunca se me ocurrió pensar en lo profunda que era su ira o si sus diatribas dejarían de tener sentido si le hubiera dejado explayarse a sus anchas.

Al igual que él siempre había estado allí para protegerme, como la noche en que el Recolector me amenazó poniéndome un cuchillo en la garganta, yo siempre había estado allí para calmarle. Era la única que lo podía hacer.

Siento una punzada de culpabilidad hundiéndose como un ancla en mi estómago. Mi hermano está quién sabe dónde porque no pude tranquilizarle, no pude sacarle de los oscuros rincones de su mente en los que se había metido.

Cuando le hago la siguiente pregunta, mi voz suena como si estuviera a miles de kilómetros de distancia.

—¿Cómo era la camioneta con la que se largó?

El tipo está más que encantado de enseñarnos sus camionetas de reparto.

—Si le vuelves a ver, dile que ni se le ocurra volver por aquí —dice él concluyendo con estas palabras la visita al aparcamiento.

Si… si le vuelvo a ver.

En el camino de vuelta a la casa de Claire, soy yo esta vez la que mascullo furiosa por lo bajo. Sobre los Recolectores. Sobre los meses, las furgonetas y las notas sin pies ni cabeza dejadas en una casa calcinada. Y sobre el tiempo —siempre el tiempo—, porque ese es el principal problema, ¿no? El tiempo perdido en la mansión. El tiempo que he pasado esperando reunirme con un hermano gemelo que no va a volver a casa. El tiempo que me queda de vida.

En mi cara se debe de reflejar lo contrariada que estoy, porque al volver Silas decide no soltar el mordaz comentario que pensaba hacer. Nuestros ojos se encuentran por un instante y su mirada no es de rechazo ni de piedad, sino de solidaridad. Creo que sabe que mi búsqueda ha sido inútil. Que entiende cómo me siento.

Lo que más me gustaría ahora es subir a la habitación, esconderme en el nido de mantas y hundirme en un sueño sin sueños. Eso fue lo que hice cuando mis padres murieron. Pero una pequeña parte lógica de mí hace que siga comportándome como si nada, como la única ruedecita que funciona de un reloj estropeado. Voy a la cocina. Ayudo a Claire a poner la mesa. Hiervo el agua para los espaguetis. Les limpio a los niños pequeños la salsa de tomate que les gotea de la barbilla. Le saco el polvo a la colección de baratijas en la repisa de la chimenea y los estantes. Finjo que no me pasa nada cuando Gabriel me pregunta, una y otra vez, si estoy bien.

Y durante los días siguientes me entrego a una rutina. Empiezo a dormir con normalidad. La comida sigue sin saberme a nada y me cuesta de tragar, pero me la como de todos modos. En más de una ocasión al ir al cobertizo a buscar una lata de comida o la caja de herramientas para reparar un grifo que gotea, descubro a Silas pegado contra la pared abrazado a una nueva chica. «¿Quieres unirte a nosotros?», me dijo en broma la primera vez, y la chica le golpeó en el pecho mosqueada. Pero después de este incidente aprendimos a ignorarnos el uno al otro.

Gabriel es popular entre los niños más pequeños porque sabe tocar varias canciones al piano. Yo no lo sabía, y cuando mis tareas no son demasiado agotadoras, me siento en el banco y contemplo sus dedos deslizándose por el teclado. Me enseña a tocar mejor una melodía pulsando simplemente la misma tecla una y otra vez. *Ping, ping, ping.* Me concentro en esta sola nota mientras el resto de la melodía se propaga por la habitación.

No me la puedo sacar de la cabeza, incluso después de haber dejado de pulsar la tecla con el índice. *Ping, ping, ping* escucho en mi cabeza mientras recojo la ropa sucia y la meto en la lavadora. *Ping, ping, ping* escucho mientras subo las escaleras e intento no hacer ruido, porque ahora ya es de noche y los niños duermen. Oigo el variado murmullo de sus respiraciones y el agua siseando por las cañerías mientras Gabriel se ducha.

Ping, ping, ping…, las notas se entremezclan con mi siguiente respiración y, de pronto, pierdo el equilibrio al poner el pie en el escalón.

Pero no llego a caer, porque Silas me agarra a tiempo del brazo. Veo su pálida piel iluminada por la luz de la luna. ¿Es que siempre anda con el torso desnudo? Su cara está envuelta en las sombras, pero sus ojos son lo bastante claros para ver que me están mirando. Se mueven hacia todos los ángulos de mi rostro intentando averiguar algo.

—Gracias por sujetarme —mascullo.

Aparto el brazo que me ha agarrado, pero por alguna razón me quedo clavada en el lugar.

—¿Te has mareado, verdad? —susurra—. Te está pasando cada día.

—Estoy bien —musito.

—No es verdad.

Sin decir nada, le rodeo para volver a la habitación. ¡Cómo iba a explicarle que lo que él percibe como un mareo es en realidad una forma de locura avanzando sigilosamente! Se está apoderando de mí como los zarcillos de la hiedra invadiendo la pared de ladrillos de mi casa (la que ahora está inhabitable).

¡Cómo iba a explicarle que hace un momento he perdido el equilibrio por la réplica que he vivido de la explosión del laboratorio que mató a mis padres hace años!

Por la mañana, mientras estoy haciendo las camas en una de las habitaciones de los niños, al ir a cerrar la ventana veo abajo, a varios metros de distancia, a Silas tambaleándose detrás del cobertizo, abrazado a una jovencita. El viento levanta la larga melena negra de la chica y se la suelta frustrado. Veo la perezosa sonrisa de Silas mientras ella le rodea el cuello con los brazos. Las mangas del suéter de la joven llevan rayas como las de los caramelos navideños de los antiguos libros de cuentos.

Por un segundo, al alargar los brazos para cerrar la ventana, él mira hacia arriba y me ve. Se da unos golpecitos en la nariz y luego se pone a retozar con la chica por la esquina del cobertizo mientras ella se ríe. Y después lo pierdo de vista.

Confundida, me toco la piel de la base de la nariz, intentando averiguar el significado de su gesto. Cuando retiro la mano, la descubro manchada de sangre.

19

A mediados de febrero el aire empieza a volverse más cálido. La fina capa de escarcha se funde, dando a la hierba mojada un fresco aspecto y ablandando la tierra. Me siento en el bordillo de la acera, frente al orfanato, contemplando la capa de niebla matutina arremolinada sobre el hormigón. Intento no pensar en las flores de azahar. Deben de estar dormidas aún en los árboles, deseando brotar.

El año pasado en esta época todavía vivía en el barrio portuario de Manhattan. Acababa de cumplir los dieciséis. No sabía que a los pocos días los Recolectores me raptarían.

Poso la mano sobre mi rodilla levantada y contemplo la alianza que llevo. Sigo con la mirada las enredaderas y los pétalos sin principio ni fin.

Tengo la cabeza repleta de pensamientos. Los que debería evitar. Los que debería contemplar. Todos revolotean como pétalos de flores de azahar en la niebla matutina. Ya no distingo los pensamientos útiles de los peligrosos, lo único que sé es que estoy harta de este estancamiento. Como no sé qué otra cosa hacer, echo a andar calle abajo.

Incluso a varios metros de distancia del orfanato sigo oyendo las voces de los niños y el entrechocar de platos. Pero al doblar la avenida Dawn, se desvanecen. Sólo se oye el distante murmullo del tráfico de la ciudad, el mar chapoteando a lo lejos. Se levanta una ráfaga de viento y me protejo el pecho con los brazos.

Llevo un jersey de rayas marrones y rosas que me pica por todas partes. No está tejido especialmente para mí. No tiene perlas ni diamantes ensartados.

Estoy tan enfrascada intentando no pensar en nada que no oigo a Silas llamándome a lo lejos hasta que el sonido de mi nombre resuena por la calle vacía junto con sus pisadas.

—¡Rhine! ¡Espera!

—¡Oh, qué bien —exclamo en cuanto se encuentra a mi espalda—. Hoy al menos llevas una camisa.

Jadea indignado y se sacude los rizos de los ojos. Son tan rubios que casi son blancos. La suave luz azul de la mañana se refleja en ellos y al estar encrespados parecen un mar espumoso.

Supongo que lo que atrae a las chicas es su aire de soy-demasiado-guay-para-que-algo-me-importe. Normalmente, a esta hora es cuando desaparece de la casa para estar con una de ellas. En el cobertizo o en alguna otra parte del barrio, balanceando los brazos mientras se alejan asidos de la mano. Pero es asunto suyo y a mí tanto me da. Aunque me alegro de que sea lo bastante considerado como para no tener sus aventuras en la casa de Claire, sobre todo ya que compartimos la habitación.

—¿Estás pensando en huir de nuestro magnífico establecimiento? —pregunta mientras volvemos a andar.

—No. Sólo he salido a dar un paseo.

Todo este tiempo he estado intentando evitar a Silas. Si se acuesta antes que yo, trajino por la casa hasta estar segura de que se ha dormido. Y si soy yo la que se va a la cama antes, finjo estar dormida mientras él pasa de puntillas por encima de mi cuerpo. También he hecho todo lo posible para que no se diera cuenta de los puntitos brillantes que veo a mi alrededor en los peores momentos, cuando pierdo la esperanza. Como ahora, por ejemplo.

Gabriel también ha estado preocupado por mí, pero a él no lo evito porque no se entromete en mi vida. Cuando me pregunta algo que no quiero responder, cambio de tema y él ya no me insiste más.

Si Silas vuelve a preguntarme cómo me siento, pienso salir corriendo. Ya estoy buscando los callejones por los que escabullirme.

En cuanto me vuelve a hablar, descubro que también lo he estado evitando por otra razón. Para no tener que responder a su pregunta, la que ha estado ocultando en su mirada adormilada e indiferente desde el primer día.

—¿Gabriel no es tu marido, verdad?

Lo menos agotador será decirle la verdad. Y estos días tengo tan poca energía que decido ser sincera.

—No —respondo—. Pero tú ya lo sabías.

—Sí.

—¿Cómo te has dado cuenta? Siempre nos miras como si ya lo supieras, pero ¿en qué lo has notado?

—No es por la falta de afecto, salta a la vista que os lo tenéis o lo que sea —responde Silas—. Pero si te lo digo vas a creer que estoy loco.

—No —respondo—. Confía en mí, no lo haré.

—No es fácil de explicar —dice—. Es como si en la alianza que llevas hubiera un hilo invisible que no te condujera a él. Como si el anillo te mantuviera amarrada a alguien.

Amarrada. Es una buena forma de explicarlo. Los pensamientos sobre mi marido, mis hermanas esposas y mi trastornado suegro no han dejado de acosarme en todo este tiempo.

—Me he fugado —admito—. Fui raptada por los Recolectores y huí, y al volver a casa descubrí que mi familia se había ido.

En cuanto salen estas palabras de mi boca, me doy cuenta de lo mucho que necesitaba soltarlas. Se quedan flotando en el aire. Y lo único que ahora quiero es alejarme de ellas. Dejar la verdad atrás. Porque si no puedo hacer nada al respecto, no quiero afrontarla.

Dejo la avenida y echo a andar cuesta abajo intentando no resbalar por la hierba cubierta de rocío. Si fuera una ciudad más fecunda, con un aire más limpio, este lugar estaría lleno de flores brotando. Pero al pie de la colina no hay más que un riachuelo con un hilo de agua y algunos esqueléticos arbustos enmarañados. Se me ocurrió el otro día que vine a este lugar. Necesitaba alejarme un rato del caos de los huerfanitos y este soleado rincón me pareció seguro, olía a tierra húmeda y a primavera.

Hoy también huele a otra cosa, pero no reconozco lo que es hasta que Silas, agarrándome del brazo, me dice que no mire.

Pero es demasiado tarde. Ya he visto a la chica muerta yaciendo boca arriba en el riachuelo, con los ojos nublados.

De pronto, veo tantos puntitos brillantes revoloteando a mi alrededor que los ojos me duelen. Me quedo helada, sin abrir la boca, con la mirada clavada más allá de ellos.

No veo las facciones de la chica, ni el color de su pelo. Y ocurre algo muy extraño. Veo sus huesos. Como si traspasándole la piel, pudiera ver la sangre y los tejidos ennegrecidos e inertes. Veo el músculo rasgado de lo que fue su corazón. Perforado por la bala del Recolector.

Oigo a Silas como si me hablara desde el otro lado de un cristal. Me empuja para que me mueva. Pero no me siento el cuerpo y soy como su marioneta. Camino con los brazos y las piernas inánimes mientras me obliga a subir la colina. Luego se sienta a mi lado en el bordillo de la acera, y cuando apoyo las manos en la cintura para recobrar el aliento, se me queda mirando.

Poco a poco la sangre me vuelve a correr por las venas. Los puntitos brillantes de luz van disminuyendo hasta desaparecer.

—Podía haberme ocurrido a mí —susurro—. Nos eligieron a tres —añado—. A tres. Al resto las mataron de un balazo. Y las arrojaron a alguna parte. Las dejaron pudriéndose en la cuneta hasta que alguien se llevó los cuerpos para incinerarlos.

¡Qué horrendas suenan estas palabras cuando las digo en voz alta! Seguramente debería estar llorando o incluso ponerme histérica. Pero no siento nada. Sacudo la cabeza enérgicamente sin ninguna razón en especial.

—Hay que tener cuidado con las zanjas. Nunca sabes lo que te puedes encontrar en ellas —me advierte Silas.

—Tal vez debería haber sido yo.

—¿Por qué? —pregunta él sorprendido.

—Porque nunca quise casarme —respondo—. Una de mis hermanas esposas sí que quería hacerlo. La otra al menos admitía que era mejor que la muerte y lo aceptaba. Pero yo... lo rechazaba. Me podían haber asesinado allí mismo en la hilera, pero por alguna ridícula razón me eligieron. En una ocasión estuve a punto de morir por intentar fugarme.

—Pues no parece que eso te hiciera desistir —apunta Silas—. Me refiero a que ahora estás sentada aquí.

Sacudo la cabeza.

—Tienes razón.

Miro por encima del hombro hacia la zanja, pero desde el ángulo en el que estoy no puedo ver lo que se está deslizando por el poco profundo riachuelo. Silas me pone un dedo bajo la barbilla sin apenas tocármela, espera un momento y luego me gira la cabeza hacia él.

—A lo mejor esta chica prefirió morir antes que estar encerrada —indica—. Tal vez exclamó clavando la mirada en el cañón del revólver: «¡Que te jodan!»

—Lo dudo.

—¡Deja de culparte! Te fugaste. Pero no te mereces morir por ello.

Me aliso los tejanos, observo las hojas deslizándose de aquí para allá por el pavimento. Pienso en el caliente aliento de Linden contra mi piel cuando sollozaba. En Rose, lánguida y exquisita en su lecho de muerte, acercándose con elegancia a su final. En las sábanas manchadas de sangre cuando Cecilia estaba de parto. En mi corazón martilleándome algunas veces de terror y otras de dicha. En los tiburones en la piscina. En los mapas de carretera en las casas de papel de mi marido. En los besos que sabían a June Bean, a vientos otoñales y al viciado ambiente del laboratorio. En lo permanente. En lo ineludible.

La chica tendida en la zanja no tendrá recuerdos como estos. Su piel se disolverá hasta quedar sólo los huesos, su cráneo surgirá revelando la espantosa mueca de sus dientes. El pelo se le caerá. Las costillas, las caderas y los codos no serán al cabo de un tiempo más que huesos sueltos en una pila de otros huesos que acabarán convertidos en polvo.

—Lo siento —susurro, pero ella no me puede oír.

—Venga —propone Silas levantándose y tirándome de las muñecas—. Vayamos a hacer algo divertido.

—¿Como qué?

Me rodea con el brazo en un gesto exagerado de camaradería, pero creo que intenta sujetarme para que no me caiga. Y es una buena idea, porque la cabeza me está empezando a dar vueltas.

—Como reparar el váter del cuarto de baño de la planta baja. Alguien esta mañana ha echado en la taza varios bloques de madera con las letras del alfabeto y ha tirado de la cadena.

No puedo evitar echarme a reír.

—Pues yo tengo que lavar las sábanas.

—¡No sabes la suerte que tienes! —exclama él.

Emprendemos el camino de vuelta a casa charlando sobre las tareas y lo pegajosas y cochinas que los niños dejan las teclas del piano y la zona de debajo de las mesas. La chica muerta me sigue, es un fantasma montado a horcajadas a mi espalda, susurrándome al oído una y otra vez: *Deberías haber sido tú.*

Por la noche ni siquiera puedo forzarme a cenar. Sólo de ver la sopa caliente de pollo se me revuelve el estómago. Los fideos me recuerdan brazos, piernas, dedos, los pedazos de unos cuerpos que nunca estarán completos. Me retiro temprano disculpándome y prometiéndole a Claire que la ayudaré a lavar los platos en cuanto haya tomado una ducha rápida.

Frunce el ceño y las comisuras de los labios le cuelgan en una mueca como si se estuvieran derritiendo. Su cara de preocupación me da escalofríos y me apresuro a subir las escaleras.

Me duele todo. Todos los músculos del cuerpo, como si ahora estuvieran reaccionando por la sangre de ángel corriéndome por las venas, por las carreras que nos hemos echado, y por dormir en el suelo de madera con sólo un edredón para atenuar su dureza. Me meto bajo el chorro de agua caliente de la ducha, pero sólo aumenta mi nueva sensación de mareo. Las baldosas traquetean de pronto bajo mis pies con tanta fuerza y rapidez que tengo que sentarme en el suelo.

Mientras el agua se desliza por mi cuerpo, pienso que quizá me he equivocado al creer que ya era primavera. Tal vez debía de haber salido llevando un abrigo sobre el suéter, porque el agua caliente no me saca los escalofríos que siento hasta los huesos, ni la sensación de que si me suelto del toallero, me caeré al suelo.

Estoy en el baño tanto tiempo que Gabriel empieza a llamar a la puerta gritando mi nombre. Supongo que ya hace un rato que lo lleva haciendo, porque abro los ojos y descubro que estoy sentada en las baldosas húmedas, pero el agua que sale de la ducha está fría.

—Si no me contestas, entraré —dice Gabriel.

—No —replico. Mi voz resuena contra los azulejos, aumentando la débil y tenue palabra—. Estoy bien —añado alargando la mano para cerrar el grifo hasta que el agua, emitiendo un chirrido, deja de salir—. Me estoy secando.

Debo de tener un aspecto horrible, porque cuando vuelvo a la cocina, con el brazo de Gabriel alrededor del mío, los huerfanitos se dispersan. Claire deja el estropajo, se seca las manos con un trapo y me toca la frente con el dorso de la mano.

—Estás ardiendo, nena —dice—. No te preocupes por los platos. Vete a la cama, te llevaré una aspirina.

Subir las escaleras es una tarea monumental, aunque Gabriel me ayude. Me deja tendida en el suelo de la habitación y se va a buscar más mantas.

—Hoy he visto a una chica muerta —susurro cuando vuelve y empieza a colocar los edredones en el suelo a modo de colchón.

Se detiene un instante mirándome con el ceño fruncido, como si lo que le acabo de decir no tuviera ningún sentido.

—Es verdad —le aseguro—. Estaba junto al río, en una zanja. Mirándome.

—Acuéstate —dice sosteniendo una manta para que me meta debajo. Voy gateando a la cama y él me arropa.

Me desliza los dedos por el pelo y yo apoyo la cabeza en su muslo, susurrándole algo sobre la música mientras me quedo dormida.

Pero no acabo de sentir que me duerma del todo. La noche no es más que oscuridad, brazos, piernas y codos surgiendo en el resplandor del despertador de Silas. En un momento dado veo olas alzándose para ahogarme y mi alarido de terror desencadena un eco de gimoteos y llantos de bebés resonando por la casa. Alguien enciende la luz y la deja hasta que se hace de día.

Antes de romper el alba, cuando el cielo está aún azul, me despierto. Mi cabeza, apoyada sobre una almohada, reposa en el regazo de Gabriel, sus dedos aún siguen en ella, moviéndose a veces con el recuerdo de sus dulces caricias. Está dormido recostado en la pared, con la boca abierta y la respiración ronca. Contemplo la curva de su barbilla y alargo la mano para tocársela, pero de pronto él está a kilómetros de distancia, intento llamarle, pero no tengo voz.

Abro los ojos. Debo de haberlo soñado, porque ahora el sol brilla con más fuerza y Silas ya no está en su cama.

—Hola —susurra Gabriel. Su voz es una refrescante brisa soplando a través de árboles frondosos. Es tan dulce que cierro los ojos y dejo que me envuelva.

—Hola —digo. Mi voz es la cuerda rota de un violín—. ¿Sigues creyendo que lo de la chica muerta es mentira? Pregúntaselo a Silas si no me crees. Es verdad.

—Te creo.

—Tal vez hacía demasiado frío para salir —digo pegando la sien a su rodilla—. He cogido frío.

—Cuando estás rodeado de tantos niños es fácil enfermar —señala Gabriel—. Por los gérmenes. En el orfanato siempre había algún niño enfermo. Lo recuerdo perfectamente.

Asiento con la cabeza y al cabo de un rato dejo que me ayude a incorporarme. Clarie me trae un zumo de manzana y otro de arándanos y una aspirina. Ante su insistencia hago un esfuerzo para tomármelos, pero a los pocos minutos, cuando lo arrojo todo, ella me mira tan preocupada que la luz se esfuma de la habitación. Me la quedo mirando mientras las sombras se tragan su rostro hasta que sólo se ve el blanco de sus ojos.

Sé que Loquilla y Nina se quedan a menudo plantadas en la puerta cogidas de la mano, creyendo que no las veo por mi febril estado. Nina le susurra algo y desaparecen correteando como cucarachas.

Gabriel me dice que sólo se ha separado de mí por la noche para ayudar a Claire con la cena o para ducharse, pero yo no me acuerdo de nada. Cuando por fin me despierto, me siento como si me estuviera cociendo entre las mantas. Me las saco pataleando, estoy tan sudada que la ropa se me pega a la espalda.

—¡Estoy hecha un asco! —exclamo cuando Gabriel vuelve—. Necesito darme una ducha.

Me ayuda a ponerme en pie y nos dirigimos hacia el pasillo.

—¡Estás demasiado cansada como para levantarte! —dice Claire deteniéndonos.

Silas está saliendo en ese momento de una habitación pegándole un bocado a una galleta de azúcar. Me mira preocupado mientras la mastica.

—Sólo necesito darme una ducha. El agua me aclarará la cabeza.

Claire lo acepta con una condición: que use el baño del desván porque en él hay una bañera. Quiere que me lave sentada. Incluso dejo que me la llene. Echa en el agua unas gotitas de aceite de eucalipto.

—Estaré junto a la puerta doblando la ropa de la colada por si me necesitas —me advierte.

A cada varios minutos me llama para asegurarse de que no me haya quedado dormida o ahogado.

La bañera blanca, seguramente tan vieja como la casa, tiene patas estilo garra y está poéticamente desconchada y amarillenta. Con los dedos de los pies jugueteo con la cadenita del tapón.

El agua es tan relajante que no salgo hasta que se enfría.

Y entonces, castañeteando los dientes, me seco con la toalla y me pongo el pijama que Claire ha dejado para mí.

Cuando ella me ofrece el colchón de sobra para que por la noche duerma más cómoda en la habitación de Silas, intento rehusarlo, pero él sin darme tiempo a reaccionar, lo arrastra escaleras abajo.

Le sigo caminando despacito y con cuidado, con el pelo mojado goteando.

—¿Silas?

El colchón golpea cada escalón produciendo un ruido sordo, una pequeña explosión que me nubla la visión. Me agarro a la barandilla de la escalera.

—¿Qué quieres?

Como me ha hecho una pregunta sobre la alianza y Gabriel que no era fácil de responder, decido preguntarle yo algo que me ha estado abrumando desde el día que llegué.

—¿Te culpas por lo que le pasó a Grace, verdad?

Pum, pum... se oye al arrastrar el colchón por los escalones.

—Sí —dice. Se sienta al llegar al último escalón, con el colchón a sus pies y yo me siento a su lado—. Intenté echarte la culpa por no llevártela de vuelta contigo. Pero yo tengo la culpa de que la raptaran.

Hace una pausa, dándome la oportunidad de aclararle que está equivocado, pero no digo nada.

—Aquel día tuvimos una pelea —prosigue—. Nos estábamos peleando todo el tiempo. Pero aquella mañana fue distinto. Horrible. Aún recuerdo lo azul que estaba el cielo. ¿Qué extraño, verdad? Cuando nos dirigíamos al colegio, alcé los ojos contemplando todo ese cielo y sentí como si algo hubiera cambiado.

—No creo que eso sea extraño para nada —declaro.

—Ella tropezó con la raíz de un árbol que había invadido la acera. Se le cayeron los libros que llevaba al suelo y mientras los recogía se puso a decir palabrotas. Me reí de ella. Grace me dio un empujón. La verdad es que quería besarla, pero como sabía que no me lo permitiría, dije una estupidez, aunque no recuerdo cuál fue. Ella echó a correr y exclamó: «¡Eres un idiota, Silas!» Eso fue todo. Dobló una esquina y ya no la volví a ver.

—Tal vez habría dejado que la besaras —sugiero.

Silas se echa a reír.

—¿Es esta la única respuesta que se te ocurre?

Cavilo en ello unos momentos.

—Sí.

—La besara o no —prosigue—, la cuestión es que ni siquiera vi la furgoneta. No la oí gritar.

—Tú no eras más que un niño entonces —afirmo—. Créeme, no habrías sido capaz de impedir a los Recolectores que se la llevaran, aunque hubieras tenido la oportunidad.

—Quizá no —dice él—. Pero nunca lo sabré, ¿no? Y esto es lo que más me duele.

—¿La amas?

—Ya no sé quién es ella ahora —admite—. Ni por lo que ha pasado, o lo que debe de haber estado pensando en todos estos años. Tiene una hija —añade apoyando los brazos sobre las rodillas—. Una niña que ni siquiera habla.

—¿Hablarías con Grace si pudieras?

—No —admite.

Le pongo la mano en el hombro y él pega un respingo sobresaltado. No sé por qué ha reaccionado así. A estas alturas ya debería de estar acostumbrado a las chicas toqueteándole.

—Quizá la puedas recuperar —sugiero.

—He estado pensando en ello —dice—. Pero ahora tiene diecinueve años. Y para Claire sería demasiado si perdiera a su hija por segunda vez. La segunda vez sería para siempre. Y además me necesita aquí para que le eche una mano en el orfanato.

Sacude levemente la cabeza y en mi mente sus rizos tintinean como campanillas.

—Es mejor que me olvide de ella —dice.

No, no, está en un error. No está bien olvidarse de alguien.

Pero de pronto pienso en mi hermano, tan consumido por mi desaparición que le prendió fuego a la casa y se largó para encontrarme o para evadirse de los recuerdos que guardaba de mí.

Y aquí me encuentro, viviendo como una zombi mientras los días trascurren, preguntándome cómo voy a dar con él.

Sería más fácil olvidarme del asunto. Para mí. Para Rowan. Para Silas y Claire.

No lo sé. Estoy muy confundida y las campanillas me tintinean con fuerza en la cabeza.

—Quizá tengas razón —es lo único que consigo decir. Aunque sepa que está equivocado. Me levanto, me agarro a la barandilla.

—¿Podrías dejarlo en tu habitación, por favor? —le pido empujando el colchón con el pie—. Estoy muy cansada.

Silas lo arrastra hasta la habitación y yo me hago la cama con las sábanas y las almohadas después de que él se va para ocuparse de algún problema que tiene que ver con el jarabe de arce o el piano.

El colchón no es lo bastante grande como para que dos personas duerman cómodamente en él, pero cuando Gabriel se echa en el suelo le pido que se meta bajo las mantas conmigo.

—Te prometo no vomitar sobre ti ni hacer nada parecido —digo.

Se acomoda a mi lado y yo cierro los ojos. Intenta no moverse, pero al cambiar un poco de postura me doy cuenta de que no está cómodo. Me acerco más al borde del colchón para que le quede más espacio, aunque él no suelta ni una queja.

—Cuando me encuentre mejor, quizá de aquí a uno o dos días —le anuncio—, empezaré a buscar a mi hermano. No creo que vaya a encontrarle. Hay cientos de furgonetas como la que robó. Pero me odiaría a mí misma si no lo intentara.

Silas tenía razón al decir que lo que más duele es no saber si habría podido salvar a Grace. Yo no puedo vivir con esta duda en mi conciencia. Tal vez sea demasiado tarde para Grace, pero yo aún puedo encontrar a mi hermano.

—Si no quieres venir conmigo, lo entenderé. Ya te he arrastrado hasta aquí y no sería justo que lo siguiera haciendo.

Gabriel permanece en silencio unos instantes, reflexionando en ello. Ladea la cabeza y noto que me roza la nuca con la cara, y en mi exhausto cuerpo siento una oleada de euforia.

—No me has sacado a rastras de la mansión, he sido yo el que quería largarme de ella.

—Porque Jenna te pidió que me protegieras —le recuerdo.

—¿Es eso lo que piensas? —pregunta inclinándose sobre mí para que pueda verle la cara. Al despegarse de mi lado siento de pronto frío en la espalda—. Ella me lo pidió, es cierto. Pero yo ya había decidido fugarme contigo antes.

—¿Por qué?

—Porque me fascinabas —responde acomodándose en la cama. Yo vuelvo a pegar mi cuerpo al suyo—. Tenías tanta fe en el mundo que yo quería verlo como tú lo veías.

Me echo a reír de la pena que siento por dentro.

—Pues ahora que lo has visto, debes de creer que estoy loca.

No me contesta, pero me estrecha con el brazo y me da un beso en la nuca. Al poco tiempo me duermo.

20

En mi estado de delirio una noche sueño con el barco con el que huimos, siento que meciéndose en las olas me lleva a un sueño más profundo, a un lugar donde el caliente pavimento se extiende en la lejanía. Delicados lirios, ajados y enrojecidos, crecen en un suelo que apesta a sangre. Y por todas partes hay chicas con la boca abierta, los ojos negros nublados y la sonrisa de su cuello degollado cubierta de sangre seca. No mueven la boca, pero entiendo lo que quieren decirme. *Podrías haber sido una de nosotras. No lo olvides.*

Mi hermano gemelo se ha ido, pero ha estado aquí. Su presencia, sudorosa y fragante, sigue flotando en el ambiente lleno de polvo. Ha salido en busca de esas chicas por mí, está tan endurecido por el dolor que no siente nada por ellas, ni siquiera las ve como chicas, sólo sabe que no le pertenecen, que ninguna de ellas es su hermana gemela. Y viaja por las oscuras carreteras de la región, buscando burdeles y furgonetas grises circulando lentamente, recorriendo el continente lo más deprisa posible, porque los años corren bajo sus pies. Y mientras él me busca, yo le estoy buscando a mi vez, y sólo le siento cuando ya se ha ido, cuando estoy durmiendo. ¿Me sentirá él?

A veces me parece como si estuviéramos tan cerca el uno del otro que casi pudiéramos tocarnos.

La vista se me nubla, veo una masa de colores, esferas ondulantes. Siento las pestañas húmedas y pesadas y no puedo levantar los párpados. «Estoy aquí», digo, pero mis palabras suenan como sílabas extranjeras, como el murmullo de un borracho. «Estoy aquí. Gírate y mira.» O a lo mejor yo soy la que debería girarse. Pero ¿hacia qué lado?

Otra voz me responde diciendo: «¿Es que no me oyes?» Y luego me dice con más apremio: «¿Puedes abrir los ojos?»

Lo intento y esta vez las pestañas no me pesan tanto. Los colores se agitan y luego se alinean formando una imagen. Veo un tarro de cristal llenándose del agua que cae de una grieta del techo. Y luego los ojos ansiosos de Gabriel, su mano acercándose y acariciándome la mejilla. Tengo la cara llena de lágrimas.

—Hola, por fin has vuelto —susurra—. Bienvenida.

No podía haber elegido unas palabras más idóneas. Mientras dormía me he alejado mucho, muchísimo de él. Y ahora he vuelto de nuevo con las manos vacías.

—Hola —respondo con una voz que vuelve a ser la mía. Aclarándome la garganta, me acodo en la cama e ignoro las lucecitas brillantes revoloteando a mi alrededor.

A lo lejos oigo a Claire trajinando abajo en la cocina, el entrechocar del metal con el metal, de la cerámica con la cerámica. Los huerfanitos hablan en susurros mientras van y vienen de una habitación a la otra, soltando risitas. Veo los ojos redondos y curiosos de alguien mirándome por la rendija de la puerta, y de repente desaparecen. En otra habitación algunos de los niños más pequeños están aprendiendo el alfabeto. Si aprenden a leer recetas, tal vez lleguen a ser cocineros y el amo acaudalado de una mansión los compre. Si algunas niñas sobresalen y también son guapas de mayores, tal vez se conviertan en esposas o…, si se atreven a soñar, en actrices como las que salen en los culebrones. Estas opciones les excitan. Están dispuestos a hacer cualquier cosa para evitar morir sin un propósito. Recitan con brío las letras del alfabeto al unísono: «A, B, C, D…»

Pienso en Cecilia recitándome palabras al otro lado de la puerta de mi dormitorio, preguntándome cómo se pronuncia «placenta» y «útero».

—¿Cuánto tiempo he estado durmiendo?

—Toda la mañana —responde Gabriel—. Estuviste hablando mientras dormías.

—¿Ah, sí? —pregunto limpiándome las lágrimas de las mejillas, pero ya se estaban secando mientras mis sueños van quedando atrás.

—Creo que estabas teniendo pesadillas —dice refrescándome la frente con un paño humedecido con agua fría, y no puedo evitar gemir de alivio. Unas gotas de agua fría se deslizan por mis sienes, trazando senderos por el cuero cabelludo. Gabriel frunce la boca, supongo que es una sonrisa, pero se le ve muy preocupado y sé que la fiebre debe de estar subiéndome mucho de nuevo.

De niña cogí una pulmonía y aún me acuerdo del borboteo del humidificador imitando mi ronca respiración, de la flema gorgoteando en mi pecho cuando tosía. Me acuerdo de que me sentía fatal, pero en cierto modo era algo natural. Una enfermedad humana de hace siglos que mis padres sabían curar.

Esta sensación en cambio es totalmente distinta. No

parece natural ni curable. Hace que mi mente engendre extrañas pesadillas, me deja con la frente ardiendo, la garganta reseca y los brazos y las piernas entumecidos. Pero mi cuerpo no está deshidratado ni ansía medicamentos o ni siquiera las cálidas ráfagas de aire de los aparatos para respirar mejor. No sé qué es lo que tengo, no sé lo que me está pasando.

Las caricias de Gabriel son dulces. Cierro los ojos y sus manos me murmuran nanas sin ningún sentido para mí. Asiento con la cabeza como si las entendiera, no quiero que piensen que no las estoy escuchando.

—Rhine. No te vayas, nena.

Abro los ojos. Claire está de pie detrás de Gabriel, con una huerfanita a cada lado, una sostiene un tarro de cristal lleno de briznas de hierba y la otra una bandeja con un bol de avena. Parecen excitadas al verme, pero les da miedo acercarse demasiado. Quizá piensan que lo que tengo es contagioso.

—Debes comer un poco —me advierte Claire. No le puedo llevar la contraria. Es su orfanato y… Ella. Es. La Reina. Se lo he oído decir a gritos a los niños cuando no le hacen caso. «YO. SOY. LA REINA.» Se quedan asustados y se les erizan los pelitos de la nuca al oírla, pero cuando luego ella les guiña el ojo, los niños, soltando unas risitas, hacen lo que Claire les ha pedido. Tiene la majestuosidad de los huracanes y las explosiones.

Intento sentarme en la cama y Gabriel me ahueca las almohadas a mi espalda. La huerfanita que sostiene la bandeja con el bol la deja sobre mi regazo y después, dando unos pasos hacia atrás, se me queda mirando. La que sostiene el tarro de cristal lo deposita junto al bol de avena. Ahora veo que las briznas que contiene están llenas de mariquitas.

—Son para que te hagan compañía —dice la niña.

Habla en voz baja, como Jenna, y por un instante siento como si un pequeño fragmento de mi hermana esposa muerta hubiera vuelto a caer en la Tierra estallando en estas menudas mariquitas de color rojo caramelo. Se apiñan alrededor de las briznas de hierba y del laberinto de mi cerebro. Creo que tengo ganas de llorar, pero no puedo hacerlo. Claire me ha puesto la cuchara entre los dedos y tengo que comer porque Ella. Es. La Reina.

Los copos de avena están llenos de pasas y almendras laminadas, y los restos rechinan entre mis dientes como el montón de azúcar en el té de Cecilia. Cecilia, con los senos secretándole siempre leche y los ojos hinchados y amoratados de tanto llorar. ¿Habrá logrado a estas alturas recuperar la calma? ¿Será ahora ella la que asista a las fiestas del brazo de Linden? ¿Será a ella ahora a quien Linden le sirva el champán y le llame cariño?

He perdido la sensibilidad en la boca. La comida no me sabe a nada. Gabriel me limpia la avena pegada a la barbilla con cara de asustado.

—¿Necesitas echarte en la cama de nuevo? —me pregunta disponiéndose a ayudarme.

—No —tercia Claire—. Necesita comer un poco. Y luego darse un baño caliente.

Debe de ser una palabra clave para los huerfanitas, porque al oírla se van volando de la habitación. Yo las contemplo mientras se esfuman y oigo sus pies desnudos chapoteando en los charquitos del suelo formados por las goteras del techo. El olor a madera húmeda y el aire primaveral que se cuela por la ventana abierta me traen a la memoria el hogar que compartía con mi hermano.

Cuando el bol está razonablemente vacío, Claire me aparta las mantas y me ayuda a ponerme en pie. Tengo las piernas entumecidas, las rodillas se me doblan sin poder evitarlo y me cuesta caminar. De algún modo sé que no es una gripe, sino el principio de algo mucho peor. Este entumecimiento se propagará por las piernas y se me extenderá por la sangre como un veneno. Llegará al corazón y al cerebro, hasta que todo no sea más que una continua neblina y yo sea incapaz de formar un pensamiento, al igual que ahora soy incapaz de dar un paso siquiera. ¿Y qué pasará después? No lo sé. Tal vez me muera. No puedo evitar pensar que Vaughn tiene algo que ver con esto, pero ¿cómo es posible? No puede haberme envenenado aquí, por fin estoy fuera de su alcance.

¿Lo estás? Me susurra con vehemencia la voz de Jenna al oído.

Me doy cuenta vagamente de que mi situación es pavorosa. Pero estoy demasiado cansada como para asustarme. Sólo pienso en el baño mientras me meto en la bañera. ¡Qué agradable es! El agua, caliente y humeante, huele a jabón. A jabón de verdad y no a un valle de caléndulas o a ramitos de jazmín. No hay ninguna espuma extraña crujiendo contra mi piel, ni mejunjes raros, ni imágenes ilusorias.

Mientras estoy en la bañera, Claire me levanta el pelo y me echa agua por la nuca con una taza. Luego me masajea el pelo con el champú y yo me empiezo a adormecer.

—No te duermas, nena —oigo que me dice arrancándome de mi sueño.

—¿Claire? —digo levantando las cejas con los ojos cerrados—. Creo que me estoy muriendo.

—No, no te morirás —me asegura cogiéndome de la barbilla para echarme la cabeza atrás y enjuagarme el cuero cabelludo con el agua caliente que recoge con una taza—. Al menos, mientras estés a mi cuidado.

No sé por qué, pero sus palabras me hacen sonreír. Aunque no me las crea.

—Escucha, tengo un hermano. Se llama Rowan. Lo reconocerás porque tiene los mismos ojos que yo. Si me llegara a pasar algo, encuéntralo, te lo ruego —no sé lo que estoy diciendo. Si yo no puedo encontrarlo, ¿cómo puedo esperar que ella lo haga?

—Lo encontrarás por ti misma —afirma Claire.

—Encuéntralo y dile… —sigo, pero ella me echa agua sobre la cara, y al entrarme agua por la nariz, resoplo y abro los ojos. Vuelve a rociarme con agua, imperturbable.

Después del baño me siento como atontada y destemplada. Me pongo el albornoz sobre el pijama y me tomo mi tiempo bajando las escaleras, ignorando las miradas de preocupación de Silas. En sus ojos se transluce que sabe que lo que tengo puede ser mortal.

Durante las dos noches siguientes mi sueño es tan irregular —toso, vomito y tengo pesadillas que me hacen mascullar palabras frenéticamente en sueños— que Silas decide dormir en el sofá de la sala de estar. Gabriel se pasa la noche en vela para cuidarme. Cuando salgo de mis pesadillas, me lo encuentro a mi lado, con paños humedecidos y vasos de agua, y los ojos azules llenos de preocupación. Me ayuda a ir al baño porque apenas tengo fuerzas, me aparta el pelo de la cara cuando vomito, me frota la espalda, y deja que me tumbe en el suelo del baño hecha un ovillo con la cabeza recostada en sus rodillas.

Apoyo el hombro contra las frías baldosas y pienso: *Así es como Jenna se debió de sentir. Es el mismo dolor que vi en sus ojos durante su final.*

Pero no se lo puedo decir a Gabriel, porque se llevaría un disgusto, y empezaría a hablar de los orfanatos y la gripe, y de que pronto me pondré mejor.

—No creo que Jenna se muriera por el virus —digo.

—Yo tampoco —susurra él.

—Me refiero a que, aunque fuera el virus —tenía todos los síntomas—, había algo que no cuadraba.

Ninguno de los dos decimos la palabra que nos viene a la cabeza. Vaughn. No queremos traerlo a esta habitación. Cierro los ojos.

Me quedo quieta un rato.

—¿Te estás durmiendo? —musita Gabriel—. ¿Quieres volver a la cama?

—No. No me quiero mover de aquí.

Me aparta el pelo de la sien y lanzo un gemidito de placer. Lo único que quiero es estar tendida en el baño, sin dormir, sin hablar, incluso sin apenas pensar. La ventanita que hay sobre la bañera está abierta. Es muy temprano, aún es de noche, pero afuera flota el cálido aroma de la primavera, de vegetación pudriéndose y floreciendo en una neblina estancada. Me doy cuenta de que siempre he anhelado la brutalidad de la naturaleza. Los brotes de las plantas abriéndose camino para salir a la superficie, los pétalos eclosionando.

El inicio de la vida es siempre brutal, ¿verdad? Nacemos luchando.

Nací el 30 de enero, un minuto y medio antes que mi hermano. Ojalá pudiera acordarme de ello. Ojalá recordara el primer violento empujón, la impresión del aire frío, la punzada del oxígeno penetrando en mis pulmones. Todos deberíamos recordar nuestro nacimiento. No es justo que sólo recordemos nuestra muerte.

Si me estoy muriendo, me niego a aceptarlo. Me niego a morir de una manera tan silenciosa y fácil. Mi vida no puede acabar así. La flor en la verja de hierro y en las servilletas de la mansión, el río que lleva mi nombre, la explosión de los laboratorios, las chicas raptadas por los Recolectores, todas estas imágenes me pasan por la mente, como un rompecabezas desparramándose de su caja. Sé que todas las piezas significan algo. Lo sé.

Y de súbito me acuerdo de un incidente en el que hace mucho que no pensaba. Sucedió por la noche cuando yo era muy pequeña. Recuerdo que me encantaba lo pequeña que me notaba en mi cama, me hacía sentir segura. Mi hermano estaba de espaldas a mi lado, la manta era un profundo valle entre nuestros cuerpos. Uno de mis padres abrió la puerta de nuestro dormitorio, dejando entrar un rectángulo de luz. Cerré los ojos. Me oculté en la oscuridad, como si estuviera jugando al escondite. Oí el suave sonido de un beso en la frente de mi hermano. Después el de otro beso para mí y una mano apartándome el pelo de la cara. Unos pasos alejándose. Seguí percibiendo debajo de mis párpados la luz que se colaba en la habitación.

—Tal vez se lo teníamos que haber dicho desde un principio —susurró mi padre.

—No son más que niños —musitó mi madre.

—Unos niños de lo más listos.

—Es mejor dentro de unos años —oí que mi madre decía casi suplicándoselo. Oí a mi padre dándole un beso.

—De acuerdo, cariño —respondió él. La oscuridad, el clic de la puerta de nuestra habitación cerrándose—. De acuerdo.

No les pregunté nada al respecto. Me sentía muy arropada, querida y feliz. Tenía fe en las cosas que aún no entendía. Todo adquiriría sentido a su debido tiempo.

Cuando mis padres murieron, los recuerdos se volvieron demasiado dolorosos como para desenterrarlos. Los evité. Pero últimamente han adquirido una finalidad. Una urgencia. Dejo que mis padres vuelvan a entrar como hice cuando estaban vivos, dejo que sus voces me den vueltas por la cabeza.

Por la noche sueño que el mundo cuelga del cuello de mi madre cuando ella me da el beso de buenas noches y que yo alargo la mano para agarrarlo.

21

Al día siguiente hago un esfuerzo. Me levanto de la cama, me dirijo a la cocina y me obligo a tomar un bol de copos de avena y una tostada. Y luego, cuando me dan arcadas, me quedo sentada muy quieta hasta que se me pasan. Me tomo la aspirina que Claire me da. Ignoro los puntitos brillantes que revolotean a mi alrededor. Lavo los platos. No digo nada sobre el puñado de pelo rubio que se me ha caído esta mañana cuando me hacía una coleta.

El esfuerzo de fingir sentirme bien es más agotador incluso que mi enfermedad, y al mediodía me escondo en el cobertizo, apoyada contra un coche antiguo cubierto con una lona para recuperar el aliento. Huele a objetos viejos y polvorientos que no se usan. Los estantes están cubiertos de piezas herrumbradas que ya ni siquiera uno sabe lo que son. Tarros llenos de tornillos, clavos, imperdibles. Cachivaches que no sirven para nada.

He estado todo el día intentando fingir que me encontraba bien. No sé si se lo han creído, pero Claire no protesta cuando friego los azulejos del lavabo y limpio con la aspiradora los cereales secos en la alfombra de la sala de estar. En este momento se supone que estoy haciendo el inventario de los productos que se están agotando y escribiendo la lista de la compra.

Sólo necesito unos minutos para orientarme. Mientras me aclaro la cabeza, intento imaginar dónde se puede haber ido Rowan. No tenemos ningún familiar vivo y sólo confiamos el uno en el otro.

Lo que sí sé con toda certeza es que si cree que estoy viva debe de estar ahora buscándome. O si no, debe de estar vengando mi supuesta muerte. Nada de lo que mi hermano realiza es en vano. No hace nada sin un propósito. Hay un montón de lugares donde los Recolectores pueden haber arrojado el cuerpo de una chica descartada y Rowan debe de haberse quedado el tiempo suficiente en todos ellos antes de seguir buscándome en otros. Un cuerpo arrojado hace un año a estas alturas ya se habría desintegrado. Si me está buscando, significa que cree que sigo con vida.

Pero la cuestión es qué puedo hacer para encontrarlo. Cuando era pequeña mis padres me enseñaron que si alguna vez me perdía lo mejor era que me quedara en un lugar para que pudieran encontrarme más fácilmente. Pero ahora tanto mi hermano como yo nos hemos desplazado. Él no vendrá a buscarme a este lugar, seguro.

Me dirijo al orfanato intentando aún concebir un plan. Las tareas triviales y repetitivas me alivian un poco. Gabriel me ayuda a doblar las toallas y me dice que ya no estoy pálida. Sé que sólo intenta ser amable, porque sigo encontrándome mal. Pero me esfuerzo en cenar un poco.

—¿Cómo estás? —pregunta Silas mientras seca los platos que le voy dando.

—Mucho mejor.

—Pues todavía tienes un aspecto horrible —afirma—.

Esta noche volveré a dormir en el sofá. ¡Qué lástima! No podrás despertarme a media noche con tus ataques de tos.

—Sí, pobrecito, como tienes unas obligaciones tan apremiantes, necesitas descansar por la noche —le suelto.

Pero me alegro de que Gabriel y yo tengamos la habitación para nosotros solos. Cuando trepo al colchón y me echo a su lado, él alarga la mano por encima de la cabeza para apagar la lamparilla.

—Tienes mejor aspecto —dice tan aliviado que no me atrevo a confesarle que sigo encontrándome fatal.

Lanzando un suspiro, ladeo la cabeza hacia la suya y asiento.

No quiero hablar de cómo me siento. No quiero hablar de cuánto tiempo nos quedaremos en este lugar o del que nos tomará encontrar a mi hermano, o de si algún día lo conseguiremos. No quiero hablar de nada que tenga que ver con el tiempo.

—Hacía mucho que no sonreías —prefiero decirle.

Se queda callado unos instantes en la oscuridad y luego suelta unas risitas.

—¿Y a qué viene esto ahora?

Aguzo la vista para verlo bajo el mortecino resplandor del despertador de Silas.

—A nada en especial.

—Últimamente no hemos tenido demasiadas razones para sonreír —apunta él.

Estirando los brazos por encima de la cabeza, bostezo.

—¡Si han sido unos tiempos estupendos! ¿No crees?

Los dos nos echamos a reír sin demasiado entusiasmo. Gabriel me resigue la barbilla con el dedo, nota mis mejillas hinchándose con una ligera sonrisa.

269

—¿Sabías que eres agotadora? —observa con cariño—. No paras quieta un segundo.

—¡Pues en este momento no me estoy moviendo! —respondo. Estoy agotada de perseguir cosas que siempre se me están escapando de las manos.

Hay algo que Jenna me dijo un día al atardecer. El sol se estaba poniendo, tiñéndolo todo de rosa y amarillo, lo cual significaba que nos iban a llamar enseguida para cenar. Estábamos tumbadas en la cama elástica, sudadas, reventadas. Habíamos estado saltando en ella al menos durante una hora, al principio riendo, y luego jadeando, obligándonos a saltar cada vez más y más alto, turnándonos en impulsarnos la una a la otra arriba, arriba, arriba, como pajaritos moribundos a los que sólo les quedasen fuerzas para intentar alzar el vuelo.

De pronto, me cogió la mano como a veces hacía. Sus dedos siempre acarreaban los fantasmas de sus hermanas pequeñas. Jenna nunca hablaba de ellas, pero yo notaba que cuando intentaba calmar a la airada Cecilia o me secaba las lágrimas, era como si se estuviera acordando de lo mucho que las quería.

—¿Sabes por qué nos hemos casado con el Patrón, verdad? —me dijo—. Si fuéramos yeguas encerradas en un establo destinadas a la reproducción, sería distinto. Pero como no somos mascotas sino esposas, es mucho peor.

Cavilé en lo que significaba estar encerradas para la reproducción y entonces alcé los ojos y contemplé una nube que parecía un pulpo destrozado.

—¿Por qué es mucho peor? —le pregunté.

—Porque si no fuéramos esposas, no seríamos más que chicas raptadas forzadas a obedecer en todo. Pero la gente se casa para compartir la vida con su pareja. El matrimonio comporta una intimidad. Un consenso mutuo. Además de arrebatarnos la libertad, nos han quitado nuestro derecho a ser infelices.

Al principio no la entendí. Yo no quería ser la esposa de Linden, pero sin duda era mejor que ser una prostituta o una máquina anónima de hacer bebés.

—Aún tenemos el derecho a ser infelices —le aseguré—. Sólo tenemos que fingir que somos felices con Linden, eso es todo.

Ella se echó a reír con amargura.

—¡Oh, Rhine! —exclamó poniendo los ojos en blanco—. Ninguna de nosotras lo está fingiendo, somos felices de verdad con él —añadió tomando mi rostro entre sus manos y sonriendo con tristeza.

Ahora pienso en ello mientras Gabriel me contempla con la cabeza ladeada. Sus ojos están llenos de vida y curiosidad. A él también lo enjaularon. Y ahora, de pronto, entiendo lo que Jenna me estaba diciendo.

Cuando me casé con Linden en la glorieta, uní mi mano a la suya sin ninguna alegría. Lo contemplé sin interés. No oí los votos del compromiso matrimonial siendo recitados. Y cuando él me habló más tarde, mis sonrisas eran fingidas. Le besaba sólo para poder fugarme.

—¿En qué piensas? —pregunta Gabriel. Él no me pide nada, y sigo a su lado por una sola razón.

—En la libertad de decidir —respondo en voz baja—. Estaba pensando en la libertad de decidir. —E inclinándome hacia él, le beso.

Él me devuelve el beso al instante. Estamos aprendiendo a conocernos muy deprisa.

Me pregunto si he tomado la decisión adecuada. La vida fuera de la mansión de Linden no es bonita ni fácil.

Y ahora lo que echo de menos son las pequeñas contrariedades de la vida en la planta de las esposas: Cecilia metiéndose sigilosamente en mi cama cuando ella no podía dormir. Mis hermanas esposas riendo a carcajadas mientras jugaban con videojuegos cuando yo anhelaba el silencio. Y Linden, que estaba presente incluso sin estarlo. Aunque nadie supiera dónde se había metido, antes de acabar el día siempre iba a mi habitación a darme las buenas noches.

En cuanto él me viene a la cabeza, lo ahuyento de mi mente. No tengo por qué echar de menos a Linden Ashby. Se pasaba los días haciendo lo que se le antojaba, en cambio a nosotras nos tenía enjauladas en su mansión. Hice muy bien en fugarme. Hasta Cecilia, a la que le gustaba ser su prisionera, tenía el suficiente sentido común para reconocerlo. La vida sin esas pequeñas paredes que me protegían no es fácil, pero al menos es mía.

Cierro los ojos, siento el aliento de Gabriel en mi cara mientras se acomoda a mi espalda. Me susurra mi nombre como si fuera lo más importante del mundo.

—¿Sí? —respondo, pero nuestros labios ya se están tocando, siento un delicioso estremecimiento que me estimula el sistema nervioso, los músculos y el torrente sanguíneo. Los sentidos se me agudizan, me vibra todo el cuerpo.

Es la primera vez que nos hemos besado sin el estigma de mi matrimonio, de mis hermanas esposas rondando por el pasillo o de los perversos espectáculos de la Madame. Lanzo un gemido de placer, y él otro, ambos lejanos e irreconocibles.

Este delirio no tiene nada que ver con el que me provocaba la fiebre. Es una felicidad súbita e inesperada. El mundo desaparece de pronto de nuestra vista.

Aún conservo un vago recuerdo de la mano de aquel hombre en mi muslo. Pero se esfuma en cuanto Gabriel me desliza los dedos por esta parte de mi cuerpo. Siento una oleada de placer cálida y luminosa. Todo lo del pasado parece como si me hubiera ocurrido hace un millón de años. Lo de ahora es la libertad que tanto anhelaba en mi matrimonio. Compartir la cama con tu pareja no por una alianza en el dedo o por la promesa que alguien hizo en mi nombre, sino porque así lo deseo. Es una sensación inexplicable e innegable a la vez. Nunca he ansiado estar tan cerca de alguien como ahora.

Su mano se desliza bajo mi camisa, con la palma contra mi barriga, pero de repente aparta un poco la cabeza y se detiene.

—¿Qué te pasa?

—Tienes la piel ardiendo.

—Estoy bien.

—¿Es que no puedes decirme la verdad? —pregunta enojado, y me siento como si me hubiera encogido debajo de él. Abro la boca, pero todo cuanto se me ocurre decirle no haría más que empeorar las cosas.

—Te pasa algo, ¿verdad? Y has estado intentando ocultármelo.

Al ver que no le respondo, se incorpora y se aparta de mí.

—Gabriel…

Enciende la luz y me mira, con el pelo enmarañado y los ojos angustiados y algo más… ¿enamorados? ¿Dolidos?

—No intentes fingir que te encuentras bien —dice

273

con más vehemencia de la que estoy acostumbrada a percibir en él.

Lo que me pide es justo. Lo ha dejado todo por mí. Se merece saber la verdad, y por lo visto es la única cosa que me queda por darle.

—De acuerdo —concedo sentándome en la cama—. De acuerdo, tienes razón, me he estado encontrando fatal todo este tiempo. No sé lo que tengo y estoy asustada. ¿Vale?

Me vuelvo a echar en el colchón, me cubro con las mantas y le doy la espalda.

—Rhine… —dice tocándome el hombro, pero al sentir que yo me pongo tensa aparta la mano. Se queda tan silencioso que pienso que, frustrado por mi secretismo y mi silencio, se ha ido de la habitación porque no le apetecía estar conmigo.

—¡Es por Vaughn! —susurra de pronto.

—Tal vez —admito—. Pero no entiendo cómo lo ha hecho.

Gabriel me vuelve a tocar el hombro y se acomoda a mi espalda de nuevo.

—¡No dejaré que él te haga daño!

—¿Cómo se lo impedirás? —pregunto en un tono más irónico del que pretendía.

Me besa en la nuca y siento un estremecimiento en la espina dorsal.

—De eso ya me ocuparé yo —responde. Alargando la mano por encima de la cabeza, apaga la luz de nuevo.

Mientras estoy en la cama, intentando conciliar el sueño, pienso en las palabras que me dijo Gabriel después de quitarme a Greg de encima.

No dejaré que nadie vuelva a tocarte nunca más.

Pero si él tiene razón y Vaughn es de algún modo la causa de mi estado, ¿qué podría hacer Gabriel? ¿Cómo iba a protegerme de algo que ya se encuentra en mis tejidos y en mi sangre, destruyéndome por dentro?

Aunque se me nuble la cabeza por el agotamiento, empiezo a sentir una especie de paz, por extraño que parezca.

—Nunca más —me prometió Gabriel envolviéndome con su cálido afecto, igual que ahora. *Nunca más.*

A la mañana siguiente me despierta un ruido sordo. Al abrir los ojos protestando irritada, veo una pila de revistas. Siento como si tuviera la cabeza llena de cristales rotos.

—¿Qué es esto? —es lo único que logro decir.

—Revistas de medicina —responde Gabriel sentándose en el borde del colchón.

—Las hemos encontrado dentro de una caja en el cobertizo —tercia Silas. Apoyado contra el marco de la puerta, sostiene un panqueque como si fuera un bocadillo. Lo reduce a la mitad de un mordisco—. Claire trabajaba antes como enfermera.

Me siento haciendo un gran esfuerzo, con el pelo enmarañado cubriéndome la cara. Gabriel me ofrece el vaso de agua, ahora ya caliente, que ha estado descansando toda la noche a mi lado. Incluso beber un sorbo me produce dolor.

—¿Para qué las has traído?

—Para averiguar qué es lo que tienes —responde Gabriel.

—¡Pues que os divirtáis, chicos! —prorrumpe Silas

con la boca llena del panqueque que le quedaba. Al salir alarga la mano por encima de la cabeza dando un golpecito en el dintel de la puerta—. Algunos de nosotros tenemos tareas reales que hacer.

Gabriel y yo nos pasamos una buena hora ojeando las revistas, consultando desde la gripe hasta el escorbuto. Hay un montón de enfermedades. Dolencias que nunca me hubiera imaginado. Tumores que doblan el peso de una persona. Enfermedades que hacen sangrar las encías y que amarillean las uñas de los dedos de los pies. Trastornos del sistema nervioso que producen alucinaciones auditivas.

En cuanto a mis síntomas, todas las fuentes consultadas coinciden en que tengo la gripe. Tos, fiebre, sensación de mareo. Pero no encontramos nada que explique el pavor que siento y la sensación de tener algo grave. En las revistas no hay ningún capítulo dedicado a los suegros siniestros o a la clase de cosas que se pueden hacer en un sótano laberíntico.

Las revistas están esparcidas entre nosotros sobre la manta con las páginas abiertas. La desesperación de Gabriel va en aumento al descubrir que cada vez hay menos probabilidades de encontrar lo que tengo. Como abre la boca sin despegar los ojos de una página, al principio creo que me va a leer un pasaje.

—¡Tenemos que hacer frente a Vaughn! Volver a la mansión —propone.

—¡Pero qué dices! ¿Te has vuelto loco?

—¿Acaso no te siguió hasta donde estaba la Madame? Tal vez lo que te dijo era cierto en parte. A lo mejor estaba intentando decirte qué es lo que tienes.

—O quizás intentaba hacerme volver para abrirme en

canal y dedicar un capítulo de sus horrendos experimentos a los órganos vitales de un sujeto con los ojos de distinto color que se ha rebelado contra su hijo —le suelto—. No pienso volver y tú tampoco lo harás. Nos mataría a los dos.

Gabriel aparta los ojos de la página. La ferocidad de su mirada me asusta.

—¡Compruébalo tú misma! —exclama—. Te está matando. Creo que cuando te siguió hasta el barrio de prostíbulos quería enmendar lo que te hizo.

—Lo que dices no tiene ningún sentido —alego ignorando la pequeña parte de mí que piensa lo mismo.

—¡Quién sabe! —dice Gabriel—. Quizá cuando te fugaste interrumpiste un experimento.

—Pues entonces si regreso a la mansión, seguro que me matará.

Gabriel vuelve a posar los ojos en el libro, murmurando algo sobre que Jenna tenía razón.

—¿Qué acabas de decir sobre Jenna?

—Que te conocía como la palma de su mano. Tenía razón, tú no te das cuenta. Vaughn no te quiere muerta. ¿De qué le servirías si lo estuvieras? Quiere descubrir qué es lo que te hace respirar y por qué tus ojos son así. Hay algo en ti que le da esperanzas.

Pienso en las prisas que Jenna tenía para que yo huyera. En su desaparición aquella tarde en el sótano y en cómo me dio con la puerta en las narices cuando le pregunté qué había pasado mientras estaba en él. Me duele que no haya compartido conmigo lo que le contó a Gabriel. Murió con la cabeza recostada en mi regazo, pero no me dijo una palabra sobre sus secretos, aunque muchos de ellos tuvieran que ver conmigo.

—No me hables de Jenna —le espeto—. Según tú, lo sabía todo. Pero ¿sabes dónde está ahora? Muerta. Cubierta con una sábana en una camilla de ruedas, como Rose. Y aunque Vaughn no planee matarme, no pienso volver a ese lugar para averiguar qué quiere hacer conmigo.

La página de la revista tiembla entre mis dedos y la cierro justo a tiempo de verla desdibujarse por las lágrimas que me afloran a los ojos.

—No pienso volver —repito.

La cabeza me martillea. Oigo mi sangre susurrando y lo sé —*lo sé*—, sé que hay algo letal dentro de mí que estas publicaciones no describen. Cuando Gabriel cruza el colchón gateando para echarse a mi lado, apoyo la cabeza contra su hombro a pesar de estar furiosa con él. Me encanta la sensación de seguridad que me da, aunque sea temporal.

—Vale —me dice al oído—. Vale. Ya encontraremos otra forma de solucionarlo.

No me lo creo, pero asiento con la cabeza. Las náuseas se convierten en una oleada transformándose en algo más profundo. Los nervios se me avivan, alzando sus cabezas como flores a punto de abrirse. Miro a Gabriel y él me limpia con el pulgar una lágrima en la mejilla y yo, inclinándome hacia él, le beso.

Él me devuelve el beso y las revistas con las páginas abiertas se desparraman por la cama como enigmas esperando ser desentrañados. ¡Que sigan esperando! ¡Dejaré que el misterio de mis genes se resuelva, que se decida mi suerte! Si mi destino está en manos de un demente, estoy dispuesta a que la muerte llegue y me traiga lo peor. Me llevaré el recuerdo de los cráteres de los laboratorios en ruinas, los árboles muertos, esta ciudad con el oxígeno lleno de cenizas, si esto significa la libertad. Prefiero morir a vivir cien años con agujas insertadas en las venas.

Me dejo caer de nuevo en el colchón y cuando Gabriel despega su boca de la mía, descubro que estoy temblando, roja por la fiebre, con las manos tan pronto ardiéndome como heladas, para volverme luego a arder. Pero yo tiro de él para que se pegue a mí de nuevo antes de que la preocupación le invada.

Al hundirse el colchón bajo mi peso, una revista se desliza por el borde y me da en el tobillo como si quisiera recordarme lo que estoy intentando olvidar. La aparto de un puntapié y se estrella contra el suelo como un bicho que acabara yo de espachurrar.

22

Por la tarde saco fuerzas de donde no las tengo para realizar pequeñas tareas. Limpio los pegotes de las teclas del piano y de las encimeras. Silas lava los platos y yo los seco dejándolos impecables.

—¿Cómo te sientes, princesa? —pregunta entregándome una taza biberón de plástico.

—Estupendamente —respondo con convicción. Antes Silas me irritaba por lo arrogante que me parecía, pero ahora creo que no somos tan diferentes.

Tiene citas que no significan nada con jovencitas, rollitos que no tienen nada que ver con el amor. Ellas acuden libremente, incluso anhelándolas, y he decidido que son muy distintas de las que las chicas del barrio de prostíbulos mantienen por dinero. Silas y su procesión de chicas que le adoran han decidido disfrutar de cualquier placer que les ofrezca su fugaz vida. Y no las culpo. ¿Acaso yo no estoy haciendo lo mismo? Viviendo con la promesa de la muerte, pensando sólo en el presente.

—¿Por qué sonríes? —pregunta Silas dándome un golpecito en el hombro, y casi se me cae el plato que estoy secando.

—Por ninguna razón en especial —respondo—. Porque hace un día precioso, eso es todo.

Él ladea la barbilla mirando por la ventana, más allá de las nubes grises que están rondando por el cielo.

—¡Y qué más! —responde incrédulo.

Piensa que me he vuelto loca. Y quizá tenga razón. A lo mejor estoy perdida en los reinos de mi propia cabeza como Loquilla, tan inmersa en los suyos que ni siquiera le concede al mundo el privilegio de oír su voz. A veces desearía poder ver lo que ella ve. Me gustaría intentarlo.

—¡Eh! —grita Silas con el agua chapoteando entre los dedos—. ¿Adónde vas?

—¡La música tiene corazón! —le suelto dejándole en la cocina y dirigiéndome hacia los acordes de piano que suenan en la habitación de al lado.

Nina los está tocando como un ángel. Del brazo izquierdo le cuelga un muñoncito que a duras penas es una mano, pero su mano derecha vuela sobre las teclas, evocando sonidos entrecortados como de gritos ahogados o de balas.

Loquilla está a gatas debajo del piano, con el pelo cubriéndole la cara, los hombros encorvados y los ojos desorbitados. Es un animalito sin su manada, pequeño pero de lo más bravo. Me tiendo en la alfombra y nos quedamos mirándonos la una a la otra, parpadeando llenas de curiosidad.

—¿Sabes lo que mi padre decía? —le digo a Loquilla—. Solía decir que la música tiene corazón. Un *crescendo* que te remueve la sangre, de pies a cabeza.

Ella se acerca a mí gateando y luego se pone en cuclillas. Parece una ranita contemplando una profunda laguna y yo de repente me hundo más y más. Los párpados me pesan, Loquilla se vuelve borrosa y luego desaparece, llevándose con ella la música y el corazón de la melodía.

—¿Rhine? ¡Rhine!

Algo ácido me sube burbujeando por la garganta. Me siento mal. Un brazo me rodea los hombros y me saca de las profundidades en las que me había hundido justo a tiempo para que vomite en mi regazo, jadeando y atragantándome por la acidez.

—Eso es, cariño —susurra Claire limpiándome la cara con un trapo húmedo—, sácalo todo.

Supongo que esto es lo que he ganado al obligarme a desayunar. Cuando abro los ojos, es como si alguien me los hubiera untado con pomada. Resoplo de nuevo y, al dejar por fin de vomitar, descubro que alguien me ha tendido de lado.

—¡Dejadle espacio para que pueda respirar! —oigo que dice Claire.

Silas y Gabriel están hablando, pero no entiendo lo que dicen. Siento los fríos deditos de Loquilla deslizándose por mi frente. ¿Cómo pudo la Madame ser tan violenta con esta inofensiva criaturita?

—La has asustado —susurra Nina acercándose a mí, hablando por Loquilla—. Cree que ha hecho que te desplomaras.

—No ha sido ella —respondo con un hilo de voz, preocupada por si me quedo sin—. No ha sido ella, sino otra persona la que lo ha hecho.

No sé lo que ocurre a continuación. Alguien me lleva a cuestas al desván y tengo la ligera noción de una persona metiéndome en la bañera llena de agua fría y después secándome con una suave toalla y acostándome sobre un firme colchón. Siento que me cubre la frente con algo frío. Es una bolsa de hielo, oigo el tintineo de los cubitos como si fueran guijarros. El olor del agua congelada impacta a mis narinas, pero me alivia.

—Ahora descansa —susurra alguien y así lo hago.

Al despertar la ventana me muestra un cielo nocturno. Oigo a niños hablando en susurros por la casa.

—Shh, shh —les dice Claire.

Estoy en la cama de Silas. Siento como si tuviera la cabeza llena de algodón. Me quedo mirando los números del despertador de la mesilla, sin llegar a entenderlos.

—¿Estás despierta? —pregunta Gabriel alzando la vista de un mar de papeles.

Haciendo un gran esfuerzo, me acodo en la cama. Algo está zumbando enfurecido en mi cráneo.

—¿Qué me ha pasado?

—Claire ha dicho que te debe de haber dado alguna clase de ataque —responde con una gran ternura—. Pero no es más que una suposición. Te quedaste tumbada en el suelo, roja por la fiebre, y por más que lo intentábamos no recobrabas el conocimiento. —Sostiene en alto una revista médica con una cara que no sé interpretar—. Supongo que te interesará saber que, además de no parecer un ataque, no se asemeja a nada de lo que sale aquí.

Me echo en la cama y me froto los ojos con el pulpejo de las manos intentando que el zumbido se me vaya de la cabeza. *Piensa,* me digo. La hija de dos científicos no puede dejarse vencer por esto. Pero nunca fui tan brillante como mis padres. Lo único que me viene a la cabeza son las notas de mi hermano, garabateadas entre una pila de páginas arrugadas y quemadas. Estaba escribiendo una lista, intentando averiguar algo. Mi hermano y yo estamos librando distintas batallas. Si pudiéramos unir nuestras fuerzas, tal vez entre los dos daríamos con la solución.

—Tenemos que irnos —anuncio, y carraspeo para aclarar mi ronca voz.

—¿Para volver a la mansión? —pregunta Gabriel esperanzado.

—Para encontrar a mi hermano.

Él sacude la cabeza.

—En este momento no es lo más importante.

—¿Cómo puedes decir eso?

—Porque te estás muriendo —me suelta. En la habitación se hace un silencio sepulcral. Arrepentido, clava los ojos en la revista abierta—. Te estás muriendo, Rhine —repite en voz baja a los pocos segundos—, y yo no pienso quedarme aquí viendo cómo ocurre sin hacer nada.

Me siento en la cama. Es como si mi sangre se hubiera convertido en arena. Soy un reloj de arena. Toda la arena me está saliendo de la cabeza y la oigo rugir mientras se desliza.

—Tal vez pueda ayudarme Rowan —sugiero.

—Tal vez —responde Gabriel—. Pero tú estás aquí y no sabemos dónde se encuentra él, y no nos queda tiempo para buscarlo por todo el país.

No puedo alegar nada, abro la boca, pero las palabras no abandonan mis labios. *Más tiempo, sólo necesito un poco más de tiempo.* Sé que Gabriel tiene razón. Sé que la solución a lo que tengo podría encontrarse en el lugar que he dejado atrás. Sé que el demente de mi suegro puede hacer milagros al igual que es capaz de asesinar a un bebé, o a la rebelde esposa de su marido.

¿Cómo es posible que esté a merced de semejante

hombre? ¿Qué cosas horrendas debo de haber hecho en otra vida para granjearme su interés?

—O un médico —insisto—. O un chamán. ¡O una clarividente! O cualquier otra persona.

De pronto la cama se tambalea y me agarro a los bordes. Gabriel lo ve y me ayuda a echarme. Me arropa con las mantas hasta la barbilla como si fuera una niña pequeña.

Me imagino que he vuelto a la mansión. No como prisionera de Vaughn, sino como esposa de Linden. Estoy acostada entre sábanas de seda, rodeada de almohadas de plumas. Mis hermanas esposas duermen al otro lado del pasillo. No te muevas. Escucha. Las oigo respirar. Y Gabriel acaba de traerme el desayuno antes de que salga el sol, mientras los pasillos vacíos están llenos de relojes haciendo tictac y de columnas de humo de las barritas de incienso que se acaban de consumir después de arder toda la noche. Más tarde serán las camas elásticas, las flores de azahar y los peces koi de color naranja chillón coleteando los que estarán aquí para deleitarme. No hay nada que temer. Nadie tiene malas intenciones.

Gabriel me toca la frente con el dorso de la mano y la boca se le tuerce en una mueca de preocupación.

—Mañana te llevaré a un hospital —anuncia.

—Vale —susurro.

Exhausta, cierro los ojos.

—¿Vienes a acostarte?

—Todavía no —responde. Noto el colchón moviéndose al levantarse él de la cama. Me duermo oyendo el sonido que hace Gabriel al pasar las páginas.

Cuando me despierto, aún está oscuro fuera. Gabriel duerme rodeándome la cintura con el brazo, con la barbilla pegada a mi hombro.

Me duelen todos los músculos del cuerpo y en la boca siento un sabor amargo a metal que me indica que voy a enfermar. Pero el dolor va aumentando, lo que significa que mis miembros ya no están entumecidos. Me despego lentamente de los brazos de Gabriel. Duerme agarrado a mi camiseta, y al tocarle los dedos uno por uno, me la suelta. Masculla algo y luego se pone boca abajo abrazado a la almohada.

Me levanto de la cama pasando por encima de las mantas con cuidado para no despertar a Gabriel y me dirijo al baño. Cojo varias aspirinas del armario de encima de la pileta, esperando que me alivien las náuseas que tengo. Me las trago con un poco de agua.

Al cerrar el armario, veo en el cristal el reflejo del cadáver de una chica rubia. Es el zombi de una película de un cine de Florida, con un enfermizo rostro grisáceo con los ojos hundidos, los labios pálidos y un pelo fino y escaso.

Miro hacia otro lado, demasiado horrorizada como para reconocer a la chica reflejada en el espejo. Por la mañana tendré que asearme un poco antes de que me vean.

Mientras me dirijo al pasillo, me siento reconfortada por los diferentes cuerpos respirando a mi alrededor. Algunos niños duermen en sus camas y otros en cambio están apretujados como sardinas.

Cruzo la sala de estar. Silas, tumbado en el sofá, es una montaña amorfa de mantas.

—Pareces un fantasma deambulando por la casa de noche —dice.

—¡Bu! —susurro.

Suelta unas risitas que se van apagando mientras se hunde en sus sueños de nuevo. Voy a la cocina y me preparo una taza de té.

Oigo la brisa susurrando fuera. Paso de puntillas por el lado de Silas, que ahora está roncando, y abro la puerta para respirar el aire primaveral. Por la noche este pequeño barrio se vuelve extrañamente cautivador. Cierro la puerta tras de mí y me siento en el escalón de arriba. Me mantengo cerca de la casa, lejos de la calle, preparada para meterme dentro al instante si veo algo peligroso.

Pero el ambiente está tranquilo. Contemplo las borrosas casas color sepia de la calle. Los árboles esqueléticos y desnutridos. El césped marrón medio mustio. Y sé que estoy donde tenía que estar. Nací en un mundo que estaba agonizando. Pertenezco a él. Lo prefiero a los mares holográficos y los diagramas de casas maravillosas dando vueltas. Porque aunque la mentira sea hermosa, al final es la verdad con la que te acabas encontrando.

Pero también hay algo más desentonando con el resto del paisaje, porque no pertenece a este lugar. En la oscuridad lo veo acercándose, es una limusina negra doblando la curva. Me pregunto qué estará haciendo por aquí a estas horas. Tal vez se trate de un niño al que han comprado. Creo que en la manzana hay otros orfanatos. Aunque seguro que no viene a recoger a nadie para ir a una fiesta. En esta zona no hay ricachones.

Oigo el motor ronroneando más despacio y luego se apaga.

De pronto me invade un pánico espantoso. La limusina me resulta familiar.

La puerta del pasajero se abre y observo la oscura figura de un hombre saliendo de la limusina. Se envuelve el cuello con un pañuelo y luego sube a la acera y se dirige hacia mí.

—Una bonita noche para contemplar las estrellas, ¿verdad? —dice.

Al oír su voz se me pone la carne de gallina.

¡Corre, corre, corre! Veo de pronto la antigua advertencia de Loquilla destellando ante mí, pero por alguna razón me quedo paralizada, agarrando la taza de té con ambas manos.

—¿Cómo me has encontrado?

—¿Así es como recibes a tu suegro? Sé que puedes hacerme un recibimiento más efusivo —dice Vaughn.

Se oye un clic y de pronto aparece una llama en su mano ahuecada. Tardo un instante en ver que no está sosteniendo la propia llama, sino una velita. Se acerca a mí y yo me muevo lentamente hacia la puerta, pero él se detiene a un par de metros de distancia.

—El fuego es una idea muy ingeniosa —señala—. Sobre todo en manos de una chica lista que puede hacer de él un buen uso. Como por ejemplo prender unas cortinas para divertirse, ¿no te parece?

La luz de la vela me revela el centenar de arruguitas que se forman en su cara al sonreír.

¿Cómo es posible que mis peores pesadillas se hayan hecho realidad y yo me haya quedado helada sosteniendo una taza de té?

Me levanto lentamente, evitando hacer movimientos bruscos como si él fuera una serpiente venenosa. Vaughn de pronto da un paso hacia mí y yo me estremezco.

Se ríe siniestramente.

—Relájate, querida, no pienso prenderle fuego a la

288

casa, si eso es lo que crees. Yo no quiero que esos indefensos huerfanitos y el amor de tu vida sufran ningún daño.

Se acerca más, ahora está en el primer escalón de abajo sosteniendo la velita junto a mi cara. El calor que irradia en medio de este aire frío hace que la nariz me empiece a moquear.

—No tienes demasiado buen aspecto —dice él chasqueando la lengua—. Mira esas bolsas debajo de los ojos. Y tu pelo parece un pajar. ¡Qué desmejorada estás, querida!

—Por circunstancias más allá de mi control —le suelto con amargura.

Vaughn prosigue como si yo no hubiera dicho nada.

—Tú que siempre has sido tan guapa. Indomable, pero encantadora. ¿Sabías que son esta clase de mujeres las que a mi hijo más le gustan?

Me pone un mechón de pelo sobre el hombro. Sus ojos vuelven a ser dulces. Esta mirada la vi por primera vez la tarde que paseamos por el campo de golf. Me asustó igual que me asusta ahora la forma en que mi peor enemigo puede transformarse de golpe en una versión de su afable hijo.

Siento una inesperada punzada de añoranza. Hubiera preferido que fuera Linden quien me llevara a rastras de vuelta a esa prisión. Sus ojos siempre estaban llenos de amor por mí, aunque nunca creí que ese amor fuera real.

Vaughn desliza un dedo por mi cráneo, desde la raya del pelo hasta el hombro, el cual me agarra con tanta fuerza que siento las yemas de sus dedos clavándoseme hasta el hueso.

—Tú y yo tenemos que hablar —dice.

Podría ponerme a chillar. En un instante Gabriel, Silas y Claire estarían en la puerta, con varios pares de ojos parpadeando a sus espaldas. Pero no puedo despegar los ojos de la llama y de todo lo que implica. Es una advertencia muy pequeña sobre una destrucción muy grande. Para recuperarme, Vaughn sería capaz de quemar esta casa hasta los cimientos, matando a todos los que están dentro, sin inmutarse. Y sé que ha venido a buscarme sólo a mí y que el resto no le importa.

Vuelvo a ver los puntitos brillantes, revoloteando en el aire nocturno como la nieve que caía la última noche que pasé en la mansión. Linden y yo la contemplamos en la terraza, dejando que los copos se nos pegaran al pelo.

No me muevo y Vaughn no intenta llevarme a rastras. Sé que no va a meterme pateando y chillando en la parte trasera de la limusina. No es su estilo. Pero también sé que está seguro de que de un modo u otro acabaré en ella. Su sonrisa está llena de dientes y de triunfo.

—¿Cómo te has estado sintiendo últimamente? —me pregunta—. ¿Has tenido algún síntoma inexplicable? ¿Fiebre? —me aparta el pelo del hombro, sosteniendo en alto el mechón rubio que se le ha quedado entre los dedos.

Se me corta el aliento. La punzada de añoranza de haber preferido que fuera Linden quien hubiese venido a buscarme en lugar de su padre se dobla, se triplica, trocándose en una sensación horrenda. Los oídos me zumban por la electricidad que me produce.

—No es más que la gripe —respondo con frialdad sin creerle.

—Tu sistema inmunológico se está colapsando —anuncia—. En este momento tus anticuerpos están viajando por el torrente sanguíneo, intentando combatir una bacteria extraña que no está ahí. ¿Has tomado algún medicamento? Pues te producirá el mismo efecto, es decir, no te servirá para nada. Tu sistema nervioso está perdiendo la sensibilidad. Tus extremidades se están entumeciendo de manera inexplicable, sobre todo al despertar.

Giro el hombro bruscamente para que me lo suelte.

—¿Qué me has hecho?

—Querida, te lo has hecho tú misma —responde soltando unas risitas—. Tienes el mono.

¿El mono? ¡No, es imposible! No me han inyectado sangre de ángel desde hace semanas. Seguro que ya la he eliminado del organismo. Y Gabriel tuvo un mono mucho peor que el mío y ya se ha recuperado.

Vaughn mira mis desconcertados ojos mientras yo miro a su vez los suyos sin entenderle.

—¿De verdad? ¿Una chica tan lista como tú no lo pilla?

Se lo está pasando en grande.

—Los June Bean —dice.

Se está yendo por las ramas y a mí me cuesta seguirle, porque mi mareada mente se está empezando a embotar. Pienso que está dando tantas vueltas adrede. Dice algo sobre los June Bean azules —en concreto los azules—, los caramelos que de un modo u otro siempre encontraba en la bandeja cuando me traían la comida a la habitación, incluso después de que Gabriel ya no pudiera dármelos a escondidas. Un experimento para evaluar la dependencia a sustancias químicas y la resistencia a las bacterias.

—¡Es revolucionario! —exclama él entusiasmado—. La única forma de desengancharte es reduciendo las dosis de manera gradual. Pero si las dejas de golpe, ocurre algo asombroso. El cuerpo empieza a colapsarse como en las últimas etapas del virus. Al principio sientes molestias (náuseas, dolor de cabeza), pero luego el cuerpo comienza a perder sensibilidad y se acaba entumeciendo, y los receptores del dolor en el cerebro dejan de funcionar. Se parece un poco a morir de hipotermia.

Jenna. La palabra me sube por la garganta, pero no llego a decirla en voz alta. Me está asegurando que así es cómo la mató. La llama que arde en su mano no es nada comparada con la explosión de odio que ahora siento dentro de mí.

—Estoy orgulloso de ello —dice Vaughn—. El concepto es bastante primitivo. Para no tener la gripe nos ponen una vacuna con una pequeña dosis de este virus. Y a mí se me ocurrió hacer lo mismo. Reproducir los síntomas del virus que estamos intentando combatir e irlo administrando lentamente, a lo largo de varios años, hasta que el cuerpo se inmuniza contra él.

Me siento fatal. De pronto el pavimento se mueve y se inclina bajo mis pies. Él mató a mi hermana esposa. Siempre lo pensé, pero la confirmación de ahora es más dolorosa de lo que nunca me imaginé.

—Tú eras la candidata perfecta —admite Vaughn—. Al principio quería experimentar con Cecilia, porque es la más joven, pero la química de su cuerpo ya había cambiado con el embarazo. Y creí que lo mejor era dejarla en paz. Tú, en cambio… —se echa a reír—. Linden me comentó que te negabas a consumar el matrimonio. Me pidió consejo y yo le dije que te dejara a tu aire. Él accedió con más facilidad de la que yo me esperaba. Le bastaba con contemplarte, con tener las fantasías más descabelladas al oír tu nombre. Y yo sabía que tú tardarías en quedarte embarazada.

Sólo de saber que mantuvieron esta conversación me dan ganas de vomitar. Pensar que Linden compartió con mi maquinador suegro todas las noches que pasé abrazada a él para aliviar la soledad que cada uno sentía por distintas razones. Que nuestros besos fueron analizados, y nuestras caricias y miradas anotadas en un bloc para los insanos experimentos de Vaughn. Siento que ha invadido mi intimidad.

Soy vagamente consciente de haber echado a andar. Vaughn me guía hacia la limusina y abre la puerta de la parte trasera para que entre.

—¡No hagas una estupidez, Rhine! —me advierte. Es tan raro que me llame por mi nombre que me desconcierta—. Podemos resolver este asunto en cuanto volvamos a casa. O puedes morir aquí mismo, y yo me aseguraré de que todos los de esta casa te sigan.

Sé que lo dice en serio. Me quedo mirando el asiento de cuero en el que viajamos mis hermanas esposas y yo antes de conocernos, cuando éramos tres chicas aterradas que se habían librado de una muerte horrenda, pero sentenciadas a estar enclaustradas de por vida. Y allí también, debajo del techo corredizo, es donde Linden y yo bebimos champán a sorbos y nos apoyamos el uno contra el otro, calentitos y ebrios, riendo hipando después de asistir a su primera exposición.

—Entra a la limusina, querida. Volvamos a casa.

Y yo lo hago, sabiendo que será el último viaje que realice. Que esta vez me espera algo mucho peor que el matrimonio.

—Todavía llevas la alianza —señala Vaughn mientras

se sienta a mi lado. Apenas noto el pinchazo de la jeringuilla que me clava en el antebrazo.

Gracias a lo que sólo puedo describir como una tremenda y oportuna chiripa, vomito en las solapas de su abrigo antes de perder el sentido.

23

Soy un cadáver en una camilla con ruedas.

Me llevan serpenteando por los laberínticos pasadizos del sótano mientras noto un extraño calorcillo corriéndome por las venas y la visión nublada.

De súbito me doy cuenta de lo alto que lo oigo todo. Los sirvientes están hablando —y no gritando—, uno de ellos sostiene una bolsa de suero sobre mi cabeza. Tengo la vaga sensación de que todo este ajetreo es por mí. Pero yo no soy nada. No puedo hablar. No creería estar respirando si no fuera por la neblina que se condensa en la mascarilla de plástico que me han puesto en la boca.

No sé dónde estoy. Nada me resulta familiar, salvo los uniformes de los sirvientes.

Pero de pronto veo algo conocido.

Vislumbro su pelo pelirrojo. Un puño sostenido frente a una boca abierta de asombro, mi nombre en sus labios. El bebé llorando en sus brazos. Pasos corriendo.

—¡Espera! —grita, pero los pasos no se detienen y ella desaparece engullida por la distancia que nos separa.

Cierro los ojos. Dejo de existir.

No me doy cuenta de estar saliendo de la oscuridad en

la que me parece haber estado durante años, hasta que oigo una voz.

—Te advertí que no te escaparas —dice Vaughn.

En mis sueños es un pajarraco negro. Me desgarra la piel con sus garras. La sangre se desliza por mi brazo. Me quedo muy quieta para que crea que estoy muerta. Es un pájaro carroñero y no dejaré que disfrute con mi derrota más de lo que ya lo está haciendo.

—Mi hijo te daba amor. Te daba seguridad. Pero tú seguías empeñada en huir.

Su aliento es un viento caliente.

—Sí, en huir, por eso dejé que lo hicieras —dice suspirando—. En realidad, me has hecho un favor. Linden te ha denunciado.

Estoy a punto de recuperar la conciencia, pero me niego a hacerlo.

—Ahora me perteneces —oigo a Vaughn aseverar justo cuando vuelvo a perder el conocimiento.

Me perteneces.

Por más que me hunda en mis sueños, estas palabras siguen apareciendo. En los letreros de los nombres de calles. Cantadas de los labios de las marchitas chicas de la Madame. Murmuradas en el susurro de las hojas de octubre. Florecen de los lirios abriendo de golpe sus pétalos en forma de estrella de mar.

A veces abro los ojos y veo sirvientes que no había visto nunca rehuyéndome la mirada mientras me limpian con una esponja, me insertan y sacan agujas intravenosas del antebrazo, me vacían la cuña, escriben notas en la tablilla a los pies de la cama y se van sin pronunciar una palabra. Espero ver a Vaughn, pero él sólo me visita en mis pesadillas. Sueño que está plantado en el umbral con un escalpelo o una jeringuilla, y me despierto empapada en un sudor frío. Y sigo así durante lo que me parece una eternidad. Es imposible medir el tiempo, en la pared hay una ventana falsa, lo único que hay en la habitación además de los aparatos, y siempre está resplandeciendo con un sol falso, iluminando un prado lleno de lirios falsos.

Cuando los sirvientes se van, oigo el débil sonido de una puerta cerrándose y me quedo sola. No está Jenna para sugerirme un plan para huir, ni Gabriel colándose para charlar conmigo, ni Deirdre para prepararme un baño con manzanilla. Ni tampoco está Linden trazando sombríos y elegantes dibujos para mí, o metiéndose en mi cama y abrazándome hasta que me duermo.

Pasar el resto de mis días con la horrenda sensación de las agujas y la soledad es peor que la muerte. Esto es lo peor de todo…, la soledad. Los sirvientes no me hablan, ni siquiera en la rara ocasión en la que estoy lo bastante lúcida como para observarlos mientras trabajan. A veces, saliendo y entrando de mi inconsciente estado, sueño que me traen June Bean (de cualquier color menos el azul), o el champán que Linden y yo nos tomábamos en las fiestas. Pero nunca sueño con nadie importante y a lo mejor es la forma en que mi mente está renunciando a todas las personas que he querido.

Empiezo a envidiar a las chicas muertas que los Recolectores no pudieron vender. Sería más fácil para mi hermano encontrar mi cuerpo, llorar mi muerte y seguir con su vida sabiendo lo que me ha sucedido. Pero no volveré a pensar en él. Lo he desterrado incluso de mis sueños más sombríos. Junto con Gabriel y la luz del sol, e incluso Loquilla.

Hasta un día que al abrir los ojos me encuentro con una niña plantada en la puerta de mi habitación. Lleva una fina bata de hospital, como la mía. Sus ojos son como los de Jenna después de morir. Hundidos y grises. En su rostro no hay ningún vestigio de juventud. Su piel está amarillenta, sus brazos cubiertos de moratones producidos por las inyecciones. Oscila como si fuera a caerse. Quiero creer que no es más que un sueño horrible en este lugar de pesadillas. O una aparición. Pero aunque yo parpadee varias veces, ella sigue ahí.

—Deirdre —susurro. Es la primera palabra que pronuncio desde hace mil años—. ¡No! ¡A ti también!

—¡Qué iluminada está tu habitación! —exclama, y yo reconozco esa cansada vocecita como la de mi fiel sirvienta—. Él mantiene las otras habitaciones en la penumbra.

Intento liberarme de las correas. Pero no sé por qué lo hago. Aunque consiguiera levantarme de la cama, ¿qué podría hacer yo para salvarla? Arrastrando los pies descalzos, se dirige hacia un jarro con agua que descansa sobre los aparatos médicos. Me llena un vaso de agua y me lo trae. Me sostiene la cabeza en alto mientras vierte el contenido en mi boca. No me sorprende la avidez con la que me la trago, cuando los sirvientes me dan agua sólo es una cucharadita cada vez. La deshidratación debe de formar parte del experimento.

—Tienes los labios agrietados —observa ella frunciendo el ceño—. Ojalá tuviera algo para hidratártelos.

—¿Qué te ha sucedido? ¿Qué te ha hecho?

Deirdre sacude la cabeza, me acaricia la mejilla. Al me-

298

nos su manita es suave y conocida. No puedo evitar sentirme mejor y me odio por ello. A Deirdre le ha pasado algo terrible y ha sido por mi culpa, porque la dejé atrás. Debí de haberme imaginado que Vaughn planearía algo horrible para ella.

—Lo siento mucho —susurro.

—Shh. Oigo que él viene —musita inquieta—. Imagínate que estás en un lugar bonito y duérmete.

Se oyen pasos acercándose desde el fondo del pasillo, se le ensombrece la cara.

—Shh —susurra pasándome la mano sobre los párpados para cerrármelos. Se apresura a irse. Corre con sus silenciosos pies. Deirdre no estalla en un montón de sangre ni se esfuma. Estoy segura de que es real. Oigo una puerta cerrándose al fondo del pasillo.

Imagínate que estás en un lugar bonito, me acaba de decir.

Sueño que llevo el suéter que me tejió. Ella está a lo lejos, sosteniendo una estrella de mar entre sus manos ahuecadas, moviéndose enfocada por el objetivo de una cámara, al ritmo de los clics del disparador. Las olas nos lamen los pies, queriendo ahogarnos.

Deirdre vuelve a visitarme, no estoy segura de cuánto tiempo ha pasado desde que la vi. ¿Minutos? ¿Semanas? Noto que me afloja las correas.

—Tienen un truco —dice cuando descubre que estoy despierta observándola—. Si las ajustas en el siguiente agujero parecerán que te sujetan, pero al menos podrás mover las manos y los pies un poco. Como los sirvientes vienen a vernos por turnos, sabemos volver a nuestras camas a tiempo. Pero a ti en cambio te visitan en cualquier momento y es difícil saber cuándo lo harán.

—¿Dónde estoy? —pregunto con voz ronca. Me duele la garganta y recuerdo vagamente haber notado que me introdujeron un tubo por ella.

Deirdre frunce el ceño. Su suave pelo, ahora enmarañado y apelmazado, ya no luce aquellas trenzas tan bien hechas. Tiene el cuerpo cubierto de magulladuras.

—Estamos en el sótano —responde—. El Amo te trajo hace un mes. Estabas muy enferma —añade con los ojos llorosos.

Me libera con suavidad las manos de las correas para que me pueda sentar. Pero después de haber estado tendida en la cama durante tanto tiempo, la cabeza me da vueltas y vuelvo a ver las lucecitas brillantes a mi alrededor. Me froto la frente y parpadeo varias veces hasta que desaparecen.

Deirdre, pienso. *¿Qué te ha hecho?* No es más que una niña de nueve o diez años, pero está tan desmejorada como una mujer de la primera generación en el peor estado, tiene la piel amarillenta y arrugada en los codos y las yemas de los dedos, la cara se le ha vuelto angulosa y huesuda.

Pero no se lo pregunto. Sea cual sea el horrible destino que le ha tocado vivir, ha sido por mi culpa. Cuando me fugué, me llevé conmigo su finalidad en esta mansión. Vaughn podía haberle mentido a su hijo diciéndole que durante mi ausencia había mandado a Deirdre a trabajar a algún otro lado. Linden ni siquiera lo habría puesto en duda. Confía plenamente en su padre.

—¿Qué te ha hecho? —acabo diciendo sin poder evitar preguntárselo.

Ella sacude la cabeza.

—Creo que son los primeros tratamientos —responde—. Pronto intentará la inseminación artificial —añade tímidamente—. Por lo que he entendido, el Amo cree que ha encontrado la forma de acelerar la fertilidad y la gestación para que las niñas puedan tener hijos antes de la pubertad.

Las palabras parecen tan irreales viniendo de esta dulce voz que no estoy segura de si lo estoy soñando. Pero los segundos transcurren y no pasa nada raro, como el techo hundiéndose o el suelo intentando tragarme.

—Aún no le ha funcionado —añade rehuyendo mi mirada. De repente, se comporta como si volviera a ser mi sirvienta, arropándome hasta la cintura con la manta, frotándome las muñecas para que se me desentumezcan—. Lidia hace mucho más tiempo que yo que está en el sótano. Una vez estuvo a punto de tener un hijo, pero… —la voz se le apaga.

Lidia. ¿Por qué me resulta familiar este nombre? Mientras se me aclara la cabeza, junto con cualquier sospecha de estar soñando, me acuerdo de ella. Lidia era la sirvienta de Rose. La mandaron a otra parte después de que Rose se quedara tan tocada por la pérdida de su primera hija que no soportaba ver a esta niña que se ocupaba de ella.

—¡Deirdre! —exclamo abriendo los brazos para abrazarla y consolarla. Pero ella, más allá del consuelo, se aparta un poco de mí.

—Creo que he oído el ascensor —dice clavando los ojos en sus manos mientras las retuerce una contra la otra angustiada—. Volveré en cuanto pueda —añade atándome apresuradamente con las correas. Sale disparada de la habitación sin hacer ruido.

Cuando los sirvientes llegan, finjo estar inconsciente, pero el corazón me martillea en el pecho. Uno de ellos me toma la tensión: noto la banda elástica comprimiéndome el brazo y soltándomelo luego con un chasquido. La tengo demasiado alta. Es causa de gran preocupación. Hace que se pongan a hablar en susurros de los efectos secundarios y las palpitaciones.

La pesadilla vibra a mi alrededor. Oigo el chirrido de los carritos, el traqueteo de los instrumentos que usan para monitorizarme, pincharme e inyectarme. Noto algo en el antebrazo y espero el pinchazo de una aguja, pero no siento más que una ligera presión, oigo una serie de pitidos mecánicos.

Unas manos frías y ásperas me desabrochan los botones de arriba del camisón. Siento algo frío salpicándome el pecho, creo que es alguna clase de gel. Algo se mueve a lo largo de mi esternón. Sé que no es una mano humana, sino la pieza de una máquina. Están haciendo alguna clase de prueba. No me siento humana. No soy más que un experimento. Un cadáver.

No te preocupes. No dejaré que nadie vuelva a tocarte nunca más.

Pero ahora no hay nadie para salvarme.

Los sirvientes me limpian el gel, garabatean unas notas en un cuaderno y se van de la habitación. Oigo a uno decir a lo lejos: «¿Qué crees que va a hacer con sus ojos cuando ella ya no le sirva?»

Después siento una nueva sustancia corriéndome por las venas. Y es entonces cuando empiezan las verdaderas pesadillas. Rostros mutándose y descomponiéndose al inclinarse sobre mí. Fantasmas apresurándose por el pasillo, susurrando mi nombre. Una oleada de sangre rompiéndose contra las baldosas. Linden plantado en la puerta.

Con sus tristes ojos verdes posados en mí.

—Creía que ya no me querías —susurro, y él se convierte en polvo.

Como no hay relojes en la habitación y la ventana holográfica me muestra siempre el mismo grado de luz solar falsa, no sé si es de día o de noche. Aunque sospecho que Deirdre me viene a ver por la mañana, porque siempre está despeinada como si se acabara de levantar. Hay tantos tubos y cables saliéndome de los brazos que tanto da que ella me desabroche las correas, porque apenas me puedo mover. Me susurra cosas bonitas, describiéndome las pinturas de su padre, admirando en voz alta las numerosas tonalidades de mi pelo rubio.

Casi nunca estoy lo bastante lúcida como para responderle. Supongo que se acostumbra a ello, porque al final sus dulces historias dan un siniestro giro.

—Siento no haber podido visitarte estos últimos días —susurra—. He tenido otro aborto.

Ni siquiera tengo fuerzas para abrir los ojos, pero creo que si supiera que la estoy oyendo, no me contaría estas cosas.

—Lidia ha muerto esta mañana. La he visto desangrarse. Y el Amo estaba ahí cuando se la llevaron con la camilla —su voz se apaga. Noto la presión de sus dedos suaves entrelazándose con los míos—. Ella sabía demasiadas cosas —dice Deirdre con la voz temblándole, a punto de echarse a llorar—. ¿Te acuerdas del bebé que tuvo Rose? Te dije que oí llorar a la niña antes de que el Amo anunciara que había nacido muerta. Lidia me dijo que la vio. Vio a la niña y no era normal. Había nacido con las orejas raquíticas y la cara rara. Era deforme.

El corazón me vuelve a martillear en el pecho de esa forma tan impotente e inútil. Es lo único que me queda que se mueve.

Rose, la primera mujer de Linden, quizá la única que amó de verdad, fue obligada a dar a luz sola en manos de un monstruo. Ella sabía de lo que él era capaz. Me advirtió que no contrariara a mi suegro, pero yo no le hice caso.

Deirdre continúa hablando, pero yo ya no puedo seguir estando lo bastante consciente como para oír los otros horrores que me cuenta.

24

Los sueños se rompen como agua chocando contra las rocas.

Cuando abro los ojos lo primero que pienso es que mi hermana esposa pequeña está más alta. Y más guapa.

Un haz de luz de la ventana falsa se proyecta en su mejilla y luego en el hombro cuando ella se gira. Por un instante el pelo pelirrojo le llamea.

No se da cuenta de que la estoy observando. Se mueve inocentemente, tarareando un poquito, bailando mientras llena un vaso de papel con el agua de la jarra. Lleva el pelo recogido alrededor de la cabeza sin orden ni concierto, con riachuelos de mechones cayéndole por el cuello, que ahora se ha vuelto más esbelto y elegante. Me viene a la cabeza la novia alada con el pelo recogido en un moño alto dirigiéndose dando saltitos a su boda. Esta chica ya estaba creciendo cuando me fugué de la mansión, ajada por el parto y el dolor, y aún ha crecido mucho más durante mi ausencia. Ahora su cuerpo ha adquirido ligeramente la forma de un reloj de arena.

Ignoro los abejorros negros revoloteando a su alrededor y al final desaparecen. Ella en cambio no se desvanece, aunque yo me recuerde que Cecilia no puede ser real.

Agradezco tanto verla —esta presencia dulce y familiar—
que estoy segura de estar soñando. Aunque me alegro de
este sueño. A lo mejor puedo vivir sumida en él los siguientes cuatro, o mejor dicho, tres años. Mientras
Vaughn juguetea con mi cuerpo, mientras mi hermano
vaga inútilmente por el mundo. Podría vivir sana y salva
en este lugar imaginado. Tal vez consiga soñar incluso
con algunos June Bean que no hayan sido alterados.

—¿Estás despierta? —pregunta Cecilia dándome la espalda. Se gira sobre los talones y me ofrece un vaso de
papel con agua—. El ambiente del sótano es muy seco.
Pensé que estarías sedienta.

No es un sueño. Cecilia es real. Intentando poner a
prueba mis facultades, muevo los brazos y las piernas y
descubro que siguen cubiertos de tubos.

—¡No, no intentes moverte! —me advierte Cecilia posando su mano sobre la mía—. Te harás daño. Toma
—añade llevándome el vaso a los labios y mirándome
mientras bebo el agua con una especie de sonrisa o de
mueca en sus labios. Parece como si quisiera decirme
algo, pero se queda callada un buen rato.

De los azulejos del techo sale una luz mortecina que
diluye y suaviza los bordes de la habitación, como en las
secuencias difuminadas de los culebrones que Jenna mi-
raba por la televisión.

—Me he escondido en el pasillo y les he oído hablar.
Decían que tu ritmo cardíaco estaba disparándose.
Creían que te iba a dar un infarto —dice Cecilia con compasión en la voz y algo más. ¿Remordimiento? ¿Pena? Me
rehúye la mirada. Debo de tener un aspecto espantoso,
porque desliza el índice por la curva de mi rostro conteniendo un sollozo.

Para bien o para mal, Cecilia siempre será mi hermana esposa. Nada cambiará lo que hemos vivido juntas. Siempre estaremos unidas por nuestro vínculo. Y al ver yo sus lágrimas, afloran también las mías. Clavo la mirada en la pared intentando que no se deslicen por mis mejillas.

—¡Oh, Rhine! —exclama Cecilia—. ¿Es que no te das cuenta de lo que has hecho al volver? Ahora nunca te dejará salir de aquí. Nunca.

Cierro los ojos. El pecho se me agita con un sollozo. Ella tiene razón. Nunca más volveré a ver a mi hermano o a Gabriel. Tal como están las cosas, ni siquiera volveré a ver la luz del sol nunca más. Tuve mi oportunidad y la eché a perder.

Inclinándose sobre mí, me besa la frente y yo noto que huele como Jenna. A esa mezcla femenina y lograda de aromas deliciosos y lociones color pastel.

—Tengo que irme antes de que el Amo Vaughn me pille aquí abajo —se apresura a decir Cecilia—. He chantajeado a un sirviente al que descubrí dormitando en la biblioteca para que me dejara su tarjeta del ascensor. Yo... —añade sorbiéndose la nariz intentando no llorar— tenía que bajar. Nunca pensé volver a verte.

No le respondo, ni abro los ojos. Mientras consiga estar quieta, no me saltarán las lágrimas.

Ella no se va enseguida. Me desliza los dedos por el pelo y gimotea pidiéndome perdón, mascullando incidentes de hace tanto tiempo que ya no importan. O que no ocurrieron por su culpa.

Y pese a mis esfuerzos por seguir despierta, empiezo a hundirme en pesadillas tortuosas de niñas con la cara deforme que nacen muertas, de pasadizos en los que resuena el llanto de un bebé, de casas dibujadas en tinta negra que encierran unos horrores espantosos, girando en hologramas ante mí mientras Linden sonríe lleno de orgullo.

Por fin logro decir unas palabras en voz alta.

—¿Es verdad que Linden me ha denunciado?

Pero Cecilia ya hace mucho que se ha ido.

Se oyen voces enojadas hablando en susurros. Un bebé lloriqueando.

—¡La vais a matar! —exclama Cecilia angustiada.

—Sabemos lo que estamos haciendo —responde una voz. No es la de Vaughn. Quizá se trata de un sirviente.

—¡Deja que la vea! ¡Deja que la vea o empezaré a chillar! —suplica Cecilia con fiereza.

—Chilla todo lo que quieras —responde la voz—. Sólo conseguirás quedarte afónica.

Cecilia comienza a chillar de todos modos una y otra vez en mis pesadillas. Yo la sigo por unas profundidades inseguras, a lo largo de pasillos, pasando por encima de restos humanos, huesos y cuerpos temblando. El pelo pelirrojo le centellea iluminado por el sol, sus pisadas son como teclas de un piano aporreando una melodía sin sentido. Y cuando estoy segura de haberle dado alcance, desaparece.

La llamo a gritos, pero mi voz no es más que un gemido cuando recobro la conciencia. Noto unos dedos deslizándose por mi pelo como arañas.

—Estoy aquí —responde ella—. No puedo quedarme demasiado tiempo. Escúchame. ¿Me estás escuchando?

La habitación borrosa se dobla. Dos Cecilias se funden en una. Muevo los labios y descubro que tengo voz.

—Sí.

—Encontraré la forma de sacarte de aquí —me asegura—. Confía en mí.

Confía. El concepto es demasiado desconcertante para mi confuso estado. Tiene los ojos anegados de lágrimas. Lleva un bikini verde en la parte de arriba y su pelo húmedo le gotea sobre mi brazo. Desconecta el sistema de perfusión de algunas de las agujas intravenosas. ¿Lo ha hecho para que me despierte? Seguramente, porque el entumecimiento de mi cuerpo se está transformando en dolor. A pesar de ello me aferro a esta lucidez.

Intento fijar la vista en su cara, pero sus ojos son tan negros como si le hubieran vaciado las cuencas. La habitación se agita y desdibuja a su espalda.

—Estoy teniendo una pesadilla.

—No —responde ella—. Ahora estás despierta.

—Demuéstramelo —protesto. Estoy harta de que se burle de mí en mis pesadillas descubriendo al despertar que se ha evaporado.

—Cuando estaba embarazada y no me encontraba bien, me contabas historias sobre dos hermanos gemelos —dice—. No se dedicaban a combatir la delincuencia, a salvar el mundo ni a ninguna otra cosa por el estilo, pero se tenían el uno al otro. Hasta el día en que los separaron.

—No eran sólo historias, se trataba de mí y de mi hermano —le confieso.

—Ahora ya lo sé —admite—. Supongo que en el fondo siempre lo he sabido. Y he sido una egoísta, te quería aquí conmigo. Tú, yo, Jenna y Linden —reconoce apartándome el pelo de la frente. Huele a agua de piscina y a bronceador, trayéndome a la memoria los lebistes holográficos de vivos colores nadando a través de mí—. Si te quedas aquí, te morirás —añade—. Tú no estás hecha para vivir conmigo ni con Linden. Tu lugar está en el mundo de fuera.

—De todos modos Linden ya no me quiere —respondo—. Se lo dijo a su padre.

En los ojos de Cecilia se trasluce una especie de dolor. O quizá de sorpresa. No puede creer que Linden sea tan cruel.

—Has venido a verme, aunque él te lo haya prohibido, ¿verdad?

Cecilia se inquieta.

—¡Claro que no sabe que vengo a verte! Cree que me afectaría demasiado. Tú ya sabes que Linden es muy protector. Piensa que es mejor que nos olvidemos de que has existido y… —su voz se apaga mientras se dedica a alisarme el camisón—. Ahora debo irme —se apresura a decir.

Me besa en la frente, intentando ser tan maternal como siempre, y vuelve a conectar el sistema de perfusión a cada una de las agujas intravenosas correspondientes.

—Linden cree que estoy nadando en la piscina.

La observo mientras retrocede para irse, con el pelo goteando y una toalla ceñida a su esbelta cintura.

—Vamos a tener otro hijo —añade. En sus labios aflora la sombra marchita de una sonrisa—. Es una niña. Linden dice que podemos ponerle Jenna.

Se da la vuelta para irse.

—¡Espera! —intento decir, pero la voz se me apaga cuando los fármacos vuelven a correrme por las venas.

Vivo en un estado de inexistencia durante lo que me parecen días, saliendo de él sólo por unos instantes cada vez. Cuando lo hago, siempre me reciben los mismos pensamientos.

Es verdad que Linden me entregó a su padre.

Vaughn sigue con sus garras puestas en mi hermana esposa. Ella le va a dar otro nieto con el que experimentar.

Esta vez no podré protegerla.

El bebé de Rose nació deforme. Vaughn lo mató. Linden nunca se enterará de ello.

Mi hermano nunca sabrá lo que me ha ocurrido.

En algún lugar muy lejano Gabriel descubrió al despertar que yo había desaparecido. Él tampoco sabrá nunca lo que me ha ocurrido.

Existiré en este sótano tanto tiempo como Vaughn viva, en los miembros, los pedazos humanos y los genes.

Quiero seguir inconsciente. El problema está en que por más que lo intente no puedo cambiar la realidad. No puedo controlar cuándo me despierto o qué me recibirá cuando lo haga.

Deirdre, plantada a dos palmos de distancia de mi cama, se dobla en dos haciendo arcadas durante unos horribles segundos antes de expeler una bilis, extraña, odorífera y verde. Un tirante del camisón se le cae del hombro, revelando las protuberancias de su espina dorsal. Tiene los puños tan cerrados que los nudillos están blancos. Y cuando acaba de expulsarla, permanece largo rato en silencio, respirando hondo.

Me mira con unos ojos que son todo pupilas.

—Está planeando hacerte las cosas más terroríficas —prorrumpe—. No deberías haber vuelto.

—Deirdre —digo con la voz llena de añoranza.

Quiero estrecharla entre mis brazos y protegerla. Mi dulce y leal sirvienta que dedicó sus días a asegurarse de

que no me faltara nada, que nunca se hubiera imaginado que nos sucedieran algún día cosas tan horrendas. Y
yo soy la culpable de todo.

Intento liberarme de las correas mientras ella limpia
con una toalla el charquito de vómito en el suelo y lo
echa en el contenedor para materiales biológicamente
peligrosos donde los sirvientes arrojan mis agujas. Deja
caer las manos en su regazo con cara de desvalida, pero
no rompe a llorar, quizá conserva aún su espíritu de lucha. Me acuerdo de esta virtud suya. Pese a su corta edad
siempre ha hecho gala de una gran entereza.

—Pensar en un lugar bonito te ayudará —me sugiere.

Su angulosa cara está iluminada por la falsa luz del sol
que baña los lirios holográficos animados con una serie
de movimientos repetitivos. He memorizado la forma en
que se agitan: hacia la izquierda, la izquierda, la izquierda, después se mueven un poco, y a continuación se me-
cen hacia la derecha.

Piensa en un lugar bonito. Pienso en la casa de Claire
por la noche, en los pulmoncitos respirando en cada habitación. En mi cabeza reposando en el regazo de Gabriel. Me dijo que no dejaría que nadie volviera a hacerme daño, y sé que esta situación estaba más allá de su
control, pero cerrando los ojos fingí creerle.

Ahuyento este pensamiento de mi mente. No pensaré
en ningún lugar bonito, hace que me cueste mucho más
abrir los ojos y recordar que estoy aquí.

—Debería de haberte llevado conmigo —afirmo—.
Tendría que haberte escondido en algún lugar donde él
no pudiera encontrarte.

—Me habría encontrado cuando te encontró a ti —responde Deirdre.

312

Se dirige a mi cama y cuando me toca el muslo me estremezco. Al ser la esposa de Linden me acostumbré a ser mimada y atendida por Deirdre y las otras sirvientas. Me acostumbré a que me trenzaran el pelo, me maquillaran y me dieran profundos masajes cuando estaba demasiado tensa. Pero unas pocas rondas de agujas han hecho que ahora me crispe de manera automática cuando alguien me toca. Al verme estremecer, mi antigua sirvienta frunce el ceño disculpándose y luego me levanta el camisón hasta la cintura.

—Aquí está —susurra—. Seguramente no te has dado cuenta, pero es aquí donde te lo puso —dice señalando una parte carnosa del muslo donde yo no veo más que piel cerúlea y venas.

—¿Qué es lo que hay aquí?

—Antes de casarte un médico te inspeccionó —dice Deirdre— para ver si eras fértil entre otras cosas. Y además te implantó un chip rastreador para que el Amo pudiera saber en todo momento dónde te encontrabas —el corazón martilleándome en los oídos ahoga el hilo de su voz—. Tú y tus hermanas esposas sois su propiedad. Siempre le perteneceréis.

La verdad es que nunca se me ocurrió que me pudiera implantar un localizador. Cuando vivía en la mansión, Vaughn engañó a Cecilia para que me espiara. Había pensado que tal vez había cámaras de vigilancia, aparatos que grababan, criados que hacían lo que mi suegro les pedía. Pero creí que en el mundo real yo estaría a salvo. *Mi* mundo.

Y de pronto, por primera vez desde hace no sé cuánto tiempo, me echo a reír. ¿Cómo no se me había ocurrido lo del localizador? ¿Cómo llegué a pensar que me libraría de mi suegro? Es una risa quebrada y frágil, y también un poco histérica, porque Deirdre me mira preocupada. Me tapa la boca con la mano y me hace callar.

—Cállate, te lo ruego —susurra—. Te van a oír.

—¡Me da igual! —murmuro en la palma de su mano, pero bajo la voz por ella—. ¿Qué más puede hacerme? —pregunto—. ¿O qué más puede hacerte a ti, o a cualquier otra persona que esté aquí abajo?

Deirdre me aparta el pelo de la cara. Me mira con ojos suplicantes.

—No deberías decir esta clase de cosas.

Las dos sabemos lo peligroso que es que venga a verme, pero ella lo sigue haciendo a menudo. Desconecta un gota a gota de la aguja insertada en mi brazo. Debe de saber lo que se hace, porque poco a poco recobro la conciencia.

Siempre supe que Deirdre era muy valiente. Pese a su corta edad, mantiene una férrea determinación ante todas estas atrocidades. Está intentando cuidar de mí. Tal vez esto la reconforta. Como el fantasma de alguien que no sabe que ha muerto, repitiendo una y otra vez la misma y última acción.

Por primera vez se permite hoy recibir mis muestras de afecto. Saco las muñecas de las correas y dejo que trepe a la cama para echarse a mi lado. Le cuento los relatos que le narraba a Cecilia sobre los hermanos gemelos y las cometas. Omito la explosión del laboratorio y me invento historias sobre viajes en ferry y sirenas nadando por debajo de las aguas de la Isla de la Libertad.

El sonido de las puertas del ascensor la sobresalta. En un abrir y cerrar de ojos, salta de la cama y vuelve a conectarme el gota a gota mientras yo vuelvo a poner las muñecas en el interior de las correas.

—Volveré pronto —susurra apresurándose a salir.

Cierro los ojos, fingiendo estar inconsciente mientras espero que la droga se apodere de mí. Pero no lo hace. Oigo pasos en la habitación, siento la presión de algo que me retiran del antebrazo.

—Sé que estás despierta —dice Vaughn—. Me alegro. Necesitas estar consciente para lo que voy a hacerte.

Me abre los párpados y me enfoca una linterna en los ojos.

—Tus pupilas no están tan dilatadas como deberían. Sospecho que has estado manipulando de algún modo las dosis que te inyecto —agrega echándose a reír—. Siempre has sido una chica difícil, ¿verdad?

Cierro los ojos con fuerza, deseando que él sea una pesadilla. Pero aún puedo oírle rondando por la habitación, preparando la siguiente dosis infernal.

—Me gustas mucho más cuando estás inconsciente —observa—. Me resulta más fácil controlarte. Pero ahora necesito que tu hábito de sueño sea más normal. Tendrás unos sueños muy vívidos, pero no hay nada por lo que preocuparte.

Antes de irse me da unos golpecitos en la nariz. Lo hace con la misma actitud condescendiente con la que trata a Cecilia.

—Volveré pronto para ver cómo te va, querida.

No tengo los sueños vívidos que Vaughn me prometió. No acabo de distinguir del todo los sueños de la realidad. Hay ocasiones en las que estoy segura de estar despierta, pero las asépticas paredes de mi habitación empiezan de pronto a volverse negras como si una brocha invisible las pintara. Siento una punzada en el muslo, donde Deirdre me ha dicho que me implantaron el localizador. Oigo voces susurrándome cosas. Veo a mi padre pálido y exánime plantado en la puerta mirándome con fijeza. Se queda sin decir nunca nada y al final se va. A veces Rowan viene a aflojarme las correas. Siempre anda con prisas, siempre intenta empujarme para que me levante de la cama, pero desaparece antes de que me dé tiempo a hacerlo.

En la ventana holográfica hay un hombre. Me acecha escondido entre los lirios. Lleva ropa oscura y sé que viene a por mí.

Los sonidos se vuelven el doble de fuertes. Oigo los carritos rodando por el pasillo como si se estuvieran moviendo dentro de mi cráneo. Los susurros de los sirvientes se quedan atrapados en mi cabeza chocando contra mis sesos como mariposas de la luz.

Oigo cada pisada en esta mansión, cada crujido de las tablas del suelo, cada risa de la cocina, cada murmullo y suspiro del dormitorio de mi hermana esposa cuando Linden la visita. No hay forma de escapar de este alboroto amplificado ni de taparme los oídos. E incluso cuando la mansión está envuelta en el silencio el corazón me palpita como si fueran disparos.

Vaughn viene a verme con frecuencia. Las primeras veces mantengo los ojos cerrados y procuro no moverme a pesar de que el corazón me martillea en el pecho.

—Hoy las flores de azahar son más bonitas que de costumbre —dice él en una ocasión mientras me manipula la bolsa del gota a gota.

Abro los ojos. Al moverse le caen varios pétalos blancos de los hombros, desvaneciéndose antes de llegar al suelo. Hoy tiene los ojos muy verdes. Creo que son como los de Linden. ¿Cómo han ido a parar al rostro de su padre?

Vaughn me sonríe sin la bondad de su hijo.

—Estás muy roja —señala—. No te preocupes. Es normal que tengas fiebre.

Le observo mientras un naranjo brota a su espalda. Una bandada de estorninos pasan volando por el techo.

—Vaya a donde vaya, me encontrarás, ¿no?

—Ahora tú no estás ni aquí ni allá —responde dándole unos golpecitos al tubo de la jeringuilla—. No te vas a ir a ninguna parte.

Clavo la vista en los azulejos del techo, sabiendo que lo que ha dicho es cierto. Cecilia me ha prometido sacarme de aquí, pero esto, como todo lo demás, no está en sus manos. Y creo que es mejor que sea así, porque si bajara al sótano no haría más que poner su vida en peligro. Es mejor que se quede arriba. Siempre está intentando ocuparse de cosas que le quedan demasiado grandes, pero no se lo puedo reprochar. Yo también hago lo mismo. Jenna tenía razón al preocuparse por mí. Tal vez era la única mujer de Linden que sabía a lo que se enfrentaba. Aceptó su destino con elegancia y serenidad.

Oigo el aire precipitándose por los conductos de ventilación, seguramente están regulando la temperatura del sótano. A veces creo oír a Rose arrastrándose por ellos, pero ninguno le lleva al exterior. Nunca consigue salir de los conductos.

—¿Has notado algo inusual? —me pregunta Vaughn—. ¿Dolor en el pecho? ¿Dolor de cabeza? ¿Acidez?

—Sólo las flores de azahar —respondo como si él supiera que ahora puedo verlas. Giro la cabeza y soplo las pocas que me han caído en el hombro.

Él ajusta una bolsa de suero y me encuentra una vena. Observo cómo me extrae sangre del brazo.

—Rose me dijo que me querías por mis ojos.

—Rose no era una chica estúpida —admite Vaughn—. Aquel día le hice varias sugerencias a mi hijo, pero él te eligió a ti. Si no lo hubiera hecho, tal vez todo habría sido más fácil.

—Porque yo estaría muerta —afirmo.

Me saca la aguja del brazo y me desinfecta la zona con alcohol.

—Claro que no, querida. Tú has estado aquí ayudándome a descubrir el antídoto mucho más deprisa. ¿Has oído hablar de la heterocromía? Imagínate tus genes como un mosaico —añade—. Compuesto de distintas piezas que no parecen combinar, pero si las observas desde una cierta distancia, las que parecen no encajar forman una imagen coherente. La única diferencia es que lo hacen de una forma más creativa.

No sé de qué me está hablando. Pero últimamente me cuesta entender las cosas incluso más sencillas.

—Sospecho que lo que tú tienes es un mosaicismo genético. Dos poblaciones distintas de células, mientras que lo más habitual es tener sólo una. Por eso tienes un ojo azul y otro marrón.

Inclinándose sobre mí me aparta el pelo de la cara, como si fuera una niña pequeña que no entendiera el cuento que le explican antes de irse a dormir.

Si Rowan estuviera aquí, lo entendería. Quizá ya lo ha descubierto por sí solo. ¡Pero qué más da! Nunca volveré a verle. Y nunca le hablaré a Vaughn de mi hermano. Está fascinado conmigo, y si se enterara de que tengo un hermano gemelo, se pondría loco de alegría.

—Nunca me imaginé que mi hijo llegara a quererte tanto —prosigue—. Sabía que no dejaría que te separara de él.

—Ahora ya no me quiere.

—Te sigue queriendo con locura —afirma Vaughn—. Pero el amor no correspondido es violento. Te ama tanto que ahora se ha convertido en odio.

En odio. Intento imaginarme a Linden con cara huraña, pero me resulta imposible. Tal vez es mejor que sea así.

—¿Qué tal duermes últimamente? —me pregunta.

Me echo a reír. El sonido estalla en un eco. ¡Qué absurdo es su interés por mí!

Cuando se va, oigo a Rose chillando en el techo.

25

En mi sueño el molino de viento del campo de golf está girando a una velocidad demencial, el viento huracanado está aflojando sus tornillos. Gabriel me grita que vuelva a la mansión.

—¿Rhine?

El molino de viento sigue chirriando.

—¿Cecilia? —pregunto con un hilo de voz.

—¡Vuelve adentro! —grita con el pelo pelirrojo levantado por la fuerza del viento. Alarga el brazo para agarrarme, pero yo estoy muy lejos. Veo sus labios moviéndose.

—Despierta —dice.

Cuando abro los ojos la veo inclinada sobre mí, jadeando, toda roja, con lucecitas brillantes revoloteándole alrededor de la cabeza. Pero no está en medio de un huracán, y al siguiente instante descubro que me están llevando en una camilla con ruedas por el sótano. Como el cadáver de Rose. Cecilia aprieta el paso para permanecer a mi lado. Está rodeada de sirvientes con batas blancas. Uno le grita que se quite de en medio, pero ella saltando a la camilla se sienta a mi lado.

—¿Qué ocurre? —pregunto. En el fondo de mi ser noto una vaga sensación de pánico, pero mi cuerpo no reacciona. Apenas siento a Cecilia sujetándome la mano.

—Podría costarte la cabeza si el Amo te viera aquí abajo, nena —le dice uno de los sirvientes, y ella pone mala cara.

—No soy ninguna nena. Y mi suegro no hará semejante cosa —replica con descaro—. Porque nunca se enterará.

—¿Quién la está dejando bajar al sótano? —pregunta el sirviente.

—No le podemos decir a la mujer del Patrón Linden cómo se debe comportar —dice otro.

Cecilia me guiña el ojo con cara de suficiencia.

—El Amo no está aquí —me susurra. Apenas oigo su voz con el chirrido de las ruedas—. Está en Seattle dando una conferencia sobre los anticuerpos.

La camilla se detiene.

—¡Baja! —ordena una voz, y Cecilia me suelta la mano.

El brazo me cae a un lado tan pesado e inservible como una tabla. Me transportan de la camilla a una cama inclinada. Me insertan en el brazo la aguja de un gota a gota y espero la familiar sensación de la pérdida de conciencia, pero no me ocurre. Me sujetan los párpados con esparadrapo para que no pueda cerrar los ojos, pero aunque lo intentara no podría parpadear. Antes de que el embotamiento se apodere de mí, logro mover los labios lo bastante para pronunciar el nombre de mi hermana esposa por última vez y ella está a mi lado.

Cecilia sube a la cama y me rodea el cuerpo con sus rodillas pegando su barriga a mi espalda. Me pone la barbilla sobre el hombro y de pronto noto la calidez de sus mejillas, me las imagino enrojeciendo como cuando está a punto de echarse a llorar. Me toma un tiempo entender las palabras que me susurra una y otra vez.

—¡Sé valiente!

Los sirvientes se han ido, salvo uno que está manipulando una pieza de una máquina que me cuesta mucho ver. Empiezo a verlo todo borroso.

Una voz retumba por los altavoces, enojada y firme.

—Cecilia, baje de la cama, por favor.

—¡Vete al infierno! —grita ella.

Se oye un zumbido. Pese a mi borrosa visión, veo al sirviente ajustando un largo brazo mecánico que desciende del techo. De él sobresale una especie de aguja tan larga como mi pierna.

—Rhine —me susurra Cecilia al oído—. ¿Te acuerdas de las historias que me contabas sobre cometas?

La voz que sale de los altavoces se pone a darle una serie de instrucciones al sirviente relacionadas con la aguja. Ajustes. Niveles de fluido. Algo sobre un vídeo grabando y las pantallas.

—Pues intenté construir varias cometas de papel, pero no vuelan. Por eso he estado pensando decirle a Linden que encargue varias hojas de plástico. Al no pasar el aire por ellas, tal vez éstas sí vuelen.

Me acaricia el pelo.

—Manténgale la cabeza inmóvil —ordena la voz en el techo.

Cecilia así lo hace. Me sujeta las sienes con las palmas de las manos. El sirviente se acerca y me coloca una especie de casco con correas para evitar que mueva la cabeza, aunque no podría moverla de todos modos, y me lo sujeta debajo de la barbilla.

—Muévele la espalda dos centímetros —ordena la voz. El sirviente lo hace.

—¿Le va a doler? —pregunta Cecilia. Quiero decirle

que lo dudo porque no siento mi cuerpo, pero no puedo mover la lengua para articular las palabras. El sirviente no le responde.

—Cecilia, si ella se mueve durante este procedimiento médico, se podría quedar ciega. ¿Es esto lo que usted quiere?

Esta vez ella le hace caso. Baja de la cama.

—Estoy a tu lado por si me necesitas —dice mientras el sirviente me cambia de postura siguiendo las instrucciones de la voz que sale del techo.

Intento responder a Cecilia, pero no puedo. Intento parpadear, pero no puedo.

Tal vez este embotamiento sea una bendición. Casi me he convencido a mí misma de que este experimento no será peor que los otros. Hasta que el sirviente me acerca la aguja a un ojo y de pronto comprendo lo que me van a hacer.

Sea lo que sea lo que hayan usado para anestesiarme, no le impide a mi corazón seguir latiendo. Me martillea en los oídos. Me falta el aire. Cecilia se pone a hablar desesperada de las colas de las cometas y de las brisas primaverales.

Quiero gritar. Nunca deseé gritar tanto en toda mi vida. Soy un millar de alas batiendo en una jaulita. Pero el sonido que sale de mi boca es apenas un quejido. El cuerpo no me responde, se encuentra a kilómetros de distancia, en cambio mi mente está de lo más lúcida.

La aguja me perfora la pupila. Creo oír el chasquido que emite al horadármela. *Cuenta.* Cuando me disloqué el hombro, mi hermano me dijo que contara los segundos mientras se preparaba para ponérmelo en su lugar. *Si cuentas, no te hará tanto daño.* Y lo hago.

Cuento cuarenta y cinco segundos antes de que la aguja salga del ojo.

Cinco segundos menos de lo que la otra aguja tarda en salir.

Cuando la prueba ha terminado, me sacan el casco y el esparadrapo de los párpados. La cabeza se me cae sin vida en las palmas de Cecilia, lista para sostenerla. Todavía sigue hablando de cómo hacer que una cometa vuele mientras me sacan las agujas intravenosas del brazo, me trasladan a una camilla con ruedas y me llevan por el pasillo.

—El secreto está en el impulso —observa volviéndose a sentar en el borde de la camilla, con los rasgos de la cara materializándose poco a poco mientras recupero la visión.

—¿Qué? —susurro. La sensibilidad me está volviendo a los labios, propagándose por las yemas de los dedos y la punta de los pies.

—En el impulso —repite—. Si quieres que algo vuele, no te puedes quedar quieta. Tienes que echar a correr.

Vaughn vuelve de su viaje a Seattle oliendo a aire fresco primaveral y al cuero de los asientos de la limusina, oliendo a todos los lugares donde ha estado. Incluso sé que ha venido a verme directamente antes de subir a su habitación a cambiarse de ropa.

—Me han dicho que no soltaste ni un gemido durante la exploración retinal —observa acariciándome las mejillas como si fuera una especie de mascota. No le digo que de haber podido hacerlo habría gritado durante la exploración.

Cuenta. Tarda cuatro segundos en reseguirme la mandíbula con el dedo y en retirarlo.

—Les dije que claro que no gritaste. Siempre has sido la elegancia personificada —me ha sacado el gota a gota del brazo y ahora el tubo cuelga de la bolsa de suero que hay junto a la cama.

Vaughn guarda las agujas y el instrumental clínico y yo mientras tanto contemplo los azulejos del techo. Hoy los veo con mucha más claridad que de costumbre. Incluso distingo las manchitas que tienen como si fueran agujeritos. No hay nada arrastrándose detrás de ellos. Al oír un pequeño estallido en el conducto de la ventilación, me estremezco.

—Tienes elegancia —repite— y clase. Eres una chica muy fuerte. ¿Te lo habían dicho alguna vez?

—Pues no —respondo—. Mi hermano siempre me decía que era demasiado blanda.

—No te preocupes, ya no te haremos ninguna otra prueba tan desagradable como ésta —me asegura—. Lo que te hemos hecho ha sido grabar el interior de tus ojos. Una especie de investigación. Las secuencias grabadas son todo cuanto necesito.

Al recordar la prueba se me pone la carne de gallina. Aprieto los puños contra las correas.

—¿Qué tal te sientes últimamente? —pregunta—. Como te has mostrado tan dispuesta a cooperar, he pensado que la próxima semana ya puedes empezar a tomar alimentos sólidos.

Me vienen a la cabeza los panqueques de Claire, chorreando mantequilla y sirope de arce. Pero estaba tan deprimida que no me sabían a nada. ¿Era realmente una depresión? ¿O el inicio de una enfermedad? Si pudiera volver a sentarme a la mesa para tomar el desayuno de Claire, ahora saborearía cada delicioso y último bocado. Daría largos paseos por Manhattan. Besaría a Gabriel hasta perder el sentido de la gravedad. ¿Cómo pude desaprovechar aquella libertad? Lo enferma que me sentía, mi lasitud…; todo era por culpa de Vaughn y yo ni siquiera lo sabía.

—¿No? —dice Vaughn cuando no le respondo—. Tal vez más adelante —agrega mientras me sostiene el brazo extendido y me palpa la muñeca con los dedos, quedándose en silencio, asintiendo un poco al ritmo de las palpitaciones en mi vena—. Hoy el ritmo cardíaco está más bajo —observa—. Estupendo. Por un tiempo me preocupaba que fueras a tener un infarto.

—Una de las ventajas de morir joven es que mi corazón no tiene la oportunidad de estropearse —le suelto con sequedad.

Se echa a reír, me esteriliza el antebrazo y me extrae una muestra de sangre.

—No me hubiera podido imaginar ninguna de tus reacciones a los tratamientos a los que te hemos sometido, querida. Eres un enigma para mí.

No le cuento que Cecilia ha estado fastidiando sus experimentos a sus espaldas. Siempre que viene a verme, me saca los gota a gota. Después de la exploración retinal, estuvo velándome sin separarse de mi lado hasta la hora de cenar, cuando le dijeron que Linden la estaba buscando. Antes de irse me susurró al oído: «Tienes que ponerte lo bastante bien como para que pueda sacarte de aquí». Y cuando nadie nos estaba observando, me sacó la aguja intravenosa de la muñeca. Sin el contenido del gota a gota dormí por fin sin tener pesadillas, hasta que Vaughn regresó y Cecilia tuvo que volver a insertármela.

Ahora Vaughn está leyendo con cara inexpresiva las notas que han escrito los sirvientes sobre mí. Pero los ojos verdes le brillan, como los de Linden en su último bosquejo, cuando todo sale mejor de lo que se imaginaba. Mi esposo es un prodigio y Vaughn lo sabe. Por eso se lo oculta todo.

—¿Diseccionaste a tu hijo? —le pregunto—. Me refiero al que se murió. —Ahora que Vaughn conoce el interior de mis pupilas, ya puedo tratarle con menos formalidad. Hace varios meses me contó que había tenido un hijo que había muerto antes de nacer Linden. Yo estaba demasiado aterrada para preguntarle más detalles, pero ahora no me asusto tan fácilmente.

—Disección es una palabra cruel —responde simplemente—. Pero sí. ¿Y sabes lo que descubrí? —añade mirándome por encima del cuaderno—. Nada. Absolutamente nada que indicara que tenía algún problema. Un corazón vital y joven. Un excelente índice de masa corporal: era un nadador y un muy buen corredor. Los riñones más sanos que he visto en toda mi vida.

—¿Y le abriste el cuerpo por la mitad como si tu hijo no fuera nada?

Vaugn cierra el cuaderno y lo deposita sobre uno de los aparatos que ronronean.

—Si no fuera nada, no me habría tomado la molestia de diseccionarlo, ¿no te parece? Al contrario, lo era todo para mí. Y yo le fallé. Como padre y como médico. Con Linden espero hacerlo mejor.

—¿También experimentas con él? ¿A sus espaldas?

—Esta tarde estás llena de preguntas —observa esbozando una sonrisa que no sé interpretar—. Pero lo único que necesitas saber es que me estás ayudando a salvar vidas. Aunque es mejor que no te preguntes a qué precio.

Vaughn me cuenta encantado el nuevo fármaco que está experimentando en mí. Afirma que no me provocará pesadillas.

Supongo que espera que se lo agradezca. Pero sin las pesadillas no hay más que silencio. Ya no puedo oír a Rose arrastrándose por los conductos de ventilación, ni los pasos en la planta de arriba, ni a Cecilia y Linden, ni los crujidos de los muelles del colchón. Los primeros fármacos me llevaron a un estado de locura, a un nebuloso mundo en el que mi miedo adquiría otras formas. Pero ahora lo único que veo es la aséptica habitación. Los lirios falsos en la ventana. Siento el espacio vacío donde Gabriel dormía a mi lado cuando yo vivía en casa de Claire. Y antes que él, el que ocupaba Linden al meterse en mi cama, o Cecilia, o Jenna. Y antes que ellos, el de mi hermano y la escopeta vigilando mientras yo dormía.

Creí que Vaughn me administraba estos fármacos para torturarme, pero quizá sólo era para que me hicieran compañía.

Tú tienes otra clase de fuerza, cariño, me había dicho mi madre. Pero ¿qué me diría ahora si viera a su hija exhausta, atada, enterrada a más profundidad que los muertos en el laberinto de un demente? Una gemela sin su hermano. Una mitad incompleta.

Vaughn me ha dicho que estoy ayudando a salvar vidas y yo no me pregunto a qué precio. Me ha hablado de los alimentos sólidos como si fueran un lujo. Me ha dicho que soy elegante, pero me mantiene amarrada a la cama. Hace tan sólo unos días aún sentía la brisa de Manhattan en mi pelo.

¿O quizás hace semanas?

¿O meses?

Y tal vez me estaba engañando a mí misma al creer que mi hermano me seguía buscando. Ahora él cree que he muerto. Se llevó consigo los pequeños tesoros que nuestros padres nos dejaron. Quemó nuestra casa.

Ni siquiera importa que yo aún siga con vida. Soy una raíz en la tierra que nunca crecerá. Me han enterrado a tanta profundidad que ni siquiera oigo el repiqueteo de los pasos del mundo de los vivos.

Me quedo mirando el techo largo tiempo, hasta que las manchitas de los azulejos me empiezan a parecer constelaciones. Después contemplo el tubo del gota a gota yaciendo en el colchón, en el lugar donde Cecilia me lo desconectó del antebrazo. Está intentando ganar tiempo. Cree que si me mantiene lúcida, encontrará la forma de sacarme de aquí. No entiende que es imposible.

Al cabo de un tiempo saco las manos de las correas valiéndome del truco que Deirdre me enseño y vuelvo a insertarme el gota a gota.

26

Es mejor que no te preguntes a qué precio.

La libertad es lo único por lo que estaría dispuesta a sacrificarlo todo en este lugar.

El localizador vibra en mi pierna y mientras siga en ella nunca seré libre. Tengo pesadillas en las que me rebanan la pierna con una sierra, y cuando por fin consigo despertar, sé lo que tengo que hacer.

Liberarme de las correas de las muñecas me resulta fácil, pero las de los tobillos me cuestan más porque los pies se me han hinchado y ahora los tengo el doble de grandes. Me saco las agujas intravenosas, una a una, y me levanto tambaleándome de la cama. Es la primera vez que uso las piernas desde no sé cuánto tiempo y me fallan.

Me arrastro por las frías baldosas y, agarrándome a uno de los aparatos, me pongo en pie hasta poder coger la jarra de agua. El único objeto bonito en esta habitación. Es de color celeste y su cualidad diamantina me recuerda el agua de la piscina bañada por la luz del sol.

Nunca podré salir de la mansión. Nunca encontraré a mi hermano ni volveré a ver a Gabriel. Lo he aceptado. Pero no soporto ni un minuto más que Vaughn siga experimentando conmigo. No soporto la idea de que me encuentre dondequiera que yo vaya. Si pudiera sacarme el localizador que me ha implantado en la pierna, sé que podría esconderme en alguna parte. En el holograma hay un tipo acechándome entre los lirios, podría dejar que me asesinara. O podría deambular por los pasadizos del sótano hasta encontrar un sitio oscuro donde morir en silencio. Si tengo suerte me pudriré antes de que Vaughn me encuentre, y al estar mi cuerpo en un estado demasiado avanzado de descomposición no podrá diseccionar lo que quede de mí.

Arrojo la jarra al suelo y se hace añicos. Me acerco gateando a los trozos de cristal hasta encontrar uno lo bastante afilado como para hacerme un tajo en el muslo.

Siento un distante y vago dolor. Oigo un grito. Pero lo ignoro porque tengo algo mucho más importante que hacer. El invasivo chip me mantiene amarrada a mi suegro y me lo tengo que sacar a toda costa.

Unas manos intentan detenerme. Oigo que dicen mi nombre a gritos. Al principio creo que por fin Rose ha encontrado una abertura por la que salir de los conductos de ventilación, pero cuando esas manos me sujetan las mejillas, descubro los ojos marrones de Cecilia. Tiene la camisa manchada de sangre. Está histérica.

—¡Rhine, te lo ruego! —grita.

Los gritos de todas mis pesadillas me vienen de pronto a la cabeza. La algarabía de sonidos. El tipo pisando fuerte entre los lirios. Mi hermana esposa muerta arrastrándose por los conductos de ventilación. Y Cecilia, arriesgando su vida por mí.

—¡Vuelve arriba! —grito—. Aquí corres peligro.

—¡No lo hagas! —exclama intentando quitarme el

trozo de vidrio y luego trata de detener la hemorragia cubriendo el tajo con los dedos, y no me hace caso por más que yo le digo que aquí corre peligro y que quiero sacarme el chip.

Por fin sale disparada y oigo el timbre del ascensor.

Vuelve al poco tiempo, con Linden jadeando tras ella abriéndose paso, diciendo unas palabras que no entiendo. Sé que él no puede ser real. Porque ya no quiere saber nada de mí, me ha abandonado como yo lo abandoné a él. Pero sin embargo se dirige corriendo hacia mí, gritando algo que suena como mi nombre.

Cecilia se queda en la entrada, envuelta en una luz demasiado brillante como para ser real. Lleva en brazos una bolsa con serpientes retorciéndose y llorando como bebés. El llanto es de color rojo vivo, lo ahoga todo.

—Saca a Bowen de aquí —dice Linden con una voz demasiado calmada—. Él no tiene por qué ver esto —me está envolviendo la pierna con algo blanco, y lo blanco empieza a enrojecer a causa de los llantos y la sangre.

—Sí —dice otra voz. Es la de Vaughn que viene a rematarme—. Ten un poco de sentido común, querida. Después de todo, eres su madre.

—¡Linden! —grita Cecilia desesperada por encima de las serpientes llorando—. ¡Haz algo, se va a morir desangrada!

Las serpientes salen deslizándose de la bolsa. Se enrollan alrededor de la garganta de Cecilia y desaparecen bajo su ropa. La palabra resuena. *Morir. Morir. Morir.*

—¿Qué le has hecho? —le espeta Linden a su padre. Cierro los ojos para no ver lo que le está pasando a Linden. La carne se le derrite del cráneo, los ojos monstruosamente verdes se le salen de las cuencas—. ¿Cuánto tiempo hace que está aquí? ¿Por qué no me lo has dicho?

—Es por un fármaco con el que estoy experimentando —dice Vaughn—. Refuerza el sistema inmunológico, hijo. Es como la vitamina C, créeme. Solamente produce ligeras alucinaciones.

Demasiado cerca. La voz de Vaughn está demasiado cerca. Dondequiera que yo vaya, él siempre se está acercando a mí. Puede localizarme con lo que me ha implantado en la pierna. Llevarme de vuelta al laboratorio como un pez atrapado en un anzuelo.

—Debe de haberse liberado de algún modo de las correas —admite Vaughn, pensativo, con la voz apagándosele.

—¿Correas? —prorrumpe Linden con más indignación de la que nunca he visto en él.

El suelo retumba como un trueno y por un segundo creo que la mansión se va a desplomar por fin como yo deseaba. Pero entonces Linden me aparta el pelo de la cara con una gran ternura.

—¿Qué te ha pasado? —me susurra.

Noto a Cecilia caminando preocupada de un lado a otro de la habitación.

—¡Me dijiste que no le harías daño! ¡Que estaría a salvo! —le recrimina ella a Vaughn con una voz chillona y aterrada.

—¿Tú lo sabías? —le gruñe Linden a Cecilia. Bajo los párpados de mis ojos cerrados percibo un ambiente naranja sanguina.

Cecilia está histérica.

—Yo... yo... —es lo único que consigue decir.

Vaughn chasquea la lengua.

—Los dos estáis montando un drama. Sólo tengo que darle un ligero sedante y se pondrá bien.

¡Sacadlo de aquí!, intento decir, pero no me salen las palabras de la boca. Ni siquiera puedo gritar. Tengo la lengua entumecida y sólo lanzo unos gemidos profundos y horrendos.

—No tenías ningún derecho, padre —le suelta Linden—. Ella no es tu cobaya. ¡Mientras viva bajo este techo, seguirá siendo mi esposa! —siento que me sostiene contra su pecho.

—Hijo, sé razonable.

—¡Necesita ir a un hospital! —exclama Linden angustiado.

—No sabrán cómo curarla —responde Vaughn—. Déjala de nuevo en la cama, hijo. La pondré bien en un santiamén. Y en cuanto te hayas tranquilizado, te explicaré lo bueno que es para ella este fármaco. Para todos nosotros.

Linden me suplica gimoteando que abra los ojos.

—No os quedéis aquí plantados como un par de idiotas, ya habéis oído a mi marido —grita Cecilia por encima de los chillidos de su hijo—. Id a buscar el coche. ¡Ahora mismo! ¡Deprisa! —se oyen unos pasos respondiendo, se alejan repiqueteando como la lluvia.

—¡Sí, señora Cecilia! ¡Ahora mismo! —mascullan los sirvientes—. Estaremos en la entrada oeste… en un minuto.

—¡Oh, Linden! ¿Respira aún?

—¡Por Dios, Cecilia!, saca al niño de aquí, no para de llorar —protesta Vaughn. Su voz es lo último que oigo. Siento su apergaminada mano tocándome la frente y es más de lo que puedo aguantar. Los miembros me fallan. Pierdo el sentido.

La brisa pasa a través de mi pelo. Aspiro una bocanada de aire, huelo el aire marino de la costa de Florida. El aroma de comida horneada y frita se mezcla con el del agua salada y el nuevo hormigón. Nada ilusorio sería capaz de reproducir estas cosas. El mundo real está pasando a toda velocidad a mi alrededor.

—Te pondrás bien —me asegura Linden—. El hospital queda tan sólo a dos manzanas más.

—No dejes que me siga —susurro. Mi voz es débil, pero al menos ahora puedo articular estas palabras. Abro los ojos y veo la ciudad por la abertura de la ventanilla tintada de la limusina. Creí que no volvería a ver el mundo nunca más. Intento alargar las manos para tocarlo, pero los brazos no me responden. Sé que estas imágenes me durarán muy poco y procuro grabarlas en mi mente para llevármelas conmigo, pero la luna no para de moverse. Corre a esconderse detrás de los edificios, se queda enredada entre los árboles.

Linden me sostiene, sin importarle que mi sangre manche sus delicadas mejillas y se endurezca en sus rizos negros. Me aparta el pelo de la cara. Hace mucho tiempo que no estaba tan cerca de él, pero no he olvidado su fragilidad, su piel como un farolillo de papel esparciendo una luz cálida.

—Nadie te está siguiendo.

—Sí —insisto, pero él no me cree. Por su mirada de pena sé que piensa que he perdido completamente el juicio y tal vez sea así.

—No me dejes —le pido sabiendo que es lo único que me permitirá estar a salvo.

Linden presiona mi cabeza contra su pecho, oigo la sangre borboteando alrededor de sus tejidos y sus

huesos. Siento el calor que irradia en mis oídos y costillas.

—No lo haré, te lo prometo —me asegura.

Cuando la limusina se detiene, la sábana que envuelve
mi pierna está empapada de sangre. Me sacan rápidamente del coche. Me llevan a cuestas. Me ponen en una
camilla. Intento mantenerme a flote, pero el mundo se
desdibuja a mi alrededor. Noto la sangre deslizándose
por mi piel, llevándose consigo mi capacidad para comprender, hablar o concentrarme. Reaccionando de manera salvaje y primitiva, pierdo parte de mi cualidad humana. Lucho contra los nuevos rostros y las nuevas manos
que intentan inmovilizarme, pero sólo consigo que lo hagan con más contundencia. Me gritan enojados y yo no
puedo entenderles. No puedo captar lo que están diciendo. La única voz que entiendo es la de Linden, es como si
estuviera diciendo a miles de kilómetros de distancia:
«Ella no sabe lo que le está pasando. Forcejea porque está
asustada».

Me colocan sobre una mesa metálica, retorciéndome
bajo la potente luz. Las piernas no me responden, pero al
menos consigo propinar varios puñetazos sin saber quién
los recibe. Vaughn vendrá a buscarme, ¿es que no lo en-
tienden? Intento decirles que tengo un localizador en la
pierna, pero de mi garganta no salen más que aullidos
ininteligibles.

—Tranquila —dice Linden—. No te preocupes. Estás
en un hospital. Van a ayudarte —pero sus palabras no me
tranquilizan, porque Vaughn es el propietario de todos
los hospitales de la zona.

Intento dar un puñetazo, pero Linden me atrapa el
puño en el aire y, sosteniéndolo, me acaricia el brazo. De

súbito me quedo sin fuerzas. Lanzo unos lastimeros gemidos. Ni siquiera puedo abrir los ojos. Me han cubierto la boca y la nariz con una mascarilla. Al principio creo que lo han hecho para asfixiarme, pero después descubro que lo único que hace es que me cueste mucho más seguir despierta.

Linden no conoce las profundidades de los enloquecedores fármacos que su padre me ha administrado. Ni tampoco el valle profundo y oscuro que me espera. Nunca había visto la muerte tan de cerca. Siempre me había parecido una realidad lejana, y Gabriel tenía razón, no me gusta pensar en ella. Pero ahora es ineludible. Está aquí. Tirando de mí.

La oscuridad me engulle un instante antes de articular estas palabras:

—No quiero morir.

27

Se oye el murmullo de la lluvia, el tráfico y los truenos.

Abro los ojos en medio de unos rítmicos pitidos y descubro que tengo de nuevo el antebrazo lleno de tubos. Pero esta vez no me encuentro en el sótano. Estoy segura de que la ventana no es un holograma.

Linden no me está mirando. Sus adormilados ojos están posados en el televisor sujeto en lo alto de la pared, cerca de los pies de la cama. Su ovalada barbilla está moteada de barba. Tiene la tez pálida. No sé cuánto hace que estoy en esta cama, pero dudo que él haya dormido en todo este tiempo.

—¿Sabes dónde estás? —me pregunta sin mirarme.

—En uno de los hospitales de tu padre —me aventuro a decir.

—¿Y el mes? —me pregunta cansado—. ¿En qué mes estamos?

—No lo sé.

Me mira y yo espero que su rostro se transforme en algo propio de una pesadilla, pero eso no ocurre. Sólo veo una mirada lánguida y adormilada y una expresión distante.

—Creyeron que te habías vuelto loca. Por la forma de

chillar. Por las cosas que decías. ¿Todavía crees que hay cuerpos en los azulejos del techo?

—¿Yo dije eso?

—Entre otras cosas.

Espero oír el sonido de Rose arrastrándose por los conductos de ventilación, pero no oigo nada.

—No —respondo.

—También dijiste algo más —me recuerda Linden—. Dijiste que tenías algo en la pierna que querías que te sacaran.

—Un localizador —contesto. Sé que esto es real. ¿No? Aún estoy intentando asimilar esta reciente lucidez. Me había acabado acostumbrando a un mundo donde todo se transformaba en una pesadilla. Todavía estoy esperando a que a Linden se le derrita la carne del cráneo. Al verme parpadear de manera extraña, frunce el ceño—. Tu padre me implantó un chip en la pierna para saber dónde estaba en todo momento.

Linden asiente con la cabeza, posa los ojos en el regazo.

—Sí, me lo dijiste.

No sé si está enfadado o dolido conmigo. No sé interpretar su expresión. Pero su dulzura habitual ha desaparecido de su cara y sé que, sea lo que sea lo que esté sintiendo, está disgustado conmigo. Ya no me mira con aquel ciego afecto. La noche que me fugué desprecié su cariño y ahora ni siquiera estoy segura de por qué está aquí conmigo, pero me da miedo decir algo que le haga irse.

—Cuando me lo dijiste creí que delirabas —admite—. Tenías… mucha fiebre. Estaba seguro de que eran imaginaciones tuyas —la voz se le apaga.

—No sé cuántas cosas eran reales —admito—. Pero estoy segura de que lo del chip era verdad.

—Lo encontraron —dice mirando su dedo trazando figuras en su muslo. Lleva un pijama, y si mal no recuerdo cuando lo vi plantado en la puerta en el sótano, también llevaba uno. Y Cecilia llevaba un camisón. Mi ensangrentado puño agarrando el cristal de la jarra hecha añicos debió de despertar a todo el mundo—. Era del tamaño de un guisante —agrega—. Nunca había visto algo parecido.

—Tu padre me encontró en Manhattan por medio del chip.

Linden alza los ojos para mirarme. Son más brillantes y dulces que los de su padre.

—Así que allí es donde te fuiste —corrobora mirando hacia otra parte—. ¿Por qué? —pregunta tras una larga pausa.

—Porque allí es donde está mi hogar. O donde estaba. Ahora lo único que queda de él son paredes calcinadas.

Linden se levanta, se dirige a la ventana y observa la lluvia torrencial. Puedo ver su reflejo en el cristal y sé que él también está contemplando el mío. Quizá porque no soporta mirarme a los ojos. Y yo no le culpo. Debe de odiarme por haberle traicionado, y veo que está luchando contra este sentimiento, porque el odio nunca ha formado parte de su naturaleza. Cuando nos casamos creí que era el hombre más cruel y odioso que había conocido en toda mi vida, pero él estaba tan prisionero como yo. Yo estaba prisionera en la mansión de Vaughn y él en la ignorancia en que su padre lo mantenía.

—Linden…

Él alza la cabeza.

Abro la boca para hablar, pero no me sale ninguna palabra. Y cuando intento sentarme en la cama, él se gira y me observa, sin ayudarme, sin reconfortarme con sus palabras de ánimo. Ya no soy merecedora de su amor incondicional. Ahora no hay más que vacío allí donde antes estaba lleno de cariño. Me equivoqué al creer que Linden me había abandonado, él nunca permitirá que su padre me use como cobaya. Pero no porque aún me ame un poco, sino porque es un hombre bueno y compasivo.

—Debes descansar —dice—. No estás del todo lúcida.

Consigo recostarme contra la cabecera de la cama, pero lo veo todo doble. Al enfocar los ojos en el televisor, la visión me mejora. Las brillantes imágenes moviéndose en la pantalla empiezan a cobrar sentido. Le han quitado el sonido, pero puedo ver que en el telediario están hablando de que en la costa el nivel del viento se ha disparado. Tal vez haya otro huracán.

—No puedo quedarme aquí. Necesito ir a casa.

—No te preocupes, mi padre no vendrá a buscarte —responde Linden con un ligero dejo de impaciencia—. Yo no se lo permitiré, ¿de acuerdo? Y ahora debes descansar.

—Tú no lo entiendes. Me van a echar en falta. Creerán que he muerto.

—¡Ah, claro! —dice Linden—. Te refieres a ese sirviente.

Y de pronto veo que la cortesía que intentaba mantener conmigo se transforma en algo muy feo. Tiene todo el derecho a ser desdichado, pero yo también lo tengo. Él no se merecía que yo lo abandonara, pero se casó conmigo sin pedirme si quería ser su esposa.

—¡Ah, claro! —exclamo imitando su tono de voz—. Me refiero a él, entre otras personas.

—¿Qué piensas hacer? —me pregunta desplomándose en la silla que hay junto a mí—. ¿Cruzar a pie la Costa Este?

—No seas tan petulante, Linden. No tienes idea de lo que yo puedo hacer o no.

Se ríe sin ganas, observando las baldosas del suelo.

—En eso tienes razón.

Está dolido. Y no sabe qué hacer consigo mismo. Lo contemplo moviendo inquieto sus manos en el regazo. Qué horrible debe de ser para él resignarse a aceptar esta nueva imagen de su padre. Esta nueva imagen mía.

—¿Sabes por casualidad lo que se siente al perder a una persona que amas? —inquiere.

—Yo perdí a todos mis seres queridos —respondo. Espero a que me mire—. El día en que te conocí —añado.

En cuanto salen estas palabras de mi boca, me arrepiento de haberlas soltado. Linden sentado en la silla, cambia de postura, rehúye mis ojos y no me pregunta nada más.

Cuando me despierto descubro a Linden durmiendo en la silla junto a mi cama. Hay un cuaderno abierto en su regazo y desde donde estoy veo el contorno del edificio que ha empezado a dibujar. De las ventanas salen notas musicales, vías de mapas de carreteras y líneas telefónicas.

Me pregunto cuánto tiempo hace que está aquí. Por qué sigue a mi lado.

Tengo la cabeza como un bombo y esta vez ni siquiera

intento incorporarme. Me quedo tendida en la cama y contemplo la televisión sin volumen. Están hablando de una noticia sobre bebés. En el texto que sale en la pantalla pone: *Un médico cree haber duplicado los síntomas del virus.*

La noticia me saca de golpe de mi confuso estado. Están hablando de Vaughn. La presentadora, con una cara alegre y juvenil y una melena rubia alborotada por el viento, no se imagina los horribles extremos a los que él ha llegado, el holocausto de mujeres, sirvientes y bebés. Cuando me desperté por primera vez en este hospital, me olvidé de todas estas cosas, sólo tenía la vaga sensación de que algo no iba bien. Estaba demasiado agobiada, demasiado ocupada intentando distinguir lo que era real.

—Cecilia —digo.

Linden arquea las cejas al oír mi voz.

—Linden. Despierta.

Tomando una bocana de aire, se despierta al instante.

—¿Qué? ¿Qué pasa?

Intento sentarme en la cama y esta vez él me ayuda poniendo una almohada detrás de mí.

Suelto todo lo que puedo recordar, sin hacer una pausa ni distinguir lo real de lo que quizás es imaginado. Deirdre, avejentada y frágil, víctima de los experimentos de Vaughn. Lidia muerta. Rose arrastrándose por los conductos de ventilación. Cecilia bajando a escondidas al sótano para verme y las pesadillas de sus chillidos. Al acabar de contárselo todo, mi pulso se ha disparado en la pantalla y Linden me dice que respire hondo. Me mira como si yo estuviera desvariando de nuevo.

—Cecilia te dirá que es verdad —insisto—. Ella estaba

343

allí. Estoy segura. Probablemente sabe muchas más cosas que yo.

—Sí y debería habérmelas contado —dice él—. No me lo dijo hasta que casi era demasiado tarde. Y ya se lo preguntaré a su debido momento, pero por ahora necesitas calmarte, si no volverás a enfermar.

Sacudo la cabeza.

—¡Debes irte ahora mismo! —le ruego—. Tienes que sacar a Cecilia de esa casa. No la dejes sola con tu padre.

—No pienso justificar las acciones de mi padre —responde él hablando pausadamente para tranquilizarme—. No me contó que habías vuelto, seguramente porque sabía que yo nunca permitiría que experimentara contigo en contra de tu voluntad.

Ahora lo entiendo. Cecilia me mintió. Nunca le dijo a Linden que yo estaba en el sótano. Me lo habría esperado de Vaughn, pero no de mi hermana esposa, quizás había esperado demasiado de ella. No era la primera vez que me engañaba. Y la prueba está en que Vaughn todavía la tiene en sus garras.

—Ha llevado las cosas demasiado lejos —prosigue Linden—. No ve lo peligrosos que sus tratamientos pueden ser. Si me lo hubiera dicho, yo no habría estado de acuerdo…

—Tú no sabes ni la mitad de lo que tu padre no te cuenta, Linden. —Uno las manos apretándolas frustrada y él abre la boca para hablar, pero hace una pausa al fijarse en mi alianza—. ¡Nadie está seguro en esa casa!

—Estás delirando.

—Tu padre es un monstruo —le suelto y Linden hace una mueca de dolor. Se levanta, da un paso atrás.

—Voy a llamar a un médico. Te estás poniendo histérica.

Se dirige hacia la puerta sin despegar sus asustados ojos de mí, como si fuera a atacarle en cualquier momento. Nunca llegó a ver mi ira, yo siempre la ocultaba para ganarme su confianza. Pero ahora no tengo nada que perder y sale a borbotones tras todos esos meses de silencio.

—Tu padre mató a Jenna —grito—. Y casi me mata a mí. ¿Crees que Cecilia está segura en la mansión? Él conserva el cuerpo de Rose en el sótano. ¡Lo vi! Te mintió acerca de las cenizas…

—¡Ya basta! —vocifera Linden y es tan aterrador verlo reaccionar así que cierro la boca—. A ella no la metas en esto —gruñe—. Ni se te ocurra. Nunca más. Tú no sabes nada de ella. Ni mi padre tampoco. ¿Cómo te atreves a decirme estas cosas?

Está temblando y yo también, está al borde de las lágrimas. Me mira con tanta rabia, tan destrozado, que me odio por lo que le digo a continuación.

—Linden, tu padre mató a tu bebé.

Al instante se pone blanco como la cera. Su mirada se vuelve desconfiada y distante.

—Es imposible. Bowen está perfectamente —afirma conteniéndose.

—No me refiero a Bowen, sino a tu otro bebé. A tu hija.

Lo siento, Deirdre, era tu secreto y te prometí no revelarlo. Pero decírselo puede que sea la única forma de salvarnos.

—Sé que Rose tuvo un bebé —insisto dejándome llevar por un horrible impulso. La cara de Linden sigue re-

345

flejando distintas clases de sorpresa y de dolor—. Tu hija no nació muerta. Tu padre se la llevó cuando aún vivía. La oyeron llorar. Nació viva.

—¿Fue Rose quien te lo dijo? —pregunta Linden ansioso—. Ella estaba delirando de dolor. No podía aceptar lo que había ocurrido.

—Rose nunca me dijo una palabra al respecto. Te lo juro. Yo no me enteré hasta que ella ya había muerto.

Linden se pone a caminar de un lado a otro de la habitación, respirando agitadamente, cerrando y abriendo los puños. Nunca lo había visto tan alterado.

—Escúchame, Linden —le susurro—. Sé que tienes toda la razón para no confiar en mí, pero esto es verdad. Tu padre es peligroso.

—¿Por qué?

—Porque mató a tu hija por haber nacido con una malformación.

—No... Me refiero a por qué me estás diciendo todas estas cosas... —aclara sacudiendo la cabeza mirándome asqueado—. ¿Por qué estás siendo tan... —aprieta los dientes y gira la cabeza para no mirarme— tan horrible? Eres horrible —dice apagándosele la voz.

Cuando se dirige furioso hacia mi cama, alargo el brazo para apaciguarlo, pero al ver su expresión retiro la mano.

—Todas las palabras que han salido de tu boca —afirma jadeando— no son más que mentiras, ¿verdad?

—No —musito—. No todas lo son.

—¿Y qué me dices de tu nombre? ¿Te llamas siquiera Rhine?

Sé que me he ganado su desconfianza a pulso, pero aun así lo veo debatirse en un mar de dudas, luchando

346

contra el año en el que dejándose llevar por su instinto creyó en mí.

—Sí —contesto.

—¿Cómo voy a creerte? —dice él—. ¿Cómo esperas que lo haga si no sé si lo que me dices es cierto?

—Linden, me llamo Rhine —respondo—. Ellery —añado, pronunciando mi apellido lentamente—. Me obligaron a casarme contigo en contra de mi voluntad. Me pasé todo el tiempo intentando fugarme para volver a mi casa. Jenna trató de ayudarme a hacerlo, y como tu padre lo sabía, la mató. Mató a tu hijita y te dijo que había nacido muerta. Cecilia está en peligro al estar sola en la mansión con él. Te estoy diciendo la verdad.

Mi voz es calmada, razonable, y Linden me escucha conteniendo la respiración. De pronto se me queda mirando de hito en hito, con los ojos llorosos y apagados. Está pálido y demacrado. Y al ver que la boca se le tuerce de un modo como si quisiera echarse a llorar o gritarme algo horrible, me invade una profunda añoranza. Es el antiguo instinto de todas las noches que pasamos juntos, llorando en muchas de ellas cada uno por nuestras distintas pérdidas. Quiero abrazarle. Pero no me atrevo.

Y tras resoplar desesperado unos instantes, el que en el pasado fue mi marido acepta las horribles noticias que acabo de darle y se gira para irse.

—¿Es que Cecilia no te importa? Si fuera Rose, sé que correrías a salvarla.

En cuanto suelto estas palabras, me da miedo que se enoje.

—Amo a Cecilia —responde con una mirada distante y un tono práctico—, me creas o no. Aunque no de la misma forma que a Rose o a ti. Pero ¿qué importa esto ahora? He amado a todas mis esposas de distinta manera.

—A Jenna no —le corrijo.

—No pretendas conocer la relación que mantenía con Jenna. Hay cosas que tú no sabes de ella. De nosotros.

Es cierto que Jenna tenía muchos secretos que no contaba, sabía eludir las preguntas, sonreír cuando estaba llena de odio. Nunca sabré toda la verdad sobre ella, pero lo que sí sé es que no había nada entre Jenna y Linden. Nunca le perdonó por elegirla y dejar que mataran a sus hermanas desechadas.

—Llegamos a un acuerdo —sigue Linden. Ahora habla con más dulzura, quizá porque sabe el dolor que aún me causa la reciente muerte de Jenna.

—¿A qué te refieres? —pregunto con comedimiento, enderezando la espalda.

—Vi a Rose morir. Estaba llena de vida y de pronto una mañana su piel estaba amoratada, apenas podía respirar. Gritaba de dolor si la tocabas.

—¿Qué...? —se me quiebra la voz—. ¿Qué tiene esto que ver con Jenna?

—Ella sabía que iba a morir. No creía que se llegara a descubrir un antídoto. Y yo en el fondo tampoco. No después de lo que había visto. Así que llegamos a un acuerdo. Cuando estábamos juntos, al menos no sufríamos ni pensábamos en nada. En cierto modo, nos olvidábamos de nuestra soledad por un rato.

Eso era lo que Jenna sabía hacer mejor, ¿no? Lograr que un hombre se olvidara de su soledad mientras él pagaba por estar con ella. Hay miles de chicas así. Las he visto a montones en las tiendas de la Madame, con los rostros pintados como muñecas de porcelana chorreando de pintura. He oído el tintineo de las monedas en los tarros de cristal cuando los hombres iban y venían. Pero sólo había una Jenna, salvaje y bondadosa, bella y engañosa. La chica que Linden conocía no es la Jenna que yo conocí. Aún siento su ausencia con tanta fuerza como su propia presencia irradiaba. Sigo soñando con la silueta de Jenna recortada en las nubes, con la luz del sol reluciendo a través de ella.

Me aclaro la garganta y poso los ojos en mi regazo.

—Si la conocías tan bien, sabrás que Jenna coincidiría conmigo —le advierto—. No deberías dejar a las mujeres que afirmas amar tanto a solas con tu padre.

—Sí, bueno —observa Linden encaminándose hacia la puerta—, Jenna siempre fue una cínica. Ahora necesitas descansar. Vendré a verte de aquí a un rato.

No cierra la puerta de un portazo, pero de algún modo siento como si lo hiciera.

Me dejo caer en las almohadas, con el corazón atenazado por la culpabilidad. En todos nuestros meses de matrimonio no dejé que Linden me conociera. Le mentí. Le manipulé. Pero yo sí que llegué a conocerle bien. Aunque ya haga un año que Rose murió, él apenas es capaz de nombrarla, y mucho menos de oír que su cuerpo sigue formando parte de los experimentos de su padre. Y no fue nunca mi intención contarle que Vaughn asesinó al único bebé que Rose le dio. La niña podría seguir con vida; deforme, pero viva.

Es cierto que Linden no tiene por qué creerme. Pero he visto en sus ojos que lo hacía. Ahora está tan furioso conmigo que ni siquiera me puede mirar. Pero esto no cambia el hecho de que Deirdre y quién sabe cuántas personas más están atrapadas en ese sótano, muriéndose, o tal vez ya muertas. Y Cecilia, que intenta jugar a ser mayor, no tiene idea del peligro que corre. Linden se ha quedado impactado por todo lo que le he contado y es lógico que lo esté. Cuando yo me enteré de lo de la hijita de Rose, me quedé atónita y horrorizada. Quería decírselo a Linden de una forma más compasiva, pero esta clase de cosas se deben soltar y punto. No se pueden decir con delicadeza.

Estoy amarrada a esta cama por los tubos conectados a los brazos y lo único que puedo hacer es esperar. Aunque pudiera levantarme y encontrar a Linden, en el estado en que está no me escucharía. Si a estas alturas no me odia por haberme fugado, seguro que lo hace por lo que le acabo de decir. Pero al menos estoy segura de que, por más que me odie, no permitirá que su padre se me acerque. Linden volverá a visitarme, o si no lo hace, le dirá a los médicos que me dejen marchar.

Las imágenes se mueven en la pantalla del televisor sin sonido. Deprimentes carreteras secundarias, edificios convertidos en cráteres que apenas parecen ya casas. El aire está lleno de polvo por una reciente explosión. La risueña y joven presentadora del informativo camina hacia atrás, charlando ante el micrófono. La reconozco como la corresponsal a escala nacional, estas noticias en especial las están emitiendo en todo el país. El texto que sale en la pantalla dice: *Rebeldes pronaturalistas no están de acuerdo con los intentos de encontrar un antídoto.*

La presentadora se agacha. Va demasiado limpia y es demasiado pija como para estar en un lugar tan horrible como éste. Se le han hecho carreras en las medias y los tacones rojos se le están manchando de barro. Sostiene el micrófono ante un grupo de jóvenes de ambos sexos sentados en el borde de la acera, mugrientos y exhaustos, pero deseosos de hablar.

Uno de ellos, quitándole el micrófono de la mano, se pone a hablar tan furioso que ella se echa atrás. Lo enfocan con la cámara, tiene el pelo revuelto y sucio, las mejillas ensangrentadas. Los ojos, en cambio, le brillan llenos de entusiasmo. Y si no fuera por ellos, no le habría reconocido. Porque son clavados a los míos. Abro la boca para hablar, pero sólo me sale un grito de sorpresa. Me tapo la boca, para digerir la alegría, el miedo y la impresión que siento y luego intento decir la palabra de nuevo.

—¡Rowan!